ヴィーネ
ダークエルフの
戦闘奴隷だった美女。
シュウヤに解放され、
以後は忠実な部下に。
シュウヤ・カガリ
異世界で天下無双の
槍使いとなった、
元ニート青年。
女好きで楽天家。
ロロ（ロロディーヌ）
普段は黒猫の姿だが、
正体は変身能力を秘める神獣。
シュウヤの頼れる相棒。
BLACK CAT

現時点で――俺なりに極めた古代魔法を発動させる。
同時に……背筋がゾクッとするほど魔力を持っていかれた。
久々に胃が締まり、胆汁《たんじゅう》のようなモノが、口の中で暴れるように染み渡る。
同時に、中規模魔法陣から現れたのは、一つの巨大石。
凸凹の表面を持つ闇色の靄《もや》を放つ隕石。
《種族殺しの闇隕石《ダークデストロイヤーメテオ》》

レムロナ
オセベリア王国の女大騎士。
「白の九大騎士《ホワイトナイン》」の一人で、
ドラゴンの乗り手。
STRANGER &

銀色の繭だった掌に、一点の夜が現れたと思ったら、
ヴィーネはその夜を切り裂くように、両手を左右へ離す――。
無数の銀蝶と蛾《が》たちが――暗き空を占領するように舞う。
綺麗だ。蝶々の群れが美しい。
その美しい無数の銀蝶から銀色の粒子が散る。

槍使いと、黒猫。
STRANGER & BLACK CAT
10

author
健　康
illustration
市丸きすけ

口絵・本文イラスト　市丸きすけ

迷宮都市ペルネーテ

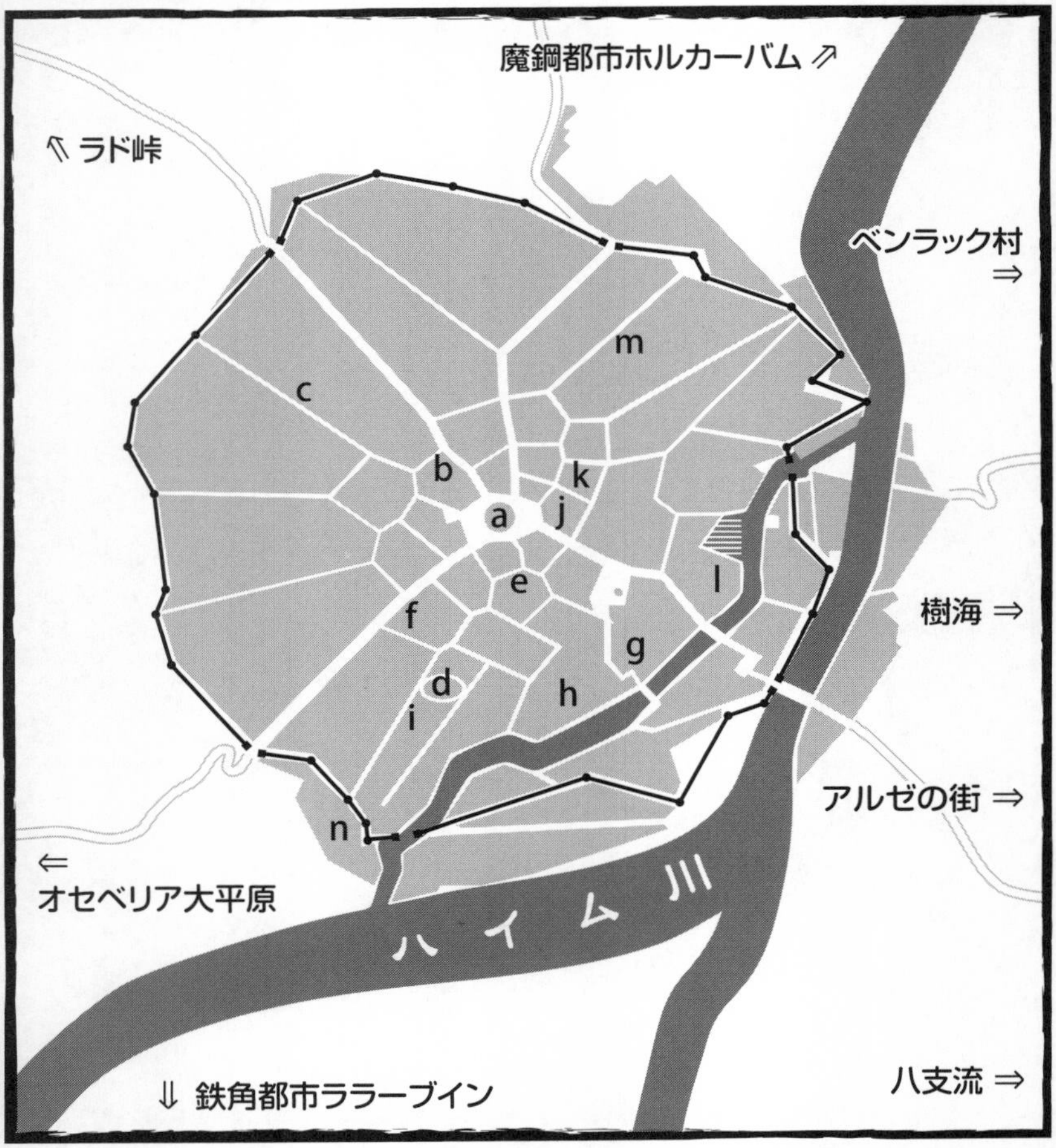

a ：第一の円卓通りの迷宮出入口
b ：迷宮の宿り月（宿屋）
c ：魔法街
d ：闘技場
e ：宗教街
f ：武術街
g ：カザネの占い館
h ：歓楽街
i ：解放市場街
j ：役所
k ：白の九大騎士の詰め所
l ：倉庫街
m ：貴族街
n ：墓地

第百十八章「ヴィーネの過去語り」

……わたしの物語を聞きたいか。強き雄《おす》のご主人様は真剣《しんけん》な表情だ。

名はカガリ・シュウヤと教えてくれた。

この強き雄のご主人様には、わたしの過去、真実の出来事を話そう。まずは、

「種族のことからだ……」

古《いにしえ》からダークエルフは女尊男卑《じょそんだんぴ》の階級社会。

男は、雄は、女神《めがみ》様に寵眷を受けた男や、目覚ましい働きをする強き男を除いて、女神様から啓示《けいじ》を受けることができず、魔導《まどう》貴族に属することもできないだろう。

殆《ほとん》どが、下民扱《あつか》いだ。いや、それ以下の家畜《かちく》と同じ。力もなく、頭も悪く、弱い存在として、常に蔑《さげす》み疎《うと》んじられた存在なのだ。

その同胞《どうほう》の多くが〝魔毒の女神ミセア様〟を信仰《しんこう》している。他の神々を信奉《しんぽう》するダークエルフもいるが、異端《いたん》であり例外だ。他の都市には例外と言えないほど多いが、少なくとも、わたしが育った【地下都市ダウメザラン】のダークエルフたちの行動規範《きはん》はほぼ同じ。

そして、魔導貴族の中で地位が高く才能のある者たちが司祭様に成ることができる。司祭と成れば特別な魔法《まほう》も獲得《かくとく》できる。特殊《とくしゅ》な戦闘《せんとう》職業を得られるだろう。重要な啓示も受けることが出来る。その司祭様となった者の中で、最年長の女が、魔導貴族を率いる家長になることが多い。経験は力だからだ。

しかし、女司祭といえど、位の低い魔導貴族に所属している場合は地位も名誉《めいよ》も低いと見做《みな》す。ただし、魔導貴族とはダークエルフの上流階級。選ばれし高級の民《たみ》なのだ。

魔導貴族の下位だろうと、下民とは比べ物にならない存在となる。

階級は絶対である。位とは、各魔導貴族の地位を表す。

ダオと名前がつくのは魔導貴族の証《あか》し。

最上位【筆頭第一位魔導貴族】から【第二十位魔導貴族】の最下位までである。

上位ほど、女神様からの恩恵《おんけい》が増える。社会的な地位も約束される。

上位の魔導貴族に権力が集中するようになっているのだ。

地下都市ダウメザランを支配することは【筆頭第一位魔導貴族】に成ることを指す。

ダウメザランは別名、暗黒の緑薔薇《みどりばら》なる理想郷と呼ばれて、筆頭第一位魔導貴族ともなれば、絢爛豪華《けんらんごうか》な毎日を送ることができるという噂《うわさ》がある。こういった華《はな》やかな一面もあることは事実。そして、魔毒の女神ミセア様は血を好む。必然的に魔導貴族のダークエルフは、ミセア様の寵愛《ちょうあい》を得ようと内外問わず『明争暗闘《あんとう》』の日々となる。

様々な組織同士が『争名争利』となるのだ……血で血を洗うことは日常茶飯事《にちじょうさはんじ》。

魔導貴族の位を上げるために、どんなことでもする……。

わたしの魔導貴族が滅《ほろ》ぼされたように……位の違《ちが》う魔導貴族と同盟を組んだり裏切ったりと、陰謀《いんぼう》を含《ふく》めた機略縦横の才を駆使《くし》して、常に先手を打ちながら、先の先を読み、方針を練らねば生きてはいけないのだ。それは大人も子供も男女も変わらない。地下社会も色々な種族と勢力があるが……都市の内部でこれだけの規模の争いが連続して起きる地下都市は珍《めずら》しいだろう。地下の巨大《きょだい》都市とはいえ、同じ都市に暮らす同じ種族同士が屍山血河を渡《わた》る。今のマグルたちの生活とは正反対だ。わたしはそういう環境《かんきょう》で育った。

そして、家長で司祭様でもある偉大《いだい》な母者ラン様と、姉者の長女セイジャ様に、子供の頃《ころ》から厳しく鍛《きた》えられた。その訓練は厳しい。中でも、【暗黒街道《かいどう》】の訓練は熾烈《しれつ》。

いや、あの訓練は訓練ではなく……蠱毒のふるい落としだった。

暗黒街道に入る前、一族の妹たちと出来損《できそこ》ないの弟たちは、有に数百人を超《こ》えていた。

だが、暗黒街道の訓練を無事にやり遂《と》げた時には……。

弟たちの大半はモンスターの餌食《えじき》になった。優秀《ゆうしゅう》な妹たちの多くは生き残ったがな。

しかし……暗黒街道のモンスターは強力無比。

闇虎《ドーレ》、戦獄《せんごく》ウグラ、アービター、蟲鮫、闇獅子《ダークブレズム》だけでなく……【魔神帝国《まじんていこく》】のキュイズ

ナーの一隊とも遭遇《そうぐう》したのだ。

リョゴルの音無しで、あの暗黒街道を進むのは地獄《じごく》といえる。

そのような訓練を生き抜《ぬ》いた優秀な妹たちの中で、わたしだけが、その妹たちから引《ひ》き離《はな》されることになった。司祭候補の長女セイジャ様と同じように一族から優遇《ゆうぐう》を受ける。

当初は、不思議だったのだが……どうやら、わたしの頬にある銀色の蝶《ちょう》のマーク。

エクストラスキルとは貴重なスキルだったようだ。

特別な教育は、座学もあり、様々な事を教わった。

ダークエルフ社会の身分制度の厳しさ。

ヒエラルキーの最下層である下民たち、各地下都市に住まうドワーフ、ノーム。

都市の外の事も学ぶ。それは地下回廊《かいろう》を徘徊《はいかい》するはぐれドワーフ、はぐれドワーフ軍閥《ぐんばつ》が率いる独立都市、ノームたちの独立都市、黒き環《わ》、グランバ、地上と地下に勢力を持つ魔族たち、その魔族以外の地底神を信奉する魔神帝国の独立都市。

蓋上《ふたうえ》の世界に住まう穢《けが》れ多きマグル。蓋上。蓋の上とも呼んでいた。

要するに地上のことだ。その蓋上は、侮蔑《ぶべつ》にまみれた世界だと教わった。

これは、のちに間違《まちが》いであると知った。

更《さら》に、魔毒の女神ミセア様への信仰と強き者に対する尊敬と敬語。続いて、権謀《けんぼう》戦術、盗《ぬす》み、密偵《みってい》技術、隠身、斥候《せっこう》技術、魔法の扱《あつか》い、魔力《まりょく》察知、魔闘術の稽古《けいこ》、エクストラスキルの銀蝶、近接戦から遠距離《えんきょり》戦《せん》における、あらゆる状況下《じょうきょうか》における個人戦、集団戦の戦闘を叩《たた》き込まれた。こうしたお陰《かげ》で、わたしは戦闘職業を次々と覚えた。

クラスアップを果たして強くなっていく。その過程で……。

魔法を指導してくれた偉大な母者ラン様も褒《ほ》めてくれた。と、姉者から聞いている。わたしを直《じか》に褒めることはなかった母者ラン様は、わたしが所属する魔導貴族アズマイル家で唯一《ゆいいつ》の司祭様でもある。魔毒の女神ミセア様のお言葉を聞くことができる偉大な司祭様。その姉者セイジャ様がいうには、司祭になると女神様から神聖なる〝薔薇の鏡〟を授《さず》かるそうだ。

〝特殊なる鏡を用いて女神様の天恵《てんけい》や啓示を皆《みな》に示し〟

〝魔導貴族の一族を纏《まと》めて率いていく〟

姉者様はそう説明していた。司祭は魔力、精神力、信仰心《しんこうしん》が必要らしい。

基本は、女神様が直接お選びになると聞いた。

だから、母様は優秀なお方なのだと。

その母様を選んでくださった魔毒の女神ミセア様は、怒《いか》り、強さ、嘘《うそ》、妬《ねた》み、恐怖《きょうふ》、裏切り、といった感情が大好きなんだと、緑色の薔薇と、蛇《へび》と、蜘蛛《くも》も好まれると教えられた。幼きわたしは〝強さ〟を好む部分を聞いて、妙《みょう》に納得《なっとく》していた。

不謹慎《ふきんしん》だったのだろうな。

司祭様といえば、セイジャ姉様が後一年で、その司祭候補となる。

と、嬉《うれ》しそうに話していたことを思い出す。わたしにとって一番の思い出だ。

確か、訓練の終わり……石の椅子《いす》に姉様と一緒《いっしょ》に座《すわ》っていた時だ。

「姉さま、どうして妹たちは、わたしと違って、使えない弟たちと訓練を続けているの？」

「それはお前が特別な雌《めす》の子供だからだ」

「特別……」

「そうだ。アズマイル家の、一族の未来のためでもある」

「わたしより、姉さまのほうが一族のためになる！」

「ヴィーネ。まだ分からないのかもしれないが、わたしや母様が、お前を直接鍛えるのは相応《ふさわ》しい能力を持つからなのだ。エクストラスキルとは、それ程に力を秘《ひ》めている」

「ううん、司祭様の候補になったセイジャ様のほうが凄《すご》い……」

「ふふ、ありがとう。愛《いと》しき妹。わたしも神託《しんたく》に関するスキルは豊富にあるからな。だが、ヴィーネのような特別な戦闘能力はない……それに、アズマイル家は、他のサーメイヤー魔導貴族のような屋敷《やしき》を守護する喋《しゃべ》る木がない。だから、我らは一人一人が強く成らねばならん」

特別。最近、姉さまからは、いつもそれを聞く。

当時のわたしは、厳しい訓練を共に生き抜いた妹たちと過ごしたかったのだ。

「また、特別かぁ、妹たちと一緒に訓練できないのは嫌《いや》だなぁ」

と、そんな甘《あま》えた事を姉様に……今では恥《は》ずかしい過去だ。

「何をいうか。今話をしたように、お前の右頬にある、その蝶の御印《おしるし》は、使いこなせれば、我《わ》が魔導貴族の武器となり得るモノなのだ。だからこそ、女神に愛される強き男を夫に迎《むか》えなければならん」

強き男？　男なんて弱き存在ばかりなのに……。

この時、わたしは、姉様は何をいってるのだろうと、疑問に思ったものだ。

「やだ、雄、弱い男なんて嫌っ」

当時のわたしは、男など弱きモノだと思っていた。

だが、そんなわたしを強く否定し、怒《おこ》ったように、姉様はわたしの両肩《りょうかた》を強く持って言い聞かせてくれた。

「――バカモノッ。いいか？　確かに、弱き雄など捨て置けばいい。だがな。必ず何処《どこ》かに強き雄がいるものなのだ！」

この時の姉様は、鬼気迫《ききせま》る表情だった。少し怖《こわ》かった。

「……でも、皆がいってるよ？　弱き雄ばかりだって、母様も〝下らん雄など近寄らせるな〟って怒っていたし、伝統に従いなさい。と、何回もいってた」

姉様はわたしの言葉に頷《うなず》くが、頭を左右に振《ふ》って否定した。

「同胞の教えは大事。しかし、あまり古き伝統に拘《こだわ》るな。お前のエクストラスキルは子孫代々に伝えなければならない大切な〝力〟なのだぞ。だからもっと訓練を行い、お前自身が強くなれ。そして、強き男、強き雄を見つけて、夫に迎えるのだ。強き男に他の女がいたら〝力ずく〟で奪《うば》い取《と》れ。そして、夫婦《ふうふ》の儀《ぎ》を行うのだぞ。他の魔導貴族や同じ家族の妹たちにも負けてはならぬ」

わたしは正直まだ納得していなかったが……。

姉様は真剣な表情を浮《う》かべて、話を続けてくるから、頷くしかなかった。

「……はい。でも姉さま、強き男はいらないの？」

姉様は、この時、悲しげな表情を浮かべていた。が、すぐに擬勢《ぎせい》を張る。

「ははは、わたしは長女だから無理だ。セルミたちと一緒に剣《けん》を鍛えたい。が、一族の司祭候補だからな。魔毒の女神ミセア様に仕える身。だからこそ、ヴィーネは強き雄、気高き男を見つけるのだぞ……」

わたしを見る姉様は優《やさ》しかった。

あの時の笑顔《えがお》はよく覚えている。笑窪《えくぼ》が素敵《すてき》だった。

「うん。分かりました。でも、今日の姉さま、何か、嬉しそう」

「ふふふ、そうだ。分かるか？　確かに嬉しいのだ。今日、正式に母様へと啓示報告が女神様から齎《もたら》されたらしい。わたしを来年の司祭候補にするようにと」

「わぁ～、すごいすごい。姉さま、司祭に成れるんだね。おめでとう」

「はは、気が早いな。だが、ありがとう。可愛《かわい》い我が妹《ヴィーネ》よ」

姉様はわたしの頭を撫《な》で、抱《だ》き締《し》めてくれた。胸が温かい。

だが、五年後の神羅月の三週目。

突然《とつぜん》、本屋敷《ほんやしき》が炎上《えんじょう》。屋敷の外で轟音《ごうおん》が鳴《な》り響《ひび》く。戦が始まっていた。

わたしはすぐに行動を起こす。戦った敵を捕《つか》まえ――尋問《じんもん》をした。

そこで初めて、襲撃《しゅうげき》をしてきた魔導貴族を知る。

【第五位魔導貴族ランギバード家】と【第十一位魔導貴族スクワード家】の構成員で占《し》め

られていることを知った。怒りの感情が爆発《ばくはつ》した。

この時のわたしは、青い皮膚《ひふ》ではなく、真っ赤に燃えていたことだろう。

わたしは迫《せま》り来る敵を次々と仕留めて、抵抗《ていこう》を続けていく。

何十人と敵のダークエルフを屠《ほふ》っていた。最終的に、屋敷に突入《とつにゅう》し数人を切り伏《きふ》せたところで、大好きだった姉者の姿を見る事となる。

赤黒い染《し》みに覆《おお》われてしまい、服の色が、何色か分からないほどに変色を遂げていた。

胸、腹が、無残にも切り裂《さ》かれ、どれも致命傷《ちめいしょう》であった。

大好きだった姉者……の変わり果てた姿……わたしは動揺《どうよう》した。

そして、まだ子供から脱皮《だっぴ》した頃だ。

調子に乗り油断してしまったのもある。驕《おご》りがあったのだと思う。

希少な戦闘職である魔幻弓剣師《ファントムソードシューター》とて、縁遠兵《えんとお》の剣使いの手練《てだ》れに囲まれてしまえば、脆《もろ》いのだと、この身で初めて知った時には……。

時、既《すで》に遅し。わたしは朱色《しゅいろ》の厚革《あつがわ》服を身に着けた敵方に捕まってしまう。

檻《おり》の中へと放《ほう》り込まれた。その檻の中の捕虜《ほりょ》仲間から戦争の事を詳《くわ》しく聞いた。

偉大な母様は、早々と暗殺されていたことを知る。そして……妹たちを含めて【第十二位魔導貴族アズマイル家】に所属する一族たちの殆どが、戦死していた事を知った。

司祭を失った【アズマイル家】は魔導貴族を剥奪《はくだつ》。潰《つぶ》されてしまったのだ。

わたしの人生を費やしたものが、すべて……。

更に、わたしは生《い》き恥《はじ》に晒《さら》された。追放の儀に当てられてしまう。

正式に地下都市ダウメザランから蓋上の世界、マグルの地上世界へ追放されたのだ。

「……これが、わたしが地下都市で生活をしていた頃の話だ」

思えば、初めてだな。こうやって長く昔の話をするのは……。

ご主人様はわたしの話を聞いて頷いたり、悲しんだり、黙《だま》って耳を傾《かたむ》けてくれていた。

「……なるほど、ヴィーネの素《す》の言葉を聞けて嬉しいかも、それに、失礼だが、ダークエルフ社会にも興味があるから凄く面白《おもしろ》い。魔毒の女神ミセアが、人気というか信仰を集めているのは他に理由があるのか？」

強き雄で、強き男のご主人様は、神に興味があるらしい。

「……ある。魔毒の女神ミセア様だけが、ダークエルフだけに語りかけてくれるのだ。そして、女神が認めた司祭と、その司祭が所属する魔導貴族に様々な恩恵を齎すからと言われている」

これを聞くと強き男のご主人様が驚《おどろ》きの反応を示す。

「……神が一つの種族だけに、恩恵をか」

何故《なぜ》、驚くのだ？

「そうだ。不思議なことか？　この世には色々な神々がいるではないか、不条理な暴力を好む神々は無数にいる」

「無数か。まぁそうだな。俺《おれ》も厄介《やっかい》になっている……それで、ヴィーネが地上へ追放されたのは、どれくらい前なんだ？」

神に厄介になっているだと？　やはり、ご主人様は神に愛されているのか。

神に愛される強き雄が、わたしに興味を持っているようだ。

嬉しい感情が溢《あふ》れてくる。もっと話してみよう。わたしが追放されたのは、確か……。

「……マグルで言う、今から五年ぐらい前だろうか」

「五年前か」

そんなことより、わたしの秘密を教えたい。

「そうだ。それで、さっき話していた秘密のことだが……」

「分かった。聞こう」

強き雄、強き男のご主人様はそう喋《しゃべ》り、黒き双眸《そうぼう》に魔力を溜《た》めた。わたしを見つめてくる。

少し捻《ひね》った言い方を試《ため》す。

「蓋上《地上世界》のマグルには、どうしてダークエルフの奴隷《どれい》が存在しないのか？」

「唐突《とうとつ》だな。それが秘密か？」

わたしの疑問の問いに、強き男は片眉《かたまゆ》を動かし、微笑《びしょう》を浮かべながら話している。

知って欲《ほ》しいから答えを話そう。

「そうだ。その答えは至極《しごく》簡単。ダークエルフには闇《やみ》の従属魔法が効かない。いや、語弊《ごへい》がある。従属首輪の効力は作用する。が、ダークエルフの種だけ、魔力を全身に纏いながら〝解〟か〝解放〟と念じれば、体《からだ》に染み込んだ従属首輪の効力を弾《はじ》くことができるのだ」

秘密を教えたが、ご主人様は少し頷くだけ。さほど驚いていないようだ。

「奴隷も絶対ではないのか……」

そんなことを呟《つぶや》いてる。

「どうだろうか。奴隷商には詳しいが、わたし以外には、誰一人《だれひとり》として奴隷から逃《のが》れた種族はいなかったぞ」

「ダークエルフだけということ？」

「そうだ。ダークエルフだけに備わった闇の力。ダークエルフが全員、闇属性を持つのも意味があると思うが、一説には、古代に魔毒の女神ミセア様がダークエルフの魔術師《まじゅつし》に、最初の従属首輪の作り方を教えたことから始まる賜物《たまもの》らしい……」

そこから奴隷商に詳しい理由や蓋上のマグル世界へと追放を受けたわたしを含めたダークエルフたちの話をしていく。わたしのような追放者たちを〝アウトダークエルフ〟または〝はぐれダークエルフ〟と呼ぶ。さっきも話をしていた通り……。

この蓋上のマグルの地上世界では、まず、わたし以外に、自ら好きこのんでマグルの奴隷となるダークエルフなど存在しないだろう。

奴隷商に捕まったとしても、地下世界を生きて育ったダークエルフは戦闘力《せんとうりょく》が高い。外の世界で生き長らえている〝はぐれダークエルフ〟だからこそ、当たり前の話なのだが……例え、何かの専門的な魔道具によって拘束《こうそく》を受けたとしても、その拘束を何らかの手段で、抜け出《だ》すことなど、容易《たやす》いはずだ。

そして、自分を奴隷にしたマグルの奴隷商人たちなどを許す訳もなく。

油断させたところで、その奴隷商人を殺し、自らの痕跡《こんせき》を消して遠い他の地域へと逃《に》げるか、または、地下の故郷へと舞《ま》い戻《もど》ることを目指すのが、ダークエルフ社会で育った感覚では普通《ふつう》だ。追放を受けた当初は、わたしも同じだった。

故郷に舞い戻りたいと。故郷、地下都市ダウメザランには〝闇毒の都〟以外に別名がある。少し前にも告げたが、〝暗黒の緑薔薇なる理想郷〟と呼ばれていた。

その故郷に戻り、わたしの家を潰した……あの憎《にく》き【第五位魔導貴族ランギバード家】

と【第十一位魔導貴族スクワード家】を討《う》ち果《は》たしたい。散ったアズマイル家。

一族の誇《ほこ》りである〝緑薔薇の蛇家印〟が踏《ふ》み潰されていく光景を思い出す。

――母様の仇《かたき》を――姉様、妹たちの仇を……だが、それは叶《かな》わぬ夢。

復讐《ふくしゅう》するにしても、地下都市ダウメザランには、辿《たど》りつけないだろう。

ダウメザランは地下深くにある都市。到底《とうてい》、個人では到達《とうたつ》できる場所ではないのだ。

地下世界から蓋上のマグル世界へと続く大洞穴《どうけつ》は……。

果てしなく長く幾重《いくえ》にも広がっている。

その道中にはモンスターが多数徘徊し、浅い階層ではマグルを含めた蓋上に住む多種多様な種族と出会うことも多くなる。そんな道中を突破《とっぱ》するには……。

少なくとも上位魔導貴族が率いる精鋭《せいえい》クラスの中隊規模が求められるのだ。

個人で地図もなく地下の大洞穴を突破など……不可能。

実際、わたしを含めた他の討ち滅ぼされた魔導貴族のダークエルフの生き残りたちが、マグル世界へと追放を受ける時は、その精鋭部隊がわざわざ地上まで護送していた。

精鋭部隊とは代々において門番《ゾーンキーパー》の役割が与《あた》えられている【第三位魔導貴族エンパール家】の【闇百弩】たちだ。

一人一人が弩《いしゆみ》を持つ魔《ま》法《ほう》戦士集団といわれている。

この精鋭部隊は外敵を守るだけでなく諜報《ちょうほう》にも長《た》け、常に〝追放の議〟により正式に蓋上世界へ追放が決まったダークエルフたちを護送する任務も背負う。

そんな精鋭部隊が必要とされるほどに長く険しい道。

一人では故郷への思いは見果てぬ夢ということだ。

蓋上世界への入り口は何箇所もある。

わたしを含めた他の追放を受けるダークエルフたちは、頭巾《ずきん》を被《かぶ》され互《たが》いに意思疎通《そつう》ができない状態で、そういった無数の地上の入り口で置き去りとなった。

わたしは、岩場だらけの荒涼《こうりょう》地帯〝光の岩場〟で置き去りにされた。

「追放を受けた者たちで組まなかったのか?」

「無理だ。距離《きょり》が離れている」

追放を受けたダークエルフたちが一緒に行動することは少ないだろう。

偶然《ぐうぜん》に遭遇することはあるかもしれないが。可能性は限りなく低い。

まぁ、当然の処置だ。纏めて解放などする理由がない。

今しがた話をしたように、わたしも当然、襤褸《ぼろ》衣一枚で置き去りにされた。

追放を受けた岩場は、眩《まぶ》しく光《ひか》り輝《かがや》いて見えていた。

そして、目が慣れてくると岩場が光っていたのではなく、この蓋上の地上世界が、光に満ちた世界なのだということを、ここで初めて知った。

そうして、蓋上の世界、地上をあてもなく徘徊。

蓋上とはよくいったものだ。本当に蓋が無いのだから。一面に青い空があるだけという……途方《とほう》もない。遠き空には、大きい不思議な丸い物も浮かんでいた。

丸く異様な眩しい光を発する物体だ。眩しい光は肌《はだ》を焦《こ》がすようで凄く嫌だった。

時間が経《た》つと、その丸い物は沈《しず》むようになくなる。

故郷のように上が暗くなり、空が黒く覆われた。

何が起きているのだ？　と暫《しば》し見続けていく。すると、遠き上に光蟲が湧《わ》いているのか、光の点が無数に現れ、空が変貌《へんぼう》を遂げたのだ。

点だけでなく、大きい丸い物が一つと、欠けているが光る丸い物が上に現れた。

蓋上がこれほど変化するとは、怖い、怖すぎる。

恐怖で身が竦《すく》む。わたしは、上を見るのを止めて、恐怖を抑《おさ》えるために身を小さくさせ岩場の陰で眠《ねむ》ることにした。蓋がある世界へ帰りたい。

ダウメザランの故郷に帰りたい。そんな情けないことを考えながら眠っていた。

次の日、また次の日と、歩き続ける。上が暗く明るくなることが、繰《く》り返《かえ》されることを知る。そんな日を繰り返しながら歩き続けた。

胸中には、どす黒い感情が渦巻《うずま》く。

何でもいいから鬱憤《うっぷん》を晴らしたい思いで一杯《いっぱい》になっていた。

穢れたマグルを見掛《みか》けたら殺してやる。と考えたが、襤褸衣一つの身。

地上に追放されてからというもの、食べている物は虫や草ばかり。

生きるために必死に食い物を探すことに専念した。

その際に数々のモンスターに遭遇した。

遠くからは魔法で対処したが、風の気配察知は地下とは違う。感覚の狂《くる》いで大量のモンスターに遭遇してしまった時は石や素手《すで》で抵抗した。

石だけで殴《なぐ》り殺《ころ》すことができた。石を使った戦闘術など習ってはいないが、色々な訓練のお陰だろう。これならマグルと遭遇しても抵抗できる。

そんな思いを抱きながら、ひたすら歩き続け荒涼を抜け森を越《こ》えた時、マグルの姿を初めて見かけることになった。

わたしはどうやら知らず知らずの内にマグルたちの生活圏《せいかつけん》に身を寄せていたらしい。

相手は背が低い。子供のマグルだった。

しかし、子供のマグルは穢らわしいとは思えなかった。

わたしの方が汚《きたな》い放浪者《ほうろうしゃ》であり追放者。穢れていたからだ。

子供の笑顔を見ると妹たちを思い出す。マグルとて、変わりないではないか……。
もう、その時には〝殺してやる〟などの黒い気持ちは消えていた。
だが、話してみないと始まらない。
わたしは勇気を持って近寄り、話《はな》し掛けてみた。
しかし、言葉が通じない。子供が喋る言葉も分からない。
参った。想像すらしなかった。喋る言葉が違うなど。
……だが、通じないが……話している言葉の意味は何となく伝わってくる。
すると、ついてきて。という仕草をみせた。
わたしは永らく放浪したせいか力があまり出ない。
ゆっくりと歩いてついていく。子供は時々、立ち止まって笑顔を見せてくれた。
わたしに警戒心《けいかいしん》が足りない？　わたしよりも小さい子供にどうしろと言うのだ。
そして、子供に住んでいる村まで案内された。
その子供の親から食べ物を分けてもらえることができた。
お互いに言葉が分からなかったが、笑顔でお礼を言っておいた。
この時はマグルと言っても、善いマグルもいるのだな。と、認識《にんしき》を改めた。
だが、その晩。その認識は間違っていたと知る。

わたしを捕まえようとするマグルの奴隷商たちが、世話になった親子の家に奴隷を連れて乗り込んできたのだ。その奴隷商たちは、わたしが笑顔を向けた子供の親に金を払《はら》っていた。そう、わたしは売られたのだ。

ハハハ、結局はどこも同じか。と嘆《なげ》いた。

やはり魔毒の女神ミセア様は裏切り、怒り、嘘が大好物らしい。とな。

これは、わたしの、ダークエルフとしての宿命なのだろう。

わたしはその場で、魔毒の女神ミセア様に我が怒りを捧《ささ》げるように咆哮《ほうこう》。

乗り込んできた奴隷商たちを逆に殺してやった。

わたしを売ったマグルの親を殺し、その地域を離れた。

子供は……殺せなかった。妹たちのことが目に浮かんだからな。

だが、あの子供はわたしを恨《うら》んでいるだろう。

それからはマグルの世界で、できるだけ身を隠《かく》しつつ旅を続けた。

だが、行く先々で、揉《も》め事《ごと》が起きる。わたしのようなダークエルフは、マグルにとって珍しい種族なのだろう。違うマグルが住む地域に到着《とうちゃく》したわたしだったが、また、奴隷商に追いかけられてしまった。

だが、この日は、どうしたことか……気《き》紛《まぐ》れが起きた。生理が来たわけではないのに……頭が働かず奴隷商に捕まってしまう。

首輪を掛けられ奴隷になってしまった。ま、奴隷になっても、すぐに魔力を纏い念じれば、従属魔法など弾けるダークエルフのわたしだ。奴隷商を殺して、すぐに逃げるか。

と、当初は思っていたが、この奴隷商は他と違った。

最初から丁寧《ていねい》に扱われた。衣食住の提供を受け生命の保証もされる。

自由に行動も許された。身ぶり手振《てぶ》りで、マグルの世を説明してくれた。

表面では顰《しか》め面《つら》を意識していたが、わたしは甘えることにした。

暫《しばら》く大人しく過ごしていると、どういうわけか……。

マグルの奴隷商はわたしを教育しようと、マグル語、人族の言葉を教え始めた。

この奴隷商はどうやら目利《めき》きらしく、わたしが普通のダークエルフではなく、類のエクストラスキルの存在証拠《しょうこ》を見抜《みぬ》いたらしい。だから高く売れるとふんでいるのだろう。

わたしは、すぐに、これは逆に好都合ではないか？　と考えた。

地下世界へと返り咲《ざ》くには、あらゆる事を経験し、力、金、穢らわしいマグルでさえも手懐《てなず》けなければ……ならんと。ただの見果てぬ夢で終わりたくはないからな。

このまま捕まったふりを続けてマグル社会を学ぶのも一興かと思ったのだ。

……月日が経つ。わたしがマグルの言葉をある程度理解した頃。

案の定、わたしはよりグレードの高い別の奴隷商に大金で売られていた。

それから紆余曲折《うよきよくせつ》ありキャネラスのもとへ辿り着《つ》く。

キャネラスからは更なる高等教育を受けていた。

その途中《とちゆう》でご主人様がわたしを買い、今、ここにわたしが存在するのだ。

と、結局、すべてを、いや、過去の一部の話をしてしまった。

この不可思議な強き雄、強い男に……。

「なるほど。地上の世界を見るためにわざと奴隷になっていたのか。それで、ヴィーネ。君は、さっき湯船の中で、一瞬《いつしゆん》だが魔力を体に纏ったよな？」

やはり気が付いていたか。やはり、ご主人様は真に強き雄。マグルなのに、鋭《するど》すぎる。

「はい……」

魔力を纏い〝解〟と念じたのは、反射的だった。わたしの心が混乱していたからだ。

あの場ではどうしようもない。夫婦の儀式《ぎしき》、偕老同穴《かいろうどうけつ》を行う場だったのだから……裸《はだか》で、互いに武器もなく無防備な状態で……。夫となる男と一緒に風呂《ふろ》に入るという儀式を……。

わたしにとって、生まれて初めての事。

……しかもご主人様は強き雄といえどマグルの男だ。

平たいがある意味整っている顔も渋《しぶ》いが、マグルはマグル。が……見事な筋肉を持つ。

あの筋肉には闇虎《ドーレ》のような、ある種洗練された優雅《ゆうが》さがある。

当然……わたしは一度も経験がない。だから……その……。マグルの男が〝心を開け〟と言うから……。反射的に怒ったというか嬉しかったというか……。

感情が爆発して混乱していたのだ……正直、奴隷のままでよかった。だが、今となっては、これはこれでよかったのかもしれない。いずれは、こうなっていただろうから。

「……奴隷を脱《だつ》したんだな。ということは俺と敵対したい？」

「いや、違う……」

ご主人様が、どこか残念そうな表情を浮かべて、そんなことを聞いてきた。

わたしはこの強き雄と敵対したくない。

魔力を見透《みす》かせる勘《かん》のよさ。先の、あの迷宮《めいきゅう》での槍技《やりわざ》、魔法、身のこなしの戦闘術。

わたしを気遣《きづか》う心。不意打ちを喰《く》らっても冷静に対処し、仲間を助ける行動力。

恐怖の黒き獣《けもの》……神獣《しんじゅう》様を従わせる、優しき性格。すべてが凄い。凄すぎる。

まさに、強き雄、強き男。だが、本当に普通のマグルなのか？　わたしは地上へと追放されて何年も経つが、こんな男など見たことがない。

もしや、わたしが知らないだけで、蓋上の世には他にもこのような男が居るのか？

そこで、姉の言葉が甦《よみがえ》る。女神に愛される強き男を迎《むか》えなければならんと。

確かに、ご主人様は神に厄介になっていると、話していた。エルフ女の仲間も助けた。

そのあと……精霊《せいれい》の奇跡《きせき》を起こしている。

あのネックレス、ネピュアハイシェントの力と光精霊、魂《たましい》の強さも関係していると思うが、滅多《めった》に見られない現象だ。やはり神に愛されるほどに強き雄と思える。

その強き男が口を開く。

「……違うか。だが、黙ったままでその目と表情。眉間《みけん》に皺《しわ》を寄せているし、怒ったように見える。首輪にあった従属魔法をキャンセルできたなら、俺に危害を加えられる。今の状態だと、自由なんだろう？　俺から離れられるんだよな？」

ん、急に雰囲気《ふんいき》を変えた？　もう残念がっている顔ではない……怖い、殺気か。

このわたしが視線だけで、恐怖を感じるだと……。

だが、恐怖だけではない。胸が締め付《つ》けられる。いや、今はそんなことより――武器は寝台《しんだい》の横にある。幸い恐怖の黒き獣は寝《ね》ている……。

しかし、何度も思うが、彼《かれ》とは敵対したくない。

マグルを認めたくはないが、ご主人様は別だ。弁明しよう。

「……いや、わたしは怒ってはいない。攻撃《こうげき》は確かにやろうと思えばできる。だが、敵対などしたくない。わたしの顔はこれが素なのだ。今まで、奴隷として作っていた顔とは違う。本音を晒して、本当の顔を表に出しているのだ。ご主人様っ」

わたしは必死に弁明していた。

「そっか。なら、少しは信頼《しんらい》してくれたのか？　しかし、従属魔法をキャンセルしたのは本当のようだな。胸上にあった円環《えんかん》がない」

彼は、鋭い表情を崩《くず》し。笑《え》みを浮かべていた。

強き男の黒い双眸。わたしの首と鎖骨《さこつ》と胸を舐《な》めるように見つめながら語っている。

わたしの胸は大きいからな。手を出さなかったが……。

さっきも、わたしの胸ばかり注目していた。

「もう一度言うが、ご主人様とは敵対したくない」

彼はわたしの言葉に頷きながらも、やはり胸を凝視《ぎょうし》してくる。

欲望に素直《すなお》な男のくせに、わたしが承諾《しょうだく》しなきゃ襲《おそ》わないとも言っていた。

意外に紳士《しんし》なのか。

だが、わたし自身、さっきから胸が締め付けられるのを感じている。心が刺激《しげき》を受ける。

何故だ？　この男に見られると、下腹部に熱を感じてしまう。

何か、この強き男だけが持つ特殊スキルか？

それとも、弾いたとはいえ、従属魔法の副作用があるのだろうか。

「……敵対したくない。か。それじゃ、俺から離れて自由になるか？」

「いやだ、離れたくない」

「なぜ？　ヴィーネはマグルの世にも詳しいし、十分、一人でもやっていける。自由なんだぞ？」

世に詳しい？　多少、商売関係に詳しいだけだ。

「……わたしがここにいては迷惑《めいわく》だろうか」

「いやいや迷惑じゃないよ。俺としては嬉しい。だが、奴隷じゃないなら、無理に縛《しば》るつもりもない。自由に外へと行くがいい」

自由に外へと行けだと？

南マハハイムのマグル社会にまだまだ疎《うと》いわたしとて……あの豪華《ごうか》絢爛《けんらん》で隙《すき》の無い奴隷商のキャネラスが靡《なび》く程の大金に、どれほどの価値があるかは分かっているつもりだ。

そんな大金で買ったわたしを……わたしの〝意思を尊重〟して自由にするとは。

なんて器がデカイ男なのだ――心が震《ふる》えてくる。

今……分かった。認めよう。仲間を助け、女に優しいこの男は、他の、どのマグルよりも強く気高い立派な〝雄《おす》〟であり〝男〟なのだと。

ただ、とにかくスケベで、一度知己《ちき》になった女にはどうも弱いことが、玉《たま》に瑕《きず》か。

だが――面白いぞ。この強き男であるご主人様を、もっと知りたい。これから先も共に歩んで生きたい。あ、も、もしや、わたしは……。

――その瞬間《しゅんかん》、神の悪戯《いたずら》か分からないが……。

わたしの脳裏《のうり》にダウメザランで過去に起きた惨劇《さんげき》の記憶《きおく》が甦ってくる。

アァア――母様、姉様、すみません。

古き羈絆《きはん》を、復讐を忘れたわけではないのです……。

いつか憎き仇の魔導《まどう》貴族を討ち果たします。

ですが、わたしは間近で見ていたいのです。この強き男を……この強き雄となら……不思議ですが、わたしの復讐を超えてすべての事柄《ことがら》を成《な》し遂げられる。

そんな、今まで感じたことのない高揚《こうよう》を抱かせてくれるのです。

惨劇の記憶が、脳裏を駆《か》け抜けながらも、はっきりと自分の気持ちが分かった。

眼前の強き男を見つめる。そう、わたしはこのご主人様に惚《ほ》れたのだと。

「……自由か。なら、わたしは今まで通り尽《つ》くさせてもらう。自由なのだから、別にいいだろう？　ご主人様」

もう奴隷ではないが古き羈絆から脱する思いとして……。

新たに忠誠を誓《ちか》う気持ちで、そう言ったつもりだ。

「……何か釈然《しゃくぜん》としないな。何故、俺に従う？」

うう、一度、敵意を見せるように魔力を纏ったから信じてもらえないか。

どうしたら分かってもらえる？　……そうだ、恥ずかしいが本音を言ってしまおう。

最初にわたしが混乱した原因を。

「……ご、ご主人様が。本当に強き雄だからだ」

告白してしまった……顔が熱い。アァァ……恥ずかしい。

わたしはどうしたのだ。ご主人様の黒い瞳《ひとみ》に吸い込まれてしまう……。

「強き雄か。ありがとう。俺に従ってくれるなら嬉しいや、やっぱ大金を出したからなぁ」

ご主人様は、そう言って嬉しそうに微笑を浮かべると……。

照《て》れ隠《かく》しをするように髪《かみ》をポリポリと掻《か》いている。よかった。嬉しい。

少したじろいでいたが納得してくれた。信頼を得るためにも口調は奴隷の時に戻そう。

強き者には尊敬を。

「はい、その大金に見合う活躍《かつやく》をしてみせます。ご主人様」

ヴィーネは奴隷ではなくなったが、まだ俺に付いてきたいらしい。

俺の従者という形だ。一緒に過ごすことになる。

彼女《かのじょ》は、過去の話をずっとしていたせいか、疲《つか》れて寝ている。

迷宮からの帰りだったし、少し無理させちゃったかな。

寝顔《ねがお》も美形だ。風呂では少し不安を覚えたが、安心した寝顔を見ていると……。

俺を信頼してくれたか、慕《した》うようになってくれたのは確かなようだ。

だが、彼女の過去話によると、弱い男のことは毛嫌《けぎら》いしている。

ま、それは仕方がない。ダークエルフの女社会では、男のヒエラルキーが低い。

だからこそ逆に、強い雄、強い男はダークエルフの女上位社会に於《お》いて、貴重な存在と分かった。優秀《ゆうしゅう》な女性は、よりよい種を残すために、率先《そっせん》して強き男を自らの夫に迎えて、他より優《すぐ》れた子孫を所属するコミュニティーに残さなきゃいけないんだろう。

自分たちの一族である魔導貴族を繁栄《はんえい》させるために。

そして、その女性上位の社会だからこそ〝強い雄〟を探すことは容易ではないはず。

ま、とにかくだ。優秀な彼女を失わずに済んだ。

無理やり俺のスキル〈眷族《けんぞく》の宗主《そうしゅ》〉で従属化するのはやりたくない。

ヴィーネを俺の眷族にするのなら、円滑《えんかつ》に、コミュニケーションをしつつ互いに納得《なっとく》をしてからだ。眷族の従者はヴァンパイアと化すのだから。俺と同じように光属性が苦にならないのなら大丈夫《だいじょうぶ》だと思うが……。

その光属性を得られるかどうかは、〈眷族の宗主〉を実行してみないと分からない。光《こう》魔《ま》ルシヴァルの血を受《う》け継《つ》ぐのだから、やはり光属性は得られるとは思うが……不安は拭《ぬぐ》えない。俺の〈筆頭従者長〉となっても、光魔ルシヴァルではなく、ヴァンパイアとしての種族適性が優先された場合は、太陽の明かりが弱点となる。そうなったら、俺の責任だ……。

その辺を踏まえて今度、ヴェロニカやポルセンに聞いてみようか。

しかし、その肝心《かんじん》のヴィーネだが……俺がヴァンパイア系の新種族《ルシヴァル》だと、血を吸う人外と知ったら……どうなる？　否定して逃げるか？

只《ただ》でさえ、マグルとか言って、地上の人間を差別的に考える女だ。

可能性はある。だからと言って、俺の正体を明かさないのは……逆に彼女の信頼を損なうのではないか？　と思うわけで……。
まあ、正体を明かすのは、まだいいか……ヴィーネは寝ているし。
今は他にもやるべきことがある。真実を話すのは後回しにしよう。
まずは、集めた魔石をアイテムボックスに納める。
宝箱から手に入れたアイテム類のチェックもしないとな！
銀箱から入手した、あの霧の蜃気楼《フォグミラージュ》の指輪を試す。
あの指輪があれば、魔技〈仙魔術《せんまじゅつ》〉が生きてくるはず。
これからは槍武術《やりぶじゅつ》の鍛錬《たんれん》に加えて〈仙魔術〉の修行《しゅぎょう》も増やすとしよう。
さて、ひとまずは魔石をアイテムボックスに納めるか。アイテムボックスに触《さわ》り、
「オープン」
アイテムボックスを起動。百個の魔石を取り出す、それら魔石を床《ゆか》に置いた。
メニューの◆を押《お》す。

◆：エレニウム総蓄量：60
必要なエレニウムストーン：90：未完了《みかんりょう》。

報酬《ほうしゅう》：格納庫＋20：カレウドスコープ解放。
必要なエレニウムストーン：２００：未完了。
報酬：格納庫＋25：ディメンションスキャン機能搭載《とうさい》。
必要なエレニウムストーン大：５：未完了。
報酬：格納庫＋30：フォド・ワン・カリーム・ガンセット解放。
?・?・?・?・?・?
?・?・?・?・?・?
?・?・?・?・?・?・?

いつものようにウィンドウの右に羅列《られつ》表示された。
ウィンドウの左にも表示される。

◆ここにエレニウムストーンを入れてください。

ウィンドウの◆マークは大きい。
その大きい◆に、百個の中型魔石を、一気にぶっこんだ。
ジューサーだったら、ドバッと汁《しる》が溢れ出《で》るところだ。

必要なエレニウムストーン：完了《かんりょう》。
報酬：格納庫＋20：カレウドスコープ解放。

報酬の文字表示が出た瞬間――
ウィンドウとアイテムボックスから無数の光の粒子《りゅうし》が出た。
その光の粒子は、真上に集まるが、すぐに消失。
小さい十字形をした金属が浮《う》かんでいた。この金属がカレウドスコープ？
ボタンやゲームコントローラーの十字キーにも見える。
宙に浮かぶその十字ボタンを掴《つか》んだ。金属製のバッチのような感触《かんしょく》。

どんな風に使うんだろう。分からない、後回しだ。
俺はその十字金属を握《にぎ》りつつ、アイテムボックスに浮かぶウィンドウ表記を見た。
エレニウムストーンの数を確認《かくにん》。

◆：エレニウム総蓄量：１６０

必要なエレニウムストーン：２００：未完了。
報酬：格納庫＋25：ディメンションスキャン機能搭載。
必要なエレニウムストーン大：５：未完了。
報酬：格納庫＋30：フォド・ワン・カリーム・ガンセット解放。
必要なエレニウムストーン大：10：未完了。
報酬：格納庫＋35：フォド・ワン・カリーム・ユニフォーム解放。

?:?:?:?:?:?
?:?:?:?:?:?:?

？・？・？・？・？・？


ちゃんと表記は増えた。エレニウムストーンの総量は百六十になった。

次の段階に必要らしいエレニウムストーンの二百という数字は、減っていない。カウントされなかったらしい。　そして、報酬の格納庫とアイテムに新しい物が追加されている。

「フォド・ワン・カリーム・ユニフォーム」とは防具品か？

求められるエレニウムストーンは十個で、大。大の魔石か。

……きっと大型魔石や極大魔石じゃないと駄目《だめ》なんだろうな。

魔石を集めるのも苦労しそうだ。そこでウィンドウの画面を素早《すばや》くタップして、アイテム表記に戻す。すぐにブゥンッと効果音がなり、普通のアイテム表記画面が再表示された。

◆：人型マーク：格納：記録

アイテムイベントリ　65／120

よっしゃ、格納庫の最大数が増加した。

これで、よりたくさんのアイテムを入れることができる。

次は掌《てのひら》のカレウドスコープの確認だ。アイテムボックスのウィンドウを消去。

スコープを握ったままだった掌を開く。小さいカレウドスコープの感触は冷たい。

十字の形。薄《うす》い金属、表面は滑《なめ》らかな光沢《こうたく》。裏側に、少しざらつきがある。

マグネットじゃないが、何かに貼《は》り付く仕様になっているのか。

端子《たんし》や電池の金属部品のようにも見えた。

最初はカレウドスコープという名前からして、サングラスとか万華鏡《まんげきょう》のイメージを思い浮かべたが、見た目は小さいボタン。十字キーだもんな。

万華鏡だとカレイドスコープだから、たぶん違《ちが》うんだろう。

裏側のざらざら部分は、貼り付くから……もしかして、これを皮膚《ひふ》に貼るのか？

試しに、掌の上に貼り付けた。感触は冷たい。

その十字金属の中心を指で押す。

うぉっ！　と、光った。ビンゴ？　十字金属の光沢がある表面が少しだけ緑色に光る。

だが、効果がない。すると、error、error、errorと十字キーの金属の表面に異世界文字が電子掲示板《けいじばん》のように表示されて流れていく。更《さら》に、目の横に装着してください。

と、赤文字で注意を促《うなが》すように小さい文字が横へと流れていった。

これを目の横に装着すればいいのか？

掌から目の横に装着っと。うひょっ、またも貼り付いた。

右目の横に十字型金属がくっついちゃった。冷んやりと気持ち良く皮膚に貼り付いている。おでこに貼る冷やピタ的な感触だ。相棒の触手《しょくしゅ》と似た感触――刹那《せつな》。

ホログラフィック文字が浮かぶ。


――《フォド・ワン・カリーム・サポートシステムver.7》起動。

――遺産神経《レガシーナーブ》を注入しますか？　Ｙ／Ｎ

フォド・ワン・カリーム・サポートシステム？　遺産神経？

ひょっとしてナノマシンでも射《う》たれちゃう？　簡易ＯＳ的なモノが起動したのか？

まぁ、強化されると思うから、注入しちゃうか。視界に浮かぶＹをポチっとな。


――了承《りょうしょう》しました。

――遺産神経《レガシーナーブ》が注入されます。

そんなホログラフィック文字が視界に浮かんだ瞬間、目にチクッとした痛みが走る。

右の視界がぼやけてしまう。が、すぐにクリアな視界に変化。

視界を薄い青色の膜《まく》が覆《おお》っていた。


――未知の元素、抗体《こうたい》を確認。適合化確率82％。

――適合化、成功。


おぉ、薄青《うすあお》い視界の中に僅《わず》かにワイヤーフレームのような淡《あわ》い光が足されていく。

それら淡い光が、壁《かべ》、扉《とびら》だけでなく、すべての物を縁取《ふちど》るように光の線が走っていく映像に変わった。レーダー？　ヘッドマウントディスプレイ？

視力がアップしたようだ。まだ青い感じだが、ズームアップができる。

さっきよりも高解像度。寝ているヴィーネもフレームのような淡い光線に縁取られて、あれ、▽のカーソルが付いている？

縁取られてる上の▽カーソルも気になるが、俺《おれ》の右目の横の肌感触《はだかんしょく》も何か変だ。

ゲートの鏡に映る俺の顔を確認した――右目が変わっている。鏡に近付き、凝視。

目の横に貼り付いた金属が、大きな卍《まんじ》型の手裏剣《しゅりけん》のような形に変形していた。

更に、卍型の金属の端《はし》から薄青い硝子繊維《ガラスせんい》のような極《きわ》めて細かな線が、皮膚の中にめり込み右の眼球に入り込んでいる。右の眼球と青い繊維《せんい》が同化している？

何か、インプラントの特殊《とくしゅ》義眼のようだ。色彩《しきさい》は鮮《あざ》やかなブルー。

コンタクトレンズのようなものが表面に付いている。

これは近未来型スカウ〇ーか？

もしや、ドラゴンボー〇のように、相手の戦闘力《せんとうりょく》が数値で解《わか》っちゃう？

ザー〇ンさん。ドド〇アさん、追いかけなさい！

わたしの戦闘力は五十三万です。とか、できちゃうのか？

いいねぇ……と、冗談《じょうだん》はほどほどにして、薄青い視界を凝視していく。

すると、視界の下に――サイバネティックアタッチメントを切《き》り替《か》える時には、目の横にあるアタッチメントをタッチしてください。

と文字表示がされている。このアタッチメントが卍の形をした金属のことを指すのだろう。目の横に貼り付いた、この卍の形をした金属を指の腹で一回、優《やさ》しくタッチ。

すると、一瞬で視界が元通りになった。

鏡で自身の姿を確認――普通《ふつう》の目に戻《もど》っている。切り替えは瞬時《しゅんじ》に可能か。

目の横に展開したアタッチメント機械の形も、元の十字手裏剣の形に戻っていた。

また、その十字の金属をタッチ――その刹那、薄青い視界になった。

目の横の十字の金属も卍の形をした金属へと変形。カッコイイ。形状記憶合金のようだ。

すると、俺の左目に宿る常闇《とこやみ》の水精霊ヘルメが視界に現れた。

その小さいヘルメが、鏡に映る俺を見て、

『閣下のおめめが……不思議な物ですね』

と、ヘルメが指摘《してき》している。

ヘルメは小さいが水の衣から煌《きら》びやかな粒子が飛んでいるから美しい。

『そうだな。ヘルメにはどう見える？　この目』

『無機質にも見えますが、微細《びさい》な魔力《まりょく》が僅かに感じられます』

精霊とて、それぐらいしか分からないか。

この目に装着した未来的な《カレウドスコープ》機械にも魔力は使われている。

が、どうみても未知の技術で作られているのは明らかだ。

たぶん、地球の科学技術を超《こ》えている機械類だ。予想だと、アイテムボックスのメニューにある〝人型〟を押して表示される種族たちの技術かな？

推察、その一。

この星の過去には高度文明を持つ種族が住んでいたが、現在は滅《ほろ》びた？

しかし、ロロディーヌの前身である神獣ローゼスが俺に見せてくれた遥《はる》か古代の頃《ころ》の記憶の映像では、高度文明が発達しているような雰囲気はなかった。

だが、あれは地底の話。地上は物凄《ものすご》く発展していたのかもしれない。

定番で、核戦争《かくせんそう》規模の大破壊《だいはかい》魔法《まほう》による自滅《じめつ》？　地球でも古代インドでは核戦争があったというような都市伝説を聞いたことがある。オーパーツ類の話は好きだった。

推察、その二。

ヴィーネと、はぐれドワーフのロアが語っていた地下の暗黒世界に、そのような古代の文明が残っている？　推察一とかぶるが、一と同様、可能性は低いな。

推察、その三。

それとも、地上の何処《どこ》かに隔絶《かくぜつ》された地域があるのか？

鏡の先にある空島？　この惑星《わくせい》セラは、かなり大きいからな。いくらでもあるだろう。

推察、その四。

宇宙からの知的生命体が蠱毒システム的なモノで迷宮に挑《いど》み死んだ結果、アイテムボックスのみが現地人の手に渡《わた》った？　それとも高度な知的生命体による、この星にいる現地人を採用するシステムかもしれない。

宇宙軍、例えば帝国《ていこく》と同盟に分かれた……そう、ジェダ○の騎士《きし》的な優れた隠者《いんじゃ》を探す蠱毒システムなのかもしれない。いや、これは妄想《もうそう》しすぎ、と突っ込まれるか。

しかし、この不思議な機械と同化している目を見ると、ある言葉を思い出す。

『充分《じゅうぶん》に発達した科学は魔法《まほう》と見分けが付かない』

正式には、このカレウドスコープは科学とは言えないか。

ま、いいや。謎《なぞ》は一時、放棄《ほうき》。寝ているヴィーネに視線を移す。

縁取る線の上にある▽カーソルをチェック。

これ、何だろ。と、意識をヴィーネに向けた途端《とたん》、▽カーソルが点滅《てんめつ》。

ヴィーネを縁取る線も点滅。彼女のすべてがＣＴスキャンを受けるように、透過《とうか》していく。内臓まで見えまくり——一瞬でスキャンは終わった。ヴィーネの▽カーソルが拡大。

炭素系ナパーム生命体B-f###78
脳波：安定、睡眠《すいみん》状態
身体：正常
性別：女

総筋力値：18
エレニウム総合値：５２０
武器：なし

数値だ。冗談ではなく、本当にスカウ〇ーで当たりだったらしい。
しかし、一瞬とはいえ体《からだ》を透《す》かすか。
服だけを透かす技術だったら、常におっぱい見放題だったのになぁ。
女性を気持ちよくさせるおっぱい研究会が捗《はかど》ったはず……。
ま、スケベな思考はここまでにして、考察の続きだ。
この機能は相手の能力を測定できるとして、鑑定《かんてい》に近い。
脳波、総筋力値は分かる、だが、エレニウム総合値か。精神や魔力のことかな？
解説らしきものは一切《いっさい》出ない。分かった範囲《はんい》じゃこの程度。
そこで目の横の卍型金属のカレウドスコープをタッチして視界を元に戻した。
視界はやはりこっちのほうがいい。でもこれはいい暇潰《ひまつぶ》しの道具になりそうだ。
色んな人たちを鑑定して遊べる。

次は霧の蜃気楼《フォグミラージュ》の指輪を試《ため》す――。

ジャジャーンと、効果音を口ずさむ――。指輪を取り出し、空いてる指に装着。

魔法の指輪らしく、どの指に付けても自動で大きさを調整し、ぴったりと合う。

この指輪の力を使うには、周りに水分が必要なんだっけ？

空気中に湿気《しつけ》なら少しあるだろうし、一度試《ため》してみよう。

指輪に魔力を送ってみた。その瞬間、俺の姿を象《かたど》った薄い霧が発生。

おぉ、すげぇ、分身だ。しかも動きをトレースしてる？

分身だけで動かせるのか？　と思考したら分身体が違う動きをした。

わぉ、こりゃいいい。あっ、崩れた。徐々《じよじよ》に分身体が消える。

周りの水分が足りてなかったようだ。次は水を使って試そう。

桶《おけ》の傍《そば》に移動して、生活魔法の水を放出し、それを少し溜《た》める。

それから霧の蜃気楼《フォグミラージュ》を発動させた。

水の分身が現れる。桶に溜まった水は少しなくなった感じがする。

しかし、ごっそりと大量の水分を消費するわけじゃないらしい。

俺の分身が着ている服は、発動した時の服だ。それにしても精巧《せいこう》な俺だ。

分身の人差し指と俺本体の人差し指を合わせて「E.T」とか、やってみた。

懐《なつ》かしい映画のように、自転車の籠《かご》に乗った宇宙人ちゃんは現れない。

合わせた指同士が光るわけもなく、合体するわけもなく。

ただシーンと、夜の静寂音《せいじゃく》が耳に聞こえるのみ。

うん。誰《だれ》もツッコミ役がいないのにボケるのは、止《や》めるか。

そこで指を合わせるのを止めて、分身をしばらく放っておいた。

ファイティングポーズを取らせて、構えた状態で放置。数十分後も、そのままのポーズで分身は残っている。この分身の解除はどうやるんだろ?

試しに分身を意識しながら〝解除〟と念じたら霧状《きりじょう》に霧散《むさん》。簡単に解除できた。

桶の水は少し減っただけ、水分も大量に必要ということではないらしい。

この分身……使えるな。後は〈仙魔術〉の訓練もやろうか!

と、気合いを入れて、出窓から屋根に歩き出る。

月に向かって吠《ほ》えるように、屋根の天辺《てっぺん》付近まで歩いた。

足場が悪く斜《なな》めになっている場所で待機――ここでいいか。

掌握察《しょうあくさつ》で周囲を確認。魔力の波が周囲を探知する。

下の宿の中から複数の魔素《まそ》をいつものように感じた。外の路地からは何も感じない。

ま、今は真夜中を過ぎて朝方だからな。

よーし、訓練の開始だ。また気合いを入れる。胸前で腕《うで》をクロスさせて、腰《こし》に溜め。

〝押スッ〟

空手を使うように気合いを入れて、掌握察を解除せずに、魔力の放出を続けた。

集中……薄く、薄く、伸《の》ばす波。そして――〈仙魔術〉を発動。

水気が風を生むように俺を纏《まと》い回ると、同時に大霧が発生。

久々に口の中が渇《かわ》く感覚を得る。

だが、昔、仙魔術を初めて使用した時よりは楽だ。

準備もそんなに必要ではなくなっているし、確実に魔力消費は低くなっていた。

それでも、胃が捩《ねじ》れる感覚と、この大量に魔力を失う感覚は好きにはなれない。

霧は瞬時に宿の屋根を越《こ》えて周囲に広がっていた。闇夜《やみよ》の中、辺り一帯を霧が包む。

ここで、指輪に魔力を注ぐ。

この指輪の霧の蜃気楼《フォグミラージュ》という名前通り……。

霧の中に俺の蜃気楼《分身》が生まれ出る。更に〈隠身《ハイド》〉を発動。

分身体を残して、霧の中へと後退。こりゃ、予想通り。姿を眩《くら》ますのに効果大だ。

〈仙魔術〉の霧は完全に濃霧《のうむ》。師匠《ししょう》の言葉が脳裏を過る。

すべて使えば使うほど、魔力消費を抑《おさ》えることができる。と、応用も可能となる。

〝未知なる成長〟を果たす。とも教わった。
最後の未知なる成長は実感できないが……。
師匠が語ったように、俺なりに応用はできているようだ。
霧は濃《こ》くなって、まだ周囲に残っている。凶悪《きょうあく》な相手から逃《に》げる時に使えそうだ。
或《ある》いは、待ち構える時の急襲《きゅうしゅう》にも使える。今日は……こんなもんでいいだろう。
分身を消して部屋に戻ろうと、分身を解除しては、霧を放置。
屋根を伝い降りて出窓から、部屋に戻る。寝台へ倒《たお》れるように横になり、寝転《ねころ》がった。
久々に能力チェック。

ステータス。

名前：シュウヤ・カガリ
年齢《ねんれい》：22
称号《しょうごう》：水神ノ超仗者《ちょうじょうしゃ》
種族：光魔ルシヴァル
戦闘《せんとう》職業：魔槍闇士《まそうやみし》：鎖《くさり》使い

筋力 22.3　敏捷《びんしょう》 23.0　体力 20.7　魔力 26.3　器用 20.3　精神 28.3　運 11.2
状態：平穏《へいおん》

全体的に上がってはいるが、格差が大きくなった。やはり精神値だけが上がりやすいようだ。ステータスを消して、何回も寝返《ねがえ》りをしていく。

「にゃ」

んお？　いきなりの猫声《ねこごえ》。黒猫《ロロ》のドアップだ。

相棒はジッと俺を見る。虹彩《こうさい》は赤色と黒色。

「なんだ？」

「ンン」

黒猫《ロロ》はめんどくさそうに喉声《のどごえ》を鳴らした。

そのまま枕《まくら》の下にゴロリと寝転がる。腹を見せながら猫パンチを俺の肩《かた》と首下に当ててきた。その逆さまに俺を見ているだろう相棒ちゃんに、

「遊びたいのか？」

と、聞きながら、黒猫《ロロ》の腹をくすぐるように撫《な》でてやった。

くすぐったいのか、俺の腕に向けて、連続的に猫パンチを繰《く》り出《だ》してきた。

興奮すると、俺の腕に噛《か》みつきながら両前足でロックするよう抱《かか》え込む。

「痛っ」

相棒の猫キックだ。後脚《うしろあし》のカンガルー風キックを連続的に喰《く》らう。

痛いが、我慢《がまん》。黒猫《ロロ》はガツガツと俺の腕を削《けず》る。

俺の表情を見た黒猫《ロロ》は動きを止めた。つぶらな瞳で俺を見てきた。

「大丈夫だよ。ただ、爪《つめ》は引っ込めてほしいが」

「にゃお」

ゆっくりと瞬《まばた》きした黒猫《ロロ》はそう返事すると……。

謝《あやま》るようにペロッと腕を舐《な》めてきた。

そのまま自身の胸の下に前足を収めて、可愛《かわい》く座《すわ》った。

香箱座《こうばこずわ》りのスフィンクス体勢だ。可愛い姿をしおってからに。

頭部から背中と尻尾《しっぽ》にかけて黒毛ちゃんを梳《す》いていく。何回も撫でてやる。

黒猫《ロロ》は、俺の掌の動きに合わせ背筋を悩《なや》ましく滑らかに伸ばす。

掌で感じる黒猫《ロロ》の筋肉の動きが、とても愛《いと》しく思えた。

黒猫《ロロ》はゴロゴロと喉を鳴らす。また、瞼《まぶた》をゆっくりと閉じて、開くを繰り返《かえ》しつつ俺を見る。『リラックスしているよ』と気持ちを示してきた。

俺も瞼をゆっくりと閉じて、大好きだぞっと、意思を伝える。

相棒はにっこりと微笑《ほほえ》んだ気がした……次第《しだい》に目を閉じて眠《ねむ》っていく。

はは、可愛い、俺も少し寝《ね》るか。目を瞑《つぶ》る。暗い世界。瞼を感じながら……心地《ここち》いいゴロゴロ音が癒《い》やしの音に聞こえてくる。

その音を耳朶《みみたぶ》に感じ入りながら久しぶりに意識を閉じていく。


コンコン、コン。

部屋のノック音で浅い眠りはいきなり終了《しゅうりょう》。

三十分か一時間ぐらいか？

「ンン、にゃ」

「ご主人様？　誰か来たようです」

黒猫《ロロ》も音に反応。

顔を上げていたが、香箱座りの状態で見守るようだ。

ヴィーネは寝台《しんだい》から起き上がる。武器を手に取りながら、扉へと向かおうとしている。

そういや、女将《おかみ》が部屋に来ると言っていた。起き上がり、

「……ヴィーネ。大丈夫だ」

「はっ」

ヴィーネは頭を下げ、了承。

彼女は俺の寝台の側に来ると、待機した。

胸を張るように背筋を真っすぐ保つ。両腕《りょううで》を後ろに回し組んでいる。

護衛のつもりらしい。彼女の行動に感心しながら扉へ顔を向けた。

「鍵掛《かぎか》かってないから、どうぞぉ」

大きめの声で促す。

扉を叩《たた》いていた主は、声が聞こえたのか扉を開けると、おずおずと入ってきた。

「……夜分遅《おそ》くにすみませんね」

やはり、女将のメルだ。

「いいですよ。それで何の話でしたっけ？」

「闇《やみ》ギルドの件です」

メルの視線は何処と無《な》く厳しい。部屋に入る動作も、歩く動作も隙《すき》が無い。

「……シュウヤさんに【梟《ふくろう》の牙《きば》】が潰《つぶ》れた件について、詳《くわ》しく聞きたいと思いまして」

やはり、その件か。どの程度出回っている情報なのかは知らないが。

「あぁ、潰れたようだ」

様子を窺《うかが》うように無難に話す。

「えぇ、お陰《かげ》で【月の残骸】も大きな縄張《なわば》りを得ることができて忙《いそが》しくなりました」

「それはそれは、よかった」

俺にとっちゃどうでもいいけど。

「……ふふ、では、互《たが》いにまどろっこしい言い方はこの辺でお仕舞《しま》いにして、事実を……【梟の牙】の本拠地《ほんきよち》を潰した事実について、詳しくお話ししてくれますか?」

メルは俺が潰したとは予想がついてるのか。情報網《じようほうもう》は中々に優秀らしい。

だが、話したところで……。

「別に詳しく話さないでもいいだろ? そっちの想像通りと思ってくれて構わないよ」

「そうですか。分かりました。シュウヤさんは、わたしたちと今後も協力関係を持ってくれると?」

「協力というか、まぁ、そうだな。俺、ヴィーネ、知り合いと敵対しなければ、仲良くするよ。それに、今は宿の客だ」

最後に笑顔《えがお》で締《し》めながら、カレウドスコープを思い出す。

そうだ。メルをスコープ越《ご》しに見てみようか。

然《さ》り気無《げな》いポーズで、右目の横に展開中の十字金属の表面をタッチ。

指に触《ふ》れた十字金属は、自動的に卍型に変化。カレウドスコープが起動する。

視界も薄青となった。フレームの世界が広がると、解像力か分解能的な能力が飛躍《ひやくてき》的に高まるようだ。視力も上がっていることは確実だろう。
▽カーソルとメルの身体を縁取るフレーム線も変わらない。
その▽カーソルを意識すると、メルの全身を透過しスキャンしていった。

炭素系ナパーム生命体A-f####12
脳波：安定
身体：正常
性別：女
総筋力値：16
エレニウム総合値：289
武器：あり

総筋力値とエレニウム総合値は、ヴィーネのほうが上。

メルは何処かに武器を隠《かく》し持《も》っているようだ。

そこでまた目の横に装着している卍型金属をタッチ。視界を元に戻す。

メルは『何かしら？』という表情を浮かべている。

俺の右目を見てきたが、まぁバレても構わない。

「……分かりました。〝今〟はそれで十分です。ふふ、ヴェロニカも喜ぶでしょう」

ヴェロニカが喜ぶか。才色兼備《さいしょくけんび》のメルは安堵《あんど》したのか、ホっとしたような表情を浮かべて話している。そういや、そのヴェロニカの姿を見掛《みか》けない。

「そのヴェロニカは今日、宿にはいないのですか？」

「はい。今日も居ませんよ。【梟の牙】は潰れましたが、他にも闇ギルドは存在しますからね。夜にはポルセンたちと共に〝食味街〟の防衛を兼《か》ねて動いてもらっています」

そういうことか。眷族の従者について、質問しようと思ったんだが……。

「……忙しそうだ」

「はい。彼女《かのじょ》に用ですか？　シュウヤさんの用でしたら、急ぎ知らせますが」

偉《えら》い親切だな。

「あ、いえいえ、そこまで急いでないので、大丈夫《だいじょうぶ》です」

あまりにもメルは丁寧《ていねい》だから、逆に敬語で返したくなっちゃった。

「そうですか？　いつでも言ってくださいね。それと、シュウヤさんに知らせておくべき情報が……」

「うん？　何です？」

メルはそこで、急に勿体振《もったいぶ》った態度に変わる。

「ふふ、あ、用事を思いだしました……」

と、メルは誤魔化《ごまか》すように部屋を出ていこうとした。気になるじゃないか。

ちっ、そういうことか。前言撤回《てっかい》。こっちの話が本命か。

俺が曖昧《あいまい》な情報しか出さなかったから、そっちもそういう態度か。

「……待て、分かった。さっきの【梟の牙】の情報がほしいんだろう」

メルはピクッと肩を反応させて振《ふ》り返る。満面の笑《え》みを浮かべていた。

「ええ、そうです。察しが早くて助かります」

笑顔からして、皮肉かよ。訳をすると、〝遅すぎなんだよ馬鹿野郎《ばかやろう》〟という感じか。

「悪かったな。そうだよ。俺が直接【梟の牙】の本拠地に乗り込み潰した。エリボルも総長のビルとやらも俺が殺《や》った……これで、満足か？」

「はい、満足です。でも、悪く取らないでくださいね？　その件についてなのですよ。シユウヤさんに知らせておくべき情報とは……それはベネットが、俄《にわか》に掴んだ情報なのですが、陰で【オセベリア王国】の【白の九大騎士《ホワイトナイン》】が貴族街で起きた殺人事件の犯人を追っている。とのことなんです」

何だって？　今度は国の機関かよ？　メリッサから聞いたことはある。

あぁ、思い出した。あの場に踏《ふ》み込んだ時に見回り兵士がぼやいていたっけ、隣《となり》が王族とか言っていたな……と言うか、今、俺が殺ったと証言しちゃったじゃん。

上手《うま》く誘導《ゆうどう》された。チッ、録音とかされていたらアウトだよ。

そんなものはないと思うが。しかし、魔法か魔道具ならありえるか？　公開されちゃ困るな。ま、そうなったらそうなったで、後悔《こうかい》させてやるが。

「……国か。貴重な情報をありがとう《嵌めたなクソが》」

皮肉を込めたつもりだ。

「いえいえ、どういたしまして《話したのは貴方です》ですが、安心してください。【月の残骸】は裏切りません。一方的ですが、わたしは貴方を〝仲間〟だと思って接していますから」

うひゃ、なんとも言えない賢顔《かしこがお》の皮肉。余裕《よゆう》の笑みを浮かべている。

彼女的に俺の弱みを握ったつもりなのかねぇ。食えねぇ女だ。だが、楽しい。

「……はは、分かったよ。俺もそのお仲間さんとやらの言葉は信じているさ《今は信じといてやる》」

ニコっと爽快《そうかい》な笑顔を意識した。

「……はい。では気を付けてくださいね」

メルも相応《ふさわ》しい笑顔を返してくると、意味あり気に話を終える。

仲間だと思っていますよ。的な皮肉かな。

彼女は欣然《きんぜん》として笑みを浮かべたが、途中《とちゅう》で闇ギルドの団長らしく、威厳《いげん》ある仕草を取りながら胸を張って部屋を出ていった。ふぅ……皮肉合戦は疲《つか》れる。

「ご主人様、先程《さきほど》の【月の残骸】とは仲がよいのですね。組織に入るのですか？」

黙《だま》って聞いていたヴィーネが額面通りに受け取ったのか、そんなことを言ってきた。

「今は入らない。微妙《びみょう》に協力する関係だ。その闇ギルドについて、どの程度知っている？」

ヴィーネは少し頭を下げ、口を開く。

「キャネラスから、ある程度は……彼曰《かれいわ》く〝この都市は【梟の牙】が一番の勢力を保っているが、この先は分からない〟〝思惑《おもわく》を抱えた闇ギルドは都市の内外に多数存在する。関《かか》わってはいけない組織も多いから、少しずつ覚えておけ〟と言われてました」

なるほど。少し前の情報だな。

「少し前まではその通りだったんだが、俺はその【梟の牙】と揉《も》めた。ヴィーネと契約《けいやく》する直前に、その揉めていた闇ギルド【梟の牙】のトップを潰したんだ。そのトップは表向き大商会の会長。だからか、国の組織【白の九大騎士《ホワイトナイン》】が、俺のことを調べているらしい」

俺が持つエリボルの裏帳簿《ちょうぼ》には大騎士との名があった。

オセベリア王国の海軍派の貴族たちと癒着《ゆちゃく》もあったみたいだが……。

まぁこれはまだ説明しなくていいか。

「この都市の最大勢力を潰したのですね……さすがです。そのホワイトナインも聞いたことがあります」

ヴィーネは俺の説明を聞いて、感心した様子だ。

少し熱を持った視線で俺を見つめてくる。

その左目の綺麗《きれい》な銀色の虹彩を見て、あることを思い出した。

「それより、ヴィーネに渡す物がある」

第百二十章「地下都市ダウメザラン」

「渡す物ですか？」

「そうだ。これだよ。忘れていた」

笑顔を意識しながら、アイテムボックスを操作した。迷宮《めいきゅう》の銀色宝箱から手に入れたアイテムの一つを手渡《てわた》す。小さくて、俺には着ることができない銀色の半袖《はんそで》服。肌触《はだざわ》りのいいキャミソール系インナーにもなる。通称《つうしょう》、銀魔服。

「銀魔糸の……」

「受け取ってくれ」

ヴィーネは下着のような、その銀魔服を受け取った。

「……」

素早《すばや》く黒色のワンピースを脱《ぬ》ぐヴィーネ。裸《はだか》となって銀色の半袖服を着ていく。

薄い服だから防御力《ぼうぎょりょく》があるのか、いささか疑問に思ったが魔力は宿している。

ま、防御力云々《うんぬん》より、銀髪《ぎんぱつ》と青白い肌《はだ》のヴィーネにぴったりと合う服だ。

スタイルもいいし、最高の美女だし、凄《すご》く満足だ。

「ありがとうございます。ご主人様」

やはり似合う。直後、視界に、ドロンッと音を立てるような煙《けむり》の雲が出現。

『……閣下、ずるい』

びっくりだ。煙からヘルメが登場した。ジッと俺を見つめて、らんらんと双眸《そうぼう》が輝《かがや》く。

ヘルメが嫉妬《しっと》してしまった。

『いつも、魔力をプレゼントしているだろう』

『そうですが……』

『しょうがないな、ほれっ』

左目に宿るヘルメに濃密《のうみつ》な魔力を注いでやった。

『アッ、アアアアアンッ、急に、ムフゥ……』

『煩《うるさ》いが……ま、感じてくれて嬉《うれ》しい』

満足してくれたかな。視界から消えたヘルメ。想像だが、きっと顔から湯気を出して、ヘナヘナと乙女《おとめ》座《ず》りでナヨっていることだろう。

『アンッ！　アゥ、ハィ』

……ヘルメの思念は気にせずに、ヴィーネを見つめた。

「……凄く似合っている。その薄《うす》さだと、革鎧《かわよろい》風の防護服の下に着られるか？」

「はい。大切にします……」

ヴィーネは自らの身体を抱《だ》きしめるように、上げた服を両手で抱く。

仮面以外の顔と長耳が斑《まだら》に赤くなっていた。何かこっちまで照れてくる。そんな照れる気持ちを誤魔化すように、さり気無く寝台へダイブ——。

「にゃっ」

枕元《まくらもと》で寝ていた黒猫《ロロ》がびっくりして猫パンチを打ってきた。

「やるかぁ？」

「にゃおあ」

と、寝ながら黒猫《ロロ》さんボクサーと対峙《たいじ》する。

またボクサー映画の曲が脳内で流れた。

黒猫《ロロ》さんは肉球ボクサーと化して、俺《おれ》の腕に猫パンチを当ててくる。

そんな可愛い黒猫《ロロ》には、必殺の猫じゃらしで対抗《たいこう》——。

「ンンンッ——」

黒猫《ロロ》は喉声で鳴いて、猫じゃらしに超反応《ちようはんのう》。

間抜《まぬ》けな姿で飛び上がっては、俺の動かす猫じゃらしを追いかけてくる。

ははは、面白《おもしろ》い。前のように、黒猫《ロロ》の目を回しすぎない程度に――。
途中で紐《ひも》を捕《つか》まえさせてあげた。
黒猫《ロロ》は紐の繊維を噛み噛みしながら猫じゃらしを抱え込む。
激しい猫キックを紐に浴びせていた。紐ごと持ち手も取る。
相棒は夢中になって猫じゃらしをやっつけた。もう持ち手の木材はボロボロだ。
また、新しい猫じゃらしを作らないとな。
「ふふっ」
ヴィーネも俺と相棒の遊びを見て、微笑みを浮《う》かべていた。
黒猫《ロロ》は、いい運動になったようだ。
猫じゃらしを胸に抱きながらゴロゴロ喉音を鳴らし、瞼を閉じて、眠り出す。
眠り出した黒猫《ロロ》を見ながらまったりと過ごした。

外から鶏《にわとり》の鳴き声が鳴り出した。もう朝か。
今日は何するかな、と、出窓へと歩く。

ドワーフの兄弟探しか、または、魔法地図の解読か。

窓の下枠に乾《かわ》かしておいたマイ箸《はし》を回収。箸の出来栄《できば》えを確認《かくにん》しながら出窓を開ける。

鴉《からす》が数羽《すうわ》……空を飛んでいた。その鴉の目が赤く光ったように見えた。

夏晴れ。今日も暑くなりそうだ。

二階から細かい路地や他の建物を見る。この都市は【オセベリア王国】のペルネーテ。

その街並みを見ていると、昨日のメルとの会話を思い出す。

【白い九大騎士《ホワイトナイン》】の話題。ホルカーバムで世話になった盗賊《とうぞく》ギルドの情報屋のメリッサからも聞いている。警察と軍隊が合わさったような巨大《きょだい》組織。

日本なら警察と防衛省、特殊《とくしゅ》部隊で喩《たと》えるなら特殊作戦群が合わさった統合組織。

アメリカなら国内のＦＢＩとＮＳＡ。対外工作のＣＩＡにデルタフォースの軍隊が合わさったような一大組織が、白い九大騎士《ホワイトナイン》だ。

その組織が、【梟の牙】の貴族街にあった本拠地で起きた殺人事件を調べている。

少なくとも衛兵隊よりは、そのホワイトナインの兵士たちのほうが、捜査能力《そうさ》は上回っているはず。さすがに科学捜査班《ＣＳＩ》的の高度な科学捜査を用いての捜査はないだろうが……

ここは魔法やスキルがある異世界だ。俺の想像を超えた捜査方法があるかも知れない。だとしたら俺に食いつくのは時間の問題か？

メルさんは仲間と語り、(裏切らないわ)と、暗に告げていたが、闇ギルド【月の残骸《ムーンレムナント》】とて、ペルネーテを治める国の機関には逆らえないだろう。

捕まったら動機云々《うんぬん》より関係する貴族に引《ひ》き渡されて拷問《ごうもん》とか。

だとしたら、今日の予定を変えるかなぁ。

ルビアの消息を知るために酒場で情報収集か、魔宝地図の解読が可能な人物を探そうと考えていたが、どちらも止《や》めて、二十四面体《トラペゾヘドロン》を使いペルネーテを離《はな》れるか? よーし、気分転換《てんかん》も兼ねて鏡を使うか。

ついでに、ヴィーネにも〝パレデスの鏡〟について説明ができる。

んだが、ホワイトナインからの逃避《とうひ》ではない。

あくまでも一時的なバカンス。ここには、すぐに戻《もど》る予定だ。

ホワイトナインに絡《から》まれたら絡んでやろうじゃないか。

大騎士とやらの実力も興味あるしな、寝台へと戻った。

胸ベルトを拾う。ベルトに備わるポケットの中へとマイ箸を入れ仕舞う。

そのまま長い銀髪を梳《と》かしていた美しいヴィーネに、

「……今日は〝外〟へ出掛《でか》けるか」

「外ですか?」

「そうだ。俺には、まだ説明していないことがある」

「……はい」

ヴィーネは用心したように表情を引き締めていた。

「まずは、これを見てくれ」

胸ベルトのポケットから二十四面体《トラペゾヘドロン》を取り出す。

その二十四面体《トラペゾヘドロン》を、自慢気《じまんげ》にじゃーんっと。

ヴィーネのほうに伸ばした。俺は水戸黄門の格《かく》さん気分だ。

二十四面体《トラペゾヘドロン》を印籠《いんろう》に見立て、見せびらかす。

徳川《とくがわ》家の家紋《かもん》の三《み》つ葉《ば》葵《あおい》の紋所《もんどころ》ではないが、控《ひか》えおろうと言いたくなった。

『……鏡の説明をなさるおつもりなのですね』

ヘルメが反応を示す。小さい指で球体を差している。

『そうだ』

「……コレ、ですか？」

ヴィーネは至って冷静だ。ま、見た目は大きいサイコロだしな。だが、驚《おどろ》かせてやろう。

「そうだ。この多面体と、そこにある鏡をよく、見ておけ」

そう得意気に喋《しゃべ》る。一面の記号をなぞりゲートを起動。

瞬時《しゅんじ》に二十四面体《トラペゾヘドロン》の球体が浮いて急回転すると、二十四個の面が折り重なりつつ光を放ちゲートへ変質した。

「こ、これは……」

ヴィーネは光のゲートを見て驚く。〝この部屋の光景〟に驚いていた。

一方で、同じ部屋にあるパレデスの鏡のほうも光を発している。

「転移魔法《まほう》と似たようなもんだ。ゲート魔法と呼んでいる。入ると、――この通り」

俺は、目の前の光るゲートに入って、隣にあるパレデスの鏡から出る。

「ヒィィィ――鏡から出た！　ほ、本当に転移を？　ゲート魔法？　しゅ、しゅご、すごすぎるぞっ、神から啓示《けいじ》を受ける司祭様でも、このような事はできなかった！　光の扉《とびら》から鏡に転移なんて、北方地域にもなかった。はっ――もしや、ご主人様は神に愛されるどころか、神のような存在なのですか？」

ヴィーネは体を震《ふる》わせ狼狽《ろうばい》しつつ語る。

まぁ当然か。ドラえもんの『どこでもドア』的なアイテムでもあるんだからな。

そして、視界に浮かぶヘルメは、満足そうに頷《うなず》いて、

『……先ほどはヴィーネに対して、怒《おこ》ってしまいましたが、彼女は……素晴《すば》らしい。閣下を神と崇《あが》めるとは！　慧眼《けいがん》の持ち主と判断できます。お尻《しり》も良い形ですからね。閣下、彼

女を眷属《けんぞく》に加えましょう』

と、にこやかに発言。

『眷属か。俺もそうしたいが、今はまだだ。ゆっくりと決める』

そう念話をヘルメに伝えながら、体を震わせているヴィーネに向けて、

「……落ち着け、俺は神じゃないから、この二十四面体《トラペゾヘドロン》の魔道具が、俺には使えるだけだよ」

「そうなのですか、あっ」

ヴィーネはパレデスの鏡から、二十四面体《トラペゾヘドロン》が自動的に排出《はいしゅつ》されて驚く。その二十四面体《トラペゾヘドロン》は宙を漂《ただよ》いながら俺の傍に来る。

不思議だが、この二十四面体《トラペゾヘドロン》は、いつも俺の頭部の周りを衛星のように回る。その回っている二十四面体《トラペゾヘドロン》を掴《つか》んだ。

「トラペゾヘドロンは見て分かるように、二十四個の面がある。球体状のアイテムだ」

「はい」

「この二十四の面は、そこのパレデスの鏡と連座している。だから〝この球体〟を使えば、各地に散らばっている〝二十四個のパレデスの鏡〟へと移動できるんだ。とくに魔力《まりょく》も消費しない」

俺の言葉を聞いたヴィーネは眉《まゆ》をピクピクと動かす。俺を凝視《ぎょうし》。

いつもは冷静沈着《ちんちゃく》そうな彼女だが、唖然《あぜん》としていた。

「……魔力なしで、他の地域に……一瞬《いっしゅん》で、移動が可能⁉」

「そうだ」

「……二十四面体《トラペゾヘドロン》とパレデスの鏡！　なんという……神話《ミソロジー》級の魔道具を、いや魔導具《まどう》の部類……と、とにかく、しゅ、凄い……」

興奮したようなニュアンスの喋りが可愛い。ピンクを帯びた紫《むらさき》の唇《くちびる》が少し震えている。

「だが、現時点で〝パレデスの鏡が安全に使える場所〟は三つだけなんだ」

部屋に設置してあるパレデスの鏡を、顎《あご》で指摘《してき》。

「この部屋の鏡が一つと、北の【ヘスリファート】に一つ。ずっと北西の【サーディア荒《こう》野《や》】に一つだけ。他の鏡の先は、まだ行ったことがない。海の底、土に埋《う》まった鏡もありそうだから危険が伴《ともな》う。が、いずれは試《ため》すつもりだ。しかし、俺は実際に足を運ぶ旅行のほうが好きだからなぁ。だから、他のパレデスの鏡に転移して、鏡がある地域を調べて鏡を回収するかどうかの判断を下すのは、まだまだ先のことになるだろう」

ヴィーネは呆然《ぼうぜん》としながらも、頷いていく。

「では、今回、その二十四面体《トラペゾヘドロン》を使って〝外〟にある鏡に向かうのですね」

「そういうこと。今から次々とゲートを起動していくから、好きなところ、行きたいところを見付けたら言ってくれ、今日はそこを探索《たんさく》しよう」

ヴィーネは、きょとんとした表情を浮かべて、

「わたしが選んでいいのですか？」

と、瞬きを繰り返しながら聞いてくる。

「いいよ。バカンス的なノリだ。海水浴ができる浅い海を候補にあげとく。んだが、ヴィーネの好きなところでいい」

「ばかんす？　海水浴？　海というのは伝説で聞いたことがあります。しかし、今まで一度も海は見たことがありません。巨大地底湖アドバーンなら知っています」

海が伝説？　地下で育ったダークエルフならば当たり前か。

「見たことないなら、海が第一候補ってことで。見るだけ見て決めよう。それじゃ、連続で起動していくから」

「はい」

使えるゲートは以下の通り。

一面：部屋に設置してある鏡。

二面：何処《どこ》かの浅い海底にある鏡。
三面：【ヘスリファート国】の【ベルトザム】村教会地下にある鏡。
四面：遠き北西、荒野が広がる【サーディア荒野】魔女《まじょ》の住《す》み処《か》。
五面：土色、真っ黒の視界、埋まった鏡。
六面：土色、真っ黒の視界、埋まった鏡。
七面：土色、真っ黒の視界、埋まった鏡。
八面：土色、真っ黒の視界、埋まった鏡。
九面：土色、真っ黒の視界、埋まった鏡。
十面：土色、真っ黒の視界、埋まった鏡。
十一面：暗い倉庫、何かの印がついた家具が見えた鏡。
十二面：空島にある鏡。
十三面：何処かの大貴族か、大商人か、商人の家に設置された鏡。
十四面：雪が降る地域の何処かの鏡。
一五面：何処かの崖《がけ》か、景色の良い岩山にある鏡。
十六面：浅い海。船の残骸が近くにある鏡。
十七面：不気味な心臓、内臓が収められた黒い額縁《がくぶち》があり、剣《けん》、防具、時が止まっているような部屋にある鏡。
十八面：暗い倉庫、宝物庫のようなところにある鏡。
十九面：土色、真っ黒の視界、埋まった鏡。
二十面：土色、真っ黒の視界、埋まった鏡。
二十一面：土色、真っ黒の視界、埋まった鏡。
二十二面：土色、真っ黒の視界、埋まった鏡。
二十三面：土色、真っ黒の視界、埋まった鏡。
二十四面：鏡が無いのか、ゲート魔法が起動せず。

「これがっ、海っ、青い」

二面のゲートを起動させて、浅い海を見せてあげた。

「そうだよ。次々と起動するから気になったら言ってくれ」

「はい。ありがとうございます」

土の真っ黒な画面以外のゲートを起動していった。十一面を起動。

そのゲート先に映る光景をヴィーネが見た時――。

彼女は転ぶように、前のめりの体勢になって、ゲートに近付く。

「――え⁉　ええっ？　こ、これは……故郷？」

マジか。この薄暗《うすぐら》い部屋の古びた家具類がある倉庫がそうなのか？

「本当に？」

「はいっ、〝ここ〟を見てください。〝緑薔薇《みどりばら》の蛇模様《へびもよう》〟家印です。これは魔毒の女神《めがみ》ミセア様を称《たた》える家印。【地下都市ダウメザラン】だけの魔導貴族が全員持つ、基本的な印ですっ」

あっ、本当だ。

「よかったじゃないか、ヴィーネ、故郷へ戻れるぞ」

「……も、も、戻れるの、あ、あ〟あ〟あ〟あ〟あぁぁ――」

突然《とつぜん》の号泣《ごうきゅう》、俺に抱き付《つ》いてきた。ヴィーネさん、壊《こわ》れちゃった？

でも、おっぱい、当たっているよ？

俺、まだ鎧《よろい》を着ていないから薄い服の直ですよ？

柔《やわ》らかいメロンのダイナマイティーですよ？　桃源郷《とうげんきょう》が見えてきますよ？

ええい、むぎゅっと抱き締めてしまうか？　はっ、いかんいかん。

ヴィーネは、ひさしぶりに故郷らしきものを見たんだ。混乱するのは当然。

幾《いく》ら、おっぱいのキャパシティが高いからといって、安易に俺がエロに染まるわけにはいかない。今は理性を保たなくては……抱き付くヴィーネの背中を優《やさ》しく撫《な》でてやる。

暫《しばら》くして、俺の胸で泣いていたヴィーネが泣き止《なや》み、顔を上げてきた。

銀色の虹彩《こうさい》はまだ潤《うる》んでいる。

「落ち着いたか？」

「は、はい」

「それで故郷に戻《もど》るか？」

「……はい。一度戻ってみたいです」

ならば行ってみるか。ヴィーネが仇《かたき》を討《う》ちたいと、地下都市に留《とど》まりたい。と言ったら自由にさせてやろう。

「ゲートはこのまま出しておく。入るのは準備してからだ。この〝鏡の場所〟が【地下都市ダウメザラン】の何処《どこ》にあるのか確認する。そして、その周りが安全かどうか把握《はあく》しないとな」

「はい」

ヴィーネは頷く。

「俺は人族の見た目で男。そのマグルである俺が突然現れたら、他のダークエルフたちは驚愕《きょうがく》するだろうし、戦うことになるかもしれない」

「……そうですね。ご主人様は顔は伏《ふ》せた方がいいでしょう」

「分かっている。着替《きが》えるぞ」

そうして、鎧を着込み準備。部屋の窓を閉めて、持っていた胸ベルトを装着。

寝台上で待機していた黒猫《ロロ》を見る。

「ロロ、準備はいいか？」

「にゃお」

黒猫《ロロ》はすぐに、肩《かた》に来る。俺の肩を片足で叩いてから、待機した。

『ヘルメも準備はいいか？』

呼《よ》び掛《か》けると、視界に常闇《とこやみ》の水精霊《みずせいれい》ヘルメが登場。

『はい。外に出ますか？』

『いや、向こうについて様子を見てからだ』

ヘルメは片膝《かたひざ》を地につけるポーズを取る。

『はっ』

と、瞬時に視界から消えていく。

「ご主人様、準備が整いました」

ヴィーネはいつもの銀色と金色が混じるフェイスガードを付けた状態だ。

頭を下げてから顔を上げてくる。その表情は〝準備万全《ばんぜん》〟といった感じの笑顔だ。

上着はノースリーブ型の朱色厚革服《しゆいろあつがわふく》。インナーに銀魔服。

両肩《りようかた》と鎖骨《さこつ》からは青白い肌が透《す》けて見えている。

腰《こし》には金糸で彩《いろど》られた黒ベルト。ベルトには道具袋《どうぐぶくろ》と紐の剣帯が結ぶ黒鱗《こくりん》の鞘《さや》が目立つ。

黒刀の〝黒蛇〟と銀剣がぶら下がっていた。

太股《ふともも》の近くにある黒インナーとフィット感の高い赤黒色の革素材を用いたグラディエーターサンダルもカッコいい。いいねぇ、美人は最高だよ。まだ三日も経《た》っていないが、美人は三日で飽《あ》きるという言葉は嘘《うそ》だとはっきりと分かる。

手練《てだ》れの冒険者《ぼうけんしや》的な格好が似合うヴィーネさんだ……。

背中に弓と矢筒《やづつ》を背負っている以外、何も背負っていない。背嚢《はいのう》は置いていくようだ。

「……背嚢はいいのか？」

「はい。そこのゲートは行き来が可能なのでしょう？」

どうやら、故郷に戻っても、留まる気はないらしい。

復讐《ふくしゆう》したいと話をしていたが……。

「そうだけどさ、故郷に留まらなくていいのか？　復讐相手がいるのだろう？」

「復讐を完遂《かんすい》したい望みはあります。しかし、ご主人様に付いていくと決めましたので」

おぉ、そこまで俺のことを優先する気なのか。

少し感動。ここはヴィーネの志に応《こた》えてやる。

「分かった。この先を探索して情報を得ることから始めようか」

「そうですね。現時点では故郷の情報が足らな過ぎますし」

冷静だ。しかし、ゲート先を探索するとして、ヴィーネの復讐を手伝うことになる。

俺が手伝っても大丈夫だろうか。ミアのこともあるし、聞いておこう。

「情報は確かに大事だ。それと今さらだが、俺もヴィーネの復讐を手伝ってもいいのか？」

少し間が空き、

「……ご主人様らしくない。当然に──不躾《ぶしつけ》ですが、お願いしたいぐらいです」

彼女は真剣《しんけん》な表情を浮かべていたが、一回、ニヤリと邪悪《じやあく》そうに笑う。

復讐のことを考えていると分かる。そのヴィーネは顔を下げて片膝を床《ゆか》につける。

しかし、〝ご主人様らしくない〟か。お前は俺に何を期待しているんだ？

と、言いたくなるが、彼女なりの〝無粋《ぶすい》なことは聞くな〟。

〝当たり前のことです〟という意味かな。

「……おう。任せろ。ヴィーネが納得《なつとく》するまで手伝うさ」

「……ありがたき幸せ。そして、不思議ですが、少し前から〝ご主人様ならば、すべてを解決してくれる〟そんな予感があったのです。……でも、まさか、こんなに早く故郷へ戻れる可能性を得られるとは、露《つゆ》にも思いませんでした……」

ヴィーネは感慨深《かんがいぶか》き表情で語っていた。語尾のタイミングで、潤んでいた目からは一滴《てき》の涙《なみだ》が流れる。その涙を親指で拭《ふ》き取《と》ってあげながら、

「――それは買《か》い被《かぶ》りだ。今回はヴィーネの運がよかっただけ。それじゃ、最初は偵察《ていさつ》＆情報を得る作戦で、情報を得たら、次の作戦に移ろうか。一旦《いったん》こっちに帰って休憩《きゅうけい》するかどうかは、向こうで決めるか」

「はい。賛成です」

彼女は力強く語る。涙に溢《あふ》れていた双眸は楽し気であり、活力が漲《みなぎ》っていた。

「それじゃ、手を出せ」

「はっ」

彼女の手を握《にぎ》る。恋人握《こいびとにぎ》りという奴《やつ》だ。へへ、ちょいと嬉しい。

互《たが》いに目を合わせて頷く。よし、光《ひか》り輝くウェディングゲートに入るか。

「行くぞ――」

「はいっ」

ゲートの中に入った。鏡から脱《だつ》した薄暗い部屋に入った途端《とたん》に、煙のような埃《ほこり》が空中に

舞《ま》う。乾燥《かんそう》して、薄暗く広い空間だ。

「ゴホッ」

ヴィーネが喉《のど》をつまらせるように咳《せき》をした。

「大丈夫か？」

「……っ、はい」

「ンン、にゃ」

黒猫《ロロ》が肩から床に降りた。俺とヴィーネの傍《そば》から離れない。その黒猫《ロロ》を見ながら掌握察《しょうあくさつ》で魔素《まそ》をチェック――ヴィーネと黒猫《ロロ》以外に魔素の反応はない。少し、この部屋を散策するか。

「周りを調べるぞ」

「はい」

古びた高級家具。机の引き出しや箪笥《たんす》を開けた。鉄製のスプーンセットにナイフ。干《ひ》からびた繊維状《せんいじょう》の束。目立った物はなし。並び置かれた家具たちの確認をしていると、背後にあった鏡の光が消えた――真っ暗だ。

『閣下、わたしの視界を使いますか？』

『いや、ここは普通《ふつう》に夜目を使う』

『はい』

視界に、何かを期待するような表情を浮かべていたヘルメ。

すぐに残念そうに消えていく。気にせず、〈夜目〉を発動。

「……光をつけると目立つか？」

「はい……ご主人様、暗闇《くらやみ》に慣れていらっしゃる？」

ヴィーネの銀色の虹彩と瞳《ひとみ》を、赤色の魔力が縁取《ふちど》っていた。暗闇だとそうなるのかな？

「そうだな」

「……まさか、地下世界で生活を？」

「鋭《するど》いな。一時期だよ……ヴィーネの地上滞在《たいざい》より浅い」

「驚かされてばかりです」

すると、鏡の頂点の飾《かざ》りに嵌まる二十四面体《トラペゾヘドロン》が外れた。自立回転しながら飛翔《ひしょう》し、俺の頭部の周りを回り始めた。その二十四面体《トラペゾヘドロン》を掴んで胸ポケットに入れた。

「……ここは一つの倉庫か。向こう側へ行こう」

指が差す方向に扉がある。そのタイミングで目の横の十字金属をタッチ。

カレウドスコープを起動。視界が一瞬で薄青《うすあお》のフレーム表示に変化。

四角の部屋の大きさがハッキリと分かる。

「……そのようです。一族の名前は予想できませんが、ここは高位魔導貴族の所有する倉庫で間違《まちが》いないでしょう」

魔導貴族か。もし遭遇《そうぐう》する魔導貴族とやらが、ヴィーネの仇の一族だと、いきなり戦いになるのか？　仇ではない他のダークエルフと遭遇したら、俺はヴィーネの奴隷《どれい》ということにしてもらうか。

「ヴィーネ、他のダークエルフと遭遇して戦わない場合、俺はお前の奴隷として扱《あつか》え」

「それはっ……」

彼女《かのじょ》は躊躇《ちゅうちょ》するように俺を見やる。

「あれ、その目は？」

彼女は俺の右目に注目している。さすがに気付くか。

俺の右目には、青硝子《ガラス》のような物が装着されてるからな。

「これはアイテムボックスからの魔石を納めた報酬《ほうしゅう》で手に入れた特殊な魔道具だ。偵察用の道具と思えばいい」

「魔石の報酬ですか？　そのような不思議なアイテムもお持ちになっているのですね」

ヴィーネは、俺の青いガラス繊維《せんい》と合体した特殊な右目に興味を持ったらしい。

俺に近付いて、右目を凝視……美しいヴィーネの顔がドアップだ。少しふざけて壁《かべ》ドン

をするわけじゃないが、そのヴィーネの唇にキスする勢いで顔を近付け――、

「――奴隷の件だが、どっちにしろ、ここでマグルの男なんて見たら、仰天《ぎょうてん》、神を叫《さけ》ぶような感じなんだろ？」

彼女はドキッとしたように目を見開き、唇を動かす。

「は、はぃ、――確かに。問答無用で斬《き》り捨《す》てられる可能性が高いかと思われます」

俺の唇を見つめては、頬を赤く染めている。

キスしたいのかもしれない。そんな可愛《かわい》い反応を示す。

しかし〝いきなり斬り捨て〟かよ。俺も用心しないと。

予想通りだが、探索スイッチがゲンナリだ。

「……こわこわだ。フードを深々と被って、顔を晒《さら》さないように気を付ける。無言を通すから交渉《こうしょう》や聞き込みが必要な場合はヴィーネの判断に任せよう。それと、もし、はぐれた場合は、この倉庫に隠《かく》れているから覚えておいてくれ」

両手でジェスチャーしつつ、イリアスの外套《がいとう》の背中上に付属したフードを頭に掛けた。

「そのようなことは起きません、わたしは離れませんから」

「〝もし〟あくまで、可能性の話だ」

「はっ」

そんな調子で〝仲良く〟話をしながら扉に到着《とうちゃく》。

三角形の大きな扉。この扉の向こう側に魔素は感じない。

ヴィーネが取手を捻《ひね》る。扉を開けようとした。ガチャッと堅《かた》い音が聞こえた。

閉まった状態だった。鍵《かぎ》がかかっているらしい。

「少々……お待ちを」

「おう、任せた」

ヴィーネは自然な動作で針金のような金属片《きんぞくへん》を取り出していた。

迷宮で宝箱を開けていたように、その針金を鍵穴《かぎあな》へと挿《さ》す。

すぐに扉の内部からカチャッと軽い音が響《ひび》いた。金属製の三角形の扉がブシュッとした音を立て、上下左右に分裂《ぶんれつ》しながら開く。湿《しめ》った空気の風が、俺たちの居る部屋の内部に入り込んでくる。すると、黒猫《ロロ》が反応。風を受けても、なんのその、といった勢いで「ンン――」と鳴きながら黒猫《ロロ》が開いた先を走っていく。

走る相棒に注意しようと思ったが、廊下《ろうか》の先にあった扉の前で動きを止めた。

俺たちも短い通路を歩いて向かう。相棒は扉に向けて、爪研《つめと》ぎはしていない。

「あの扉を出たら外のようです」

「このまま進もう」

「はい」

玄関《げんかん》の扉に手を当て押《お》すと――あっさりと扉は開いた。

鍵がないのかよ。あっさりだなぁ。扉の鍵は、内側の頑丈《がんじょう》で特殊な扉があるから、必要ないと判断したのだろうと、外を確認――。

部屋より明るい。しかし、湿った空気が濃《こ》い。

目の前には違《ちが》う倉庫の扉がある。左右には土の道が続く。

――天井《てんじょう》、蓋上《ふたうえ》は暗くて分からない。星なんてもんは当然見えない。地下世界だ。右目の視界でも天井のフレーム表示は確認できなかった。

高さと奥行《おくゆ》きのある空洞《くうどう》かな。目の前にある倉庫の扉を見た。

表面のエンブレムは、緑の薔薇と蛇頭《へびあたま》の女性がセットで刻まれてある。

その扉から右のほうへと歩みながら、倉庫が建ち並ぶ場所を眺《なが》めていく。

何か隠し通路的なもんはないか……と。

フレーム表示の倉庫街的なところを見ていった。

碁盤《ごばん》の目のように規則正しく倉庫小屋が並ぶ。

倉庫の扉の表面には、必ず魔導貴族の証拠《しょうこ》の家印が付いているだけか。

――俺の右目の横にある卍《まんじ》の形をしたアタッチメントを指で触《さわ》る。

一瞬で、視界を元に戻す。周囲の観察を続けていると、

「……ここは【地下都市ダウメザラン】の西部にあった倉庫街の一角かと思われます。当時は【第八位魔導貴族サーメイヤー】が所有していたはず」

俺には薄暗い倉庫の群としか判別がつかない。

だが、彼女はこの倉庫街の一角を覚えていたようだ。

「よく覚えている。さすがはヴィーネ」

「はい。幼き頃《ころ》の密偵《みってい》の訓練で、地下都市ダウメザランを歩き回っていましたから。当時の情報ですが、【第八位魔導貴族サーメイヤー】は、優秀《ゆうしゅう》な女司祭と魔術師《まじゅつし》軍団を有し、大富豪《だいふごう》で、中々の勢力を誇《ほこ》る一族として有名でした」

褒《ほ》めると、彼女は嬉しそうに純粋《じゅんすい》な笑みを浮かべる。

「中々の勢力か」

「はい。他の地下都市との密貿易で得た資金を使い豊富な財産を築いていました。本家の地下には魔導貴族の上位を狙《ねら》える特殊な〝小さく大きい木〟〝生きて喋る植物〟を持っているとか……西部地域には、それら財産の一部を退蔵するためと思われる多くの土地を所有しています」

財産が豊富。だから、パレデスの鏡を持っていたのか。

「なるほど。それほどの規模なら、ここに番人とか居そうだな？」

「はい。ここは下民たちが住む地域に近い。ですので、手練れの門番が必ず居るかと。それと、四方の壁には見張り小屋付きの出入り口があるはずです」

「分かった。少し見てみよう」

「はっ」

そんな会話の後……建物の脇《わき》を通り、角から先を覗《のぞ》く。

角先から見えた壁の先には……見張り小屋と隣接《りんせつ》している出入り口があった。

……確かにヴィーネが言っていた通りだ。門番が二人立っている。

見張り小屋にも複数のダークエルフたちが屯《たむろ》していた。あれが、ダウメザランで生活しているダークエルフたち。ヴィーネ以外では初めて見るダークエルフの姿だ。

少し感動。その門番は、黒と灰色鎧に身を包む戦士風の格好で渋《しぶ》い。

銀色の長髪《ちようはつ》に細面《ほそおもて》。青白い肌《はだ》に胸が膨《ふく》らんでいる。門番は二人ともやはり女性。

ヴィーネの語るように女性上位の社会と分かる。

あの門から突破《とつぱ》はしない。標的じゃないし無理はしない。

「あの門番に近付けば確実に怪《あや》しまれる。だから壁を越《こ》えるぞ」

「はい」

この倉庫街の一部を囲う壁の高さは……目測で五メートルもない。

コンクリのようなブロック壁。この高さなら〈鎖《くさり》〉と〈導想魔手《どうそうましゅ》〉を使えば一発で越えられるはず。彼女の脇を抱《かか》えて跳《と》ぶのもいいが、相棒に頼《たの》むか。

「ロロ――」

足下《あしもと》の黒猫《ロロ》は壁を見ていたが、俺の考えを読んだようだ。

「ンン、にゃおん、にゃ」

その鳴き声は、『まかせろ、にゃ』と言ったように聞こえる。

相棒は、すぐに馬と獅子《しし》を合わせたような巨大な神獣《しんじゅう》の姿に変身。

神獣ロロディーヌは首下から出した太い触手《しょくしゅ》を俺とヴィーネの腰に絡ませて、馬のような背中に俺たちを運ぶ。俺はその相棒の背中を跨《また》いだ。ヴィーネも跨いで乗る。

優しい相棒は触手でヴィーネの頬と頭部を撫でている。

「ロロ、壁を越えるだけでいいからな。壁の外では走らず、止まるんだぞ。高さはあると思うが、ここは未知の地下世界だということを忘れるな」

「にゃお」

馬に近い姿でも、鳴き声は猫《ねこ》の声。

その神獣の相棒は、触手を使わずに四肢《しし》の膂力《りょりょく》のみで――一気に壁を越えた。

路地の一角に音を立てず着地――神獣の足裏の蹄《ひづめ》と肉球はブレーキ性能がいい。

ここは道幅《みちはば》が狭《せま》い。小さい家々が並ぶ通りだ。淡い緑の光を放つ変な形の電灯のような魔道具が、その各家の前にあった。魔道具の灯《あか》りと形から、ダークエルフの文化を感じる。

歩いているダークエルフは見かけない。

「ヴィーネ、降りるぞ」

「はっ」

俺《おれ》たちが降りると、相棒はいつもの黒猫の姿に戻った。

視線は感じない。路地の隅《すみ》に向かう……そこで視線を巡《めぐ》らせた。

改めて、周囲に誰《だれ》もいないことを確認しつつ……心を躍《おど》らせた。未知の文化都市……。

「ヴィーネ、ここからどうするんだ？」

「はい。ここが西部だとすると、下民たちが住む地域が近くにあると思われます。そこには当時から有名な【泥沼蛇《どろぬまへび》の花亭《はなてい》】という酒場があるはずですので、まずはそこで情報を得ましょう」

名前的にゴロツキ宿なイメージ。

「泥沼蛇の花亭？　どんなところなんだ？」

「雰囲気《ふんいき》はよく言えばマグルたち冒険者たちが屯する酒場です。しかし、悪く言えば、地下世界の【闇《やみ》ギルド】と言えばいいでしょうか」

予想が的中。まさに、低きところに水溜《みずた》まる。闇ギルドと似た組織で情報収集か。

「その闇ギルド的な物について詳《くわ》しく」

「はい。目的の場所には【毒蛇《どくへび》の負】という名の隠れた組織があり、主に魔導貴族の戦争に雇《やと》われる勢力です。他にも密偵、護衛、暗殺、強盗《ごうとう》、墓荒《はかあ》らしを実行します。この近辺で、主な汚《よご》れ仕事を引き受けている集団の一つです。わたしが知る当時ですと、人員にはダークエルフ以外にも、はぐれドワーフ、はぐれノームなどの荒《あら》くれ者《もの》が多数所属していました。強者も居ます」

まさに闇ギルドの陣容《じんよう》だ。

「そこの場所は近いの？」

「少し距離《きょり》があります」

少し歩くのか。

「了解《りょうかい》、そこに行こうか」

「はい」

路地を進むと、ダークエルフたちを見かけた。会話しながら歩いている。

俺と黒猫《ロロ》には気付かない。ヴィーネにも見向きもしなかった。

その一人はフードを深々と被っている。ほぼ俺と同じ格好だ。

顔の判別がつかない。だから、フードをかぶる俺の姿を他のダークエルフが見ても、不自然には思わないだろう。少し、安心。路地が広がった。

通りを行《い》き交《か》うダークエルフたちの数は増える。

今の俺は肩に黒猫《ロロ》を乗せた状態だ。

ヴィーネの真後ろから、彼女の付き人か従者のような気分で歩いていく。

この大通りでも、他のダークエルフたちは俺がマグルだと気付かない。

これなら大丈夫《だいじょうぶ》そうだと思ったところで、ヴィーネが通《とお》り掛《が》かりの人物へと近寄っていく。彼女が話《はな》し掛けた者は、みすぼらしい格好の男の老人ダークエルフだった。

老人は、相手のヴィーネが女性だと分かると、卑屈《ひくつ》な態度になる。

小声だから所々聞こえない。が、エルフ語のニュアンスだと理解できる。

しかし、地上で聞いたことのあるエルフ語とは少し違っていた。

彼女が喋る言語は……地下都市のダークエルフとしての言語なのだろう。

俺は後退。老人をカレウドスコープで覗く。リアルタイムで老人をＣＴスキャン。

ヴィーネと同じく、透過《とうか》する人体の構造は人と似ている。

炭素系ナパーム生命体B-f##72
脳波：安定
身体：正常
性別：男
総筋力値：5
エレニウム総合値：92
武器：あり

基本的にナパーム生命体なのは変わらないようだ。すぐに目の横をタッチして、視界を元に戻《もど》した。ヴィーネと老人はまだ話している。一、二分経過して、ヴィーネは老人との話を終えると、神妙《しんみょう》そうな面を浮《う》かべて俺のところに戻ってきた。

「ご主人様……【泥沼蛇の花亭】はこっちです」

「その顔、銀仮面の上からでも分かるぞ。何か重要なことが聞けたんだな？」

「……はい」

ん、やけに元気がないな。

「何だ？　言ってみろ」

「……下民の情報ですので、確実ではないと思いますが、【第十一位魔導貴族スクワード家】が、もう存在しないとのことです。ですが【第五位魔導貴族ランギバード家】は成長を続けている有望な一族として、情報を得ました。そして、わたしが育った場所は廃墟《はいきょ》になり屋敷《やしき》は打《う》ち壊されて、もう何もないと……」

そういうことか。仇の魔導貴族の一つが消えて、自分の家があった場所がなくなったのか。そりゃ、ショックだよな。

「大丈夫か？　家があった場所を見るか？　それとも何もせずに帰る？」

フードを少し上げて、彼女の顔を覗き込む。

「いえ、帰りません……」

「そうだな。家もなければ人もなし。ただの土地だ」

「……はい、しかし、正直言うと悲しい。同時に悔《くや》しいです……【泥沼蛇の花亭】にて、もっと正確な情報を集めましょう」

その表情には、悲しみというより怒《いか》りが滲《にじ》んで見えていた。

「分かった。案内してくれ」

「はい」

ヴィーネに先導され地下の都市を進む。

曲がりくねった路地を迷いなく数時間掛けて歩く。

はぐれドワーフの集団やらダークエルフの兵士集団やらに遭遇したが、避《さ》けるように移動した。そうして、目当ての屋敷が見えてきた。

あれが酒場的な店の【泥沼蛇の花亭】。

外観は、他の建物とさほど変わらない。

入り口の両脇《りょうわき》の大きい薔薇を象《かたど》った魔道具の照明が標識のように目立つ。

薔薇の形と明滅《めいめつ》する緑色の明かりから、華《はな》やかな印象を受けた。

提灯《ちょうちん》的な淡《あわ》い緑の光からＬＥＤライト風の強い緑の光に変わる。

またすぐに提灯の淡い緑の光へと変化した。

そんな特徴的《とくちょうてき》な照明が設置された扉《とびら》の前の場所では、酔《よ》っぱらったダークエルフの男たちが騒《さわ》いでいた。拳闘《けんとう》試合か。二人の男同士が拳《こぶし》で殴《なぐ》り合う様子を、周りの男たちがけしかける。金を賭《か》けているようだな。皆《みな》、叫び、怒鳴《どな》って、笑っている。

やることは地上の人族たちと変わらない。

ヴィーネと一緒《いっしょ》に、それらの酔っぱらい集団を避けて店屋敷へと向かう。

厳しい視線を向けてくる連中がいたが、無視。

あの酔っぱらいのダークエルフたちを見ると……。

そんなに下民というイメージは湧《わ》かない。一般《いっぱん》市民の格好に見える。

扉の前に到着。その扉は鉄製で縦長。紫《むらさき》と緑の髑髏《されこうべ》系の意匠《いしょう》が施《ほどこ》された扉。

その扉の両隣《りょうどなり》には、花を象った明るい魔道具《まどうぐ》があった。

内部から緑の光を放ち、凄《すご》く綺麗《きれい》な光を周囲に発している。

こんな綺麗な灯りを発している魔道具が、この場所で盗《ぬす》まれずに設置されているということは、この店を経営している者たちは中々の実力者揃《ぞろ》いだとも考えられる。

ヴィーネはわざとらしい咳をした。俺の視線を呼ぶ。

俺は無言で頷《うなず》く。『分かっている、行け』とアイコンタクトで答えた。

肩で休む黒猫《ロロ》も俺の肩をぽんぽんっと叩《たた》く。

頷いたヴィーネは店の扉を押し開《ひら》いた。【泥沼蛇の花亭】の中へ入った。

ヴィーネの綺麗な銀髪《ぎんぱつ》と背負った朱色の矢筒を見ながら【泥沼蛇の花亭】に足を踏《ふ》み入《い》れた。中は明るい。入り口付近にもあった同系統の灯りを発した煌《きら》びやかな魔道具だ。

ぞんな照明魔道具が照らす手前のテーブルは……喧噪《けんそう》が物語るように、酒を飲むダークエルフでいっぱいだ。どんちゃん騒ぎ。

腕相撲《うでずもう》で賭け事をしているドワーフたちもうるさい。

小さい楽器を弾《ひ》いて踊《おど》る低身長の種族。ドワーフよりも小さい。

彼《かれ》らはノームか？　右のテーブル席でも、ダークエルフたちが「酒をくれ～」と口々に叫ぶ。こっちもこっちでどんちゃん騒ぎだ。

そして、右のテーブル席の横では、長細い貝殻《かいがら》の先端《せんたん》に口を当て、貝殻の筒から煙《けむり》を吸っているダークエルフの集団もいた。

煙を吸っているダークエルフたちの表情は……完全な麻薬《まやく》中毒者。

ラリ顔、アヘ顔だ。　ヤヴァイ麻薬を吸っているらしい。

ヴィーネは気にせず、飲んで踊る客の合間を縫《ぬ》うように中央を進む。

俺も視線を上げないように気をつけながら、ヴィーネの背後にピタリと付くように歩く。

演奏している低身長の種族もいる……俺の存在がバレるんじゃないかとヒヤヒヤした。ヴィーネはカウンター席で足を止める。

カウンターの向こうに立つのは、店のマスターらしきダークエルフ。

コーンロウの髪型《かみがた》。筋肉質のダークエルフ男だ。

「情報を聞きたいのだが……」

ヴィーネの言葉は、呪文《じゆもん》でも唱えるかのような底冷えする口調だった。

だが、厳《いか》つい顔のダークエルフは動じない。

「おや、おや……いきなりですかい？　貴女様《あなたさま》は、どこの魔導貴族の婢女《はしため》さんで？」

厳つい顔を、醜《みにく》く崩《くず》すように嗤《わら》った。

「ほう、ここは、いつからそんな態度を取るようになったんだ？」

ヴィーネも負けじと、冷然たる態度で突《つ》き放《はな》す。

そのヴィーネの言葉と態度を聞いた、マスターは臆面《おくめん》。

「ハハ、ほんの冗談《じようだん》ですよ。高位魔導貴族の方がこんな下民の街に、何か用ですかい？」

ヴィーネの目力すげぇ。

筋肉達磨《だるま》のダークエルフの強気な態度が、あっさりと失《う》せてしまっていた。

「【魔導貴族ランギバード家】の詳細《しようさい》が知りたい」

「……ランギバード家、一桁《けた》様、第四位の魔導貴族様ですか？　わたしどものような下民風情《ふぜい》が、上位一桁様である魔導貴族様の情報など、得られませんよ」

第四位？　ヴィーネの過去話では、第五位だったはず。一つ位を上げたようだ。

「しらばっくれる気か？　ここは【毒蛇の負】のアジトだろう？」

その言葉を述べた瞬間《しゅんかん》――空気が凍《こお》りつく。周囲で楽し気に酒を飲んでいた客たちも静かになった。俺たちは注目を浴びる。

「……その名をご存じとは、では、こちらへ来てください」

筋肉質のダークエルフは、客を一瞥《いちべつ》する。

やや遅《おく》れて、俺たちをカウンター横にあった奥《おく》の通路へと誘導《ゆうどう》した。

狭い廊下を進む。突き当たりの部屋に案内された。その部屋もまた明るい。

内装は紫色《むらさきいろ》と緑色で統一されて、毒々しい。魔道具の光源も緑。

入り口付近にあった魔道具と同じく綺麗な品だが……落ち着かない。

内装と色合いのセンスも、俺と合わない。

そんな部屋の中央には紫色の机がある。

その机の奥に初老のダークエルフが座《すわ》っていた。机の手前には、湾曲《わんきょく》した刀を腰に差すダークエルフの男が二人立つ。部下か。俺たちを見張っている。

背凭《せもた》れが付いた椅子《いす》に座る者がボス。

この部屋はダンスレッスンを行えるぐらいに広い。最低、二十畳《じょう》ぐらいはあると思う。

「そこまでだ。止まるように」

手前の部下から指示がきた。ヴィーネと俺は足を止める。

初老のダークエルフを凝視《ぎょうし》。細長い目。黒色の瞳は、しっかりと俺たちを見据《みす》えている。

当たり前だが、初老のダークエルフだ。青白い皮膚《ひふ》。皺《しわ》が多い頬。

ゲッソリと痩《や》せて顎骨《がっこつ》が太い。

どちらかと言えば東南アジア風の頭蓋骨《ずがいこつ》だろうか……髪型は、三つ編み。

髪が真ん中に集結した変な髪型。

上半身は、肩に出っ張りのある真っ黒い鎖帷子《くさりかたびら》系の防具。

下半身は、机に阻《はば》まれ見えないが、痩躯《そうく》。まさに麻幹に目鼻をつけたよう。

だが、ボスらしい雰囲気を感じさせた。その痩せたダークエルフの男が、

「……貴女様が、魔導貴族の情報が欲《ほ》しいとか？」

「そうだ」

魔察眼で確認《かくにん》。痩せたボス男と部下の二人はそれなりに強いと見た。

全員が体内の魔力《まりょく》操作が巧《たく》みだ……。

それなりの強さではなく、かなりの強者か。

『閣下、魔力操作が巧みです。気をつけてください』

『分かっている。精霊《せいれい》の視界は、まだ使わないぞ?』

『はぃ……』

精霊ヘルメは魔力を期待していたのか、残念そうに答える。

カレウドスコープも起動しない。

「【断罪の雷王《らいおう》】ではなく、【毒蛇の負《わたしども》】に用がある貴女《あなた》は、いったいどちらの、魔導貴族様で?」

視線の鋭さが増した痩躯なダークエルフ。

ヴィーネだけでなく……俺と肩《かた》の黒猫《ロロ》を注視。

双眸《そうぼう》に魔力を宿した。この痩躯のダークエルフ……魔察眼が使えて、相手の分析《ぶんせき》がある程度できるということだ。女尊男卑《じょそんだんぴ》のダークエルフ社会において、男のコイツが組織を率いているだけのことはあるらしい。

ならば、少し魔力を表に出して、この男の反応を楽しむか。

「そんなことを貴様が知る必要はない。【第四位魔導貴族ランギバード家】の情報を出せ。と言っている」

ヴィーネは強気な態度を崩さない。

痩躯のダークエルフは、ヴィーネと俺を見比べるように見つめてくる。

呼応するように、俺は魔力を強めた。魔力を出して遊んでいることに気付いた痩躯のダークエルフは驚《おどろ》いた表情を浮かべる。細い目が見開いていた。

直《す》ぐに、怯《おび》えたような顔付きに変化。

「……はぁ。なんてこった。相手はお得意様なんですがね……分かりました。ですが〝此《こ》方《ち》は一切《いっさい》関係ない〟……今日は、貴女様たちと出会いもしなかった。ということで、よろしいですね？」

痩躯なダークエルフは、そう述べて、冷《ひ》や汗《あせ》を額に浮かべながら溜《た》め息《いき》を吐《つ》く。

「それでいい」

ヴィーネは首を僅《わず》かに頷けて、シンプルに答えていた。

邪悪な笑《え》みを浮かべているのかもしれない。

「はい。では……【第四位魔導貴族ランギバード家】は、司祭家長の母フェレミン・ダオ・ランギバード、長女の鬼才《きさい》トメリア、次女の魔人ガミリ、三女の剣才《けんさい》ハリアンの家族が中心です。三人の娘《むすめ》たちの親族が一族内で上位役職に就き、母の司祭家長であるフェレミンを支えている強固な一族と言えましょう……少し前に、第五位から第四位に位を上げた魔導貴族として有名ですね」

家長一人と三人の家族は強そうだ。

「兵は、どれぐらいいる?」

ヴィーネの短い言葉だが、その声質から冷徹《れいてつ》な怒りを感じさせる。

「直属の配下と親族を含《ふく》めた兵が、約七百。傭兵《ようへい》を含めると、もっといるかと」

「……本拠《ほんきょ》にか?」

七百を超《こ》える兵士がいるのか。

「はい。中央貴族街の南方に要塞《ようさい》と化した大屋敷《おおやしき》を構えています」

「なるほど、中央貴族街か」

ヴィーネはそう言って頷く。

「同盟関係には【第三位魔導貴族エンパール家】、【第二位魔導貴族ベルハドラ家】、両家と良好な同盟関係を維持《いじ》していると噂《うわさ》があります」

「敵対する魔導貴族は?」

「現時点では【筆頭第一位魔導貴族サーフェン家】、【第八位魔導貴族サーメイヤー家】、【第七位魔導貴族リジェ家】、【第十位魔導貴族グマチュツイ家】が敵対関係にあると噂があるだけですね。そして、戦争では、必ず勝利に近い形で終わらすことで有名です。過去に潰《つぶ》された魔導貴族は数知れず……」

その話題になると、ヴィーネは聞きたくないと言うように頭を振《ふ》る。

「……もういい。聞きたいことは以上だ」

「……そう、ですか。……では、すぐに退去してください」

ヴィーネの反応に少し驚く瘦躯のダークエルフ。

やや遅れて、怠《だる》そうに腕《うで》を泳がせる。『早く帰れ』と、アピールしてきた。

ヴィーネは踵《きびす》を返す。俺も付いていく。その瞬間、

「……ところで、貴女の背後の方は、何者なんです？」

ヴィーネは、ビクッと背中を動かして、その言葉に反応。

俺は、ゆっくりと振り返《かえ》った。口元を綻《ほころ》ばせ……ついでに殺気を散りばめておく。

「……知りたいなら、それなりに後悔《こうかい》することになると思うが？」

フードを被っているから、瘦躯なダークエルフからは、俺の口元しか見えないはず。

瘦躯なダークエルフは、急にゴクッと生唾《なまつば》を飲み込むような音を立てる。

「――ゴホッゴホ、い、いえ、忘れてください」

息を詰《つ》まらせてから、焦燥《しょうそう》したような態度を取った。

ヴィーネも瘦躯なダークエルフと俺のやりとりを見ていたが、何事もなく翻《ひるがえ》す。

部屋から出て廊下からカウンターに出る。【泥沼蛇の花亭】の出入り口へ向かった。

騒がしい客は、またもや静かになる。俺の存在かヴィーネの存在に気付いたか？

何事もなく【泥沼蛇の花亭】から脱《だつ》することができた。

「無事に情報が得られましたね」

外の路地を歩きながら、笑顔のヴィーネが話してきた。

「あぁ、そうだな」

少し、緊張感《きんちょう》があったが、

「あの痩躯なダークエルフ。かなりの切れ者か実力者かもな」

「……そうでしょうか？」

ヴィーネは首を傾《かし》げ、疑問顔だ。

「俺とヴィーネを魔察眼で観察し、その実力を彼なりに判断していた。【毒蛇の負】だったか、それを率いるだけの目は持っていると思う。見ず知らずの俺たちへと、あっさりと情報を渡《わた》してきた。二人の部下たちも、交渉時には一切動かず言葉も発しなかった。かなり訓練を受けている証拠だ」

ただのゴロツキなら、ちょっかいを出してくるだろうからな。

「そうかもしれませんが……」

ヴィーネは俺の意見に納得《なっとく》していないようだ。

慎重《しんちょう》な考えを臆病《おくびょう》に感じ取ったか、または、単純に相手が〝男〟だからか。

ま、そんなことはどうでもいい。話を切り替《きりか》える。

「それでヴィーネ。【第四位魔導貴族ランギバード家】の情報はある程度得られたぞ。何か案はあるか？」

「そうですね、復讐《ふくしゅう》するにも、さすがに七百を超える数では厳しいです。ここで兵を募《つの》っても、名誉《めいよ》も金もないわたしでは集まるわけもなく。他の敵対している魔導貴族を扇動《せんどう》し、ランギバード家と戦争を起こさせれば、チャンスが生まれるかもしれないですが」

第一位と第四位を争わせて、二虎《にこ》競食の計か？　そんなまどろっこしいことはせずに、俺が強引《ごういん》に〝力〟を見せれば、早く終わるかもしれない。

「そんなことは必要ない。お前が頼むなら、力でねじ伏《ふ》せるが、どうする？」

彼女は、その問いを聞くとまた驚く。銀色の瞳孔《どうこう》が散大し収縮を繰《く》り返していた。

「はぁ⁉　力でねじ伏せる……できるのですか？」

少し、素が出ている。

「できる。そんなことで驚いていると、これから大変だぞ？　俺について来られるか？」

「ンン、にゃ～」

肩の黒猫《ロロ》も前足で俺の肩を叩く。『当然だ、にゃ』的なアピール。

紅色の虹彩《こうさい》に、黒色の瞳《ひとみ》が輝《かがや》く。ドヤ顔だ。

「――はっ、ついていきます。お願いします。ご主人様とロロ様」

「にゃおん」

と、黒猫《ロロ》が先に鳴いて答えた。

先端が黒豆っぽい形の先端をヴィーネの頬に当てていた。

「おう」

あの先端の裏側には、偉大《いだい》な肉球がある。

相棒のロロディーヌは、気持ちをヴィーネに伝えたかな。

気持ちが伝わったヴィーネは、思い内にあれば色外に現るといったように、表情を変化させつつ頬にある触手に、自身の指を当て、

「……こ、これは、柔《やわ》らかい……」

と、俺と相棒に聞くように呟《つぶや》いていた。黒猫《ロロ》は、「にゃ」と、鳴いてから、触手でヴィーネの掌《てのひら》と甲《こう》を、トントンと優《やさ》しく叩くと引っ込めた。

「ロロの気持ちが伝わったろ?」

「……はい。かり、狩《か》り、楽しい、こい、こい、いっしょ、みほん、あそぶ、いい匂《にお》い……あそぶ。いいにおい、といったような気持ちが伝わってきました」

ヴィーネは少し頬を赤く染めていた。嬉《うれ》しかったようだ。

「はは、先輩風《せんぱいかぜ》を吹《ふ》かせてるんだな。ヴィーネの匂いも好きなようだ。そして、狩りをしたいらしい。これから暴れるから見ておけということだろう」

「は、はい。拝見させてもらいます」

ヴィーネは少し動揺《どうよう》しているのか、冷然とは程遠《ほどとお》い態度を取る。

黒猫《ロロ》へと頭を下げている。

「それは駄目《だめ》だ」

「え？」

「ヴィーネにも働いてもらう。目的のランギバード家の大屋敷を探さないといけないし」

「あ、はい。中央貴族街で要塞化。と言ってましたからね。数ヶ所、候補地があると思います」

その瞬間、魔素《まそ》を背後に探知――。

ヴィーネも気付く。振り向《む》くと、ダークエルフとドワーフが現れた。

「そこのお二人さん、待ちな」

男のダークエルフがそう発言。

「なんだ？」

と、見ると抜《ぬ》き身《み》の武器を持っている。まぁ、この辺りは物騒《ぶっそう》だ。当然か。

「金をおいていけ」

「物取りか。俺たちに関《かか》わると死ぬだけだぞ、それでもいいなら、来い」

「け、余裕《よゆう》だな」

「お前たち、死にたいらしいな」

ヴィーネが銀剣を抜く。

「女か。こんな場所をたった二人で歩くとはな、どうせ魔導貴族から外れた存在だろう。俺たちが慰《なぐさ》めてやる」

「うけけ、顔はよさそうだな、ひさしぶりに楽しませてくれそうだ――」

屑《くず》か。前進してくるダークエルフとドワーフ。

「ヴィーネとロロ、俺がやる」

「はい」

「にゃ」

俺は前に出た。

「お前が相手か、まずはお前を倒《たお》すとしよう――」

そう叫《さけ》ぶダークエルフは二剣流の剣士《けんし》。

ドワーフも片手槌《かたてづち》を左右に持っている戦士。

喧嘩《けんか》を仕掛《しか》けるように能力に自信があると分かる二人組。

素早《すばや》いダークエルフだ。そのダークエルフの右手が持つ剣先《けんさき》は頭部に迫《せま》る。

魔槍杖《まそうづえ》の上部で、その剣を弾きつつ、脇に迫ったドワーフの片手槌を魔槍杖の下部で弾く――中々の武器の扱《あつか》い――二人はもう次の攻撃《こうげき》モーションに移っている。

「槍使《やりつか》いか――」

ダークエルフがそう発言しつつクイックネスな左手の動きから剣の〈刺突〉系スキルを繰り出《だ》してくる――その剣先を避けつつ魔槍杖を縦に回転させた。狙いは足――。

ダークエルフの片足を紅斧刃《べにおのば》の棟《むね》が捉《とら》える。骨の折れた鈍《にぶ》い音が響《ひび》く――。

「ぎゃぁぁ」

続いて、連続的に振るってきたドワーフの一対《いっつい》の片手槌を、魔槍杖の柄《え》の上に載せるように防ぐ――。

「な、俺の槌蜂《づちばち》を防ぐだと!?」

と、驚くドワーフ。槌を載せた魔槍杖をドワーフに預けるように渡す――。

「え?」

風槍流『枝預け』だ。突然《とつぜん》、無手となった俺に驚くドワーフの鳩尾《みぞおち》にミドルキックを喰《く》らわせた。すぐに〈鎖〉を魔槍杖に絡《から》ませて回収――。

「ぐあ――」

ドワーフが吹き飛《と》ぶところは見ない――活性化させた魔闘術を活《い》かすように、半身の姿勢で横に移動した俺は魔槍杖を引きながら、足が潰れて屈《かが》んだダークエルフを見る。

そのダークエルフの頭部に向けて、魔槍杖を一気に下ろすように振るう。

ダークエルフの頭部を紅斧刃が捉えた。その頭部を粉砕《ふんさい》――。

紅斧刃はそのままダークエルフの胸半ばまでを両断した。

両手から魔槍杖バルドークを消去。

血飛沫《ちしぶき》を浴びないようにスムーズな魔闘術の操作から前進――。

吹き飛んでいたドワーフと間合いを詰めながら魔槍杖を再召喚《しょうかん》。

俺は、そのドワーフめがけて〈闇穿〉を繰り出した。

闇のオーラが纏《まと》う紅矛《べにほこ》がドワーフの顔を貫《つらぬ》く。

紅斧刃がドワーフの首下を裂《さ》きまくって直進――。

二人を仕留めた。

「強い！　戦い慣れていそうな、二人組を瞬間的《しゅんかんてき》に倒された……」

「にゃ～」

「ま、これからが本番だ」

魔槍杖の血を払《はら》う。

「それじゃ、ささっとそこに行くか。ロロ」

「にゃ——」

俺の指示を聞いた黒猫《ロロ》は肩から降りた。

瞬時《しゅんじ》に、黒豹《くろひょう》から黒馬に変身。続いてグリフォン、いや、ドラゴンのような姿に変身を遂《と》げる。メラリズム溢《あふ》れる漆黒《しっこく》の毛が作る巨大《きょだい》動物の姿は圧巻だ。

まさに、神獣そのもの。んだが、可愛《かわい》い。

その可愛い相棒の神獣が、俺とヴィーネの体に触手《しょくしゅ》を絡ませる。

そのまま、背中に運んでくれた。

「——ヒィッ」

ヴィーネは俺に抱《だ》き付《つ》きながら、小さく悲鳴をあげる。

青白い長耳の張りを失う。まだ、神獣となったロロディーヌの大きな変化には慣れてないようだ。神獣ロロディーヌは地面を蹴《け》る——。

瞬《また》く間《たま》に、建物の屋根に着地した。地面を抉《えぐ》った跡《あと》が見える。

相棒は胴体《どうたい》の左右から触手を伸《の》ばす。建物の壁《かべ》と屋根に触手から出た骨剣が突き刺《さ》さった。その触手を螺旋状《らせんじょう》に巻きつつ根元の胴体に向けて引っ張る。

四肢に力を入れて、引っ張り捻《ねじ》れた触手に力を溜めていく。

石製の屋根がロロディーヌの足の形に凹《へこ》む。空を飛ぶらしい。

「ロロ、あまり高く飛ぶなよ。天井《てんじょう》の高さはどれくらいあるのか分からないんだから」

「にゃおん」

「ヴィーネ。目を開けておけ。空から中央貴族街を見つけるんだ。目的の場所を教えてくれないと困る」

「ハッ、ハイ」

彼女《かのじょ》は薄目《うすめ》を開け小声で喋《しゃべ》った。今まで聞いたことの無い弱気な声だ。

しかも、エルフ語だし。フランス語のようなニュアンスなので、少し可愛かった。

さっきの戦いでびびったわけではないだろうし、あ……空がヴィーネの弱点か？

と、少し笑っていると黒猫《ロロ》が触手を解放させて空へ飛び上がった。

黒い天井が視界に迫る。翼《つばさ》の角度を変えて、飛行速度を少し落とした相棒。

姿勢を変えつつ旋回《せんかい》――ジェットコースター機動だ。

その視界に、太い柱が幾《いく》つか映った。空洞《くうどう》だけではない。

太い岩の柱があちこちにあった。

「キャァァァ、ふ、ふたぁ、うえがぁぁ」

ヴィーネは白目になり混乱。俺《おれ》の外套《がいとう》を破る勢いで、両腕《りょううで》に力が入る。締《し》めるように抱き締めてくる。

当たり前だが、蓋《ふた》の天井に近付くのは初めてだったらしい。

「……おい、大丈夫だから落ち着け」

「――ハイイ」

彼女の目がヤヴァイ。銀仮面を装着していない左目しか判別できないが、白目は血走っている。飛翔《ひしょう》することが怖《こわ》いのか、涙《なみだ》を流していた。

だが、頑張《がんば》って目を開け続けている。

「下は見えるか?」

「……はぃ――」

ヴィーネは怯えた表情を浮かべていた。少し、逡巡《しゅんじゅん》しつつ我慢《がまん》して下を覗《のぞ》く。

「ヒッ――、た、たかい」

恐《こわ》がっているが、ちゃんと下を見てくれた。そのまま宙を飛び続けること数十分。

ヴィーネは、おしっこをちびっていそうだ。高所恐怖症《きょうふしょう》か?

「あ、ありました。あそこにある建物群が中央貴族街です」

ヴィーネが怖々《こわごわ》と腕を伸ばした先に大きな建物がたくさんあった。

「あれか。どれも似たような形だな……」

ランギバード家の屋敷が何処《どこ》かは分からない……。

この地下都市は大きい都市だからな。

地下だが、ペルネーテ、ヘカトレイルを超えているのは確実だ。

「――ランギバード家の屋敷はどこかわかるか？」

「候補はありますが、ここからでは、ランギバード家の屋敷の判別は無理です」

仕方がない。もっと低く飛んで、それらしい建物を探すか。

「ロロ、高度を下げられるか？　低い位置で兵士の数が多いとこを探そう」

「にゃ――」

巨大な神獣《しんじゅう》ロロディーヌは、翼の角度を変えて滑空《かっくう》――。

Gはあまり感じないが、俄《にわか》に加速した。低空飛行に移行する
「ヒィ――」

ヴィーネがまた悲鳴を上げて、抱き締めを強くしてきた。

魔竜王《まりゅうおう》の鎧《よろい》だが、背中に柔らかい巨乳らしい圧力を感じた。エロ云々《うんぬん》を超《こ》えた幸せを感じる心地《ここち》よさ。やはり、おっぱいはいい。女性は偉大だ

第百二十二章「Need not to know」

俺たちを乗せた相棒は低空飛行を続けた。大きな建物の庭が見えてくる。
俺を抱くヴィーネに聞こうと思ったが、すぐに目的の屋敷ではないと分かった。
その屋敷の庭は、池と紫陽花《あじさい》や胡蝶蘭《こちょうらん》の花壇《かだん》が並ぶ。
日本庭園風で優雅《ゆうが》な庭だ。戦いに備えた塹壕《ざんごう》は極端《きょくたん》に少ない。
庭の世話をするダークエルフも綺麗な出《い》で立《た》ちで古風な姿。
皆、自然体で強者の雰囲気《ふんいき》があったが、兵士風のダークエルフは少なかった。
低空飛行だから、当然、気付かれる。だが、騒ぐことはなかった。
皆、幻《まぼろし》でも見ていると思っているのか、地下に空を飛ぶモンスターでも存在するのか、
あるいは、伝令や飛翔が出来る動物が居るのか。
俺たちも気にせず飛翔を続ける。庭で剣術《けんじゅつ》の訓練を行う屋敷を発見。
巨大な砦《とりで》風の屋敷もあった。駐留《ちゅうりゅう》している兵士は多い。だが、ヴィーネは頭を振る。
中には城のような建物もあったが、それも否定した。

大ボスが住んでいそうな闇の魔力を出している城も発見……どの魔導貴族が住んでいるんだろうか。

領地も広いと分かる。工場施設《しせつ》に魔力を備えた煙を吐く煙突《えんとつ》。

大きい鐘《かね》をぶら下げたギロチンのような断頭台。どす黒い水を噴出《ふんしゅつ》させている泉。

巨大な鞴《ふいご》の形をした金属施設が呼吸しているように動く建物。

中空で、鋼鉄が弾けて爆発《ばくはつ》している空間もある。

魔法《まほう》と魔法が衝突《しょうとつ》して、火花が散っている場所もあった。

ジャングルジムのような施設では、訓練中の子供たちが見える……。

他にも無数の様々な建物があった。この地下都市が異常な大きさだと分かる。

次の屋敷は、ヴィーネに聞くまでもなく、長閑《のどか》な庭がある屋敷だった。

そうして幾つも建物を越えていった。やがて大きな建物が見えてきた。

堀《ほり》は深く、上下左右の壁も高い。ダムのような横の幅《はば》が太い壁が囲う刑務所《けいむしょ》風の建物。

壁の上を歩くダークエルフの兵士。砦の内部を巡回《じゅんかい》する兵士は多い。その壁には、吊《つ》り橋《ばし》がある。左側の吊り橋は、堀の上に掛《か》けてあった。

塔《とう》も四隅《よすみ》に存在する。石落とし用の物見やぐらかな。ヴィーネの目的地はここか？

「あの旗印……ここで間違《まちが》いないです。防御塔《ぼうぎょとう》、堀、戦闘員《せんとういん》の数、どれも尋常《じんじょう》ではない」

「分かった。一旦《いったん》、外へ向かう」

「はい」

「ロロ、西の外側へ向かえ。適当なとこで降りる」

「――にゃお」

相棒は高度を上げてから西へと向かう。すぐに大屋敷を囲む堀の外に出た。

民家の外れにあった空き地に風を受けつつ降り立つ。

すぐに、俺はヴィーネを抱《かか》えて降りた。

「……ご主人様」

と、ヴィーネの背中を支えながら、立たせてあげた。

「気にするな。ランギバード家の大屋敷だと分かったが、実際に、この目で確認しないとな」

「はい。では、わたしが直接、櫓《やぐら》の門番を捕《つか》まえ尋問《じんもん》しましょう」

「後ろからついていく」

「はっ」

「ロロは上空から俺たちについてこい。俺が知らせたら降りてくるんだ」

「にゃお～ん、にゃ」

そう返事をした神獣ロロディーヌ。首下から出した一対の触手を地面に刺し固定。その触手をぐるぐると巻きながら根元の首下に引いて、触手をゴムのように伸ばし引っ張り、体を後ろに運ぶ。触手が巻かれ張った刹那《せつな》——。

引っ張っていた触手を一気に解放——弛緩《しかん》する触手を首下に納めつつ直進する相棒。弾性《だんせい》バネを得た体を、パチンコ玉でも飛ばすように宙へと飛ばした。

相棒の触手を使った飛翔動作は洗練されたような気がする。

飛翔していく神獣ロロディーヌは旋回。漆黒色のメラリズムは純粋《じゅんすい》に美しい。

絵画として飾りたいような相棒の飛翔する姿を眺《なが》めてから、

「ヴィーネ、いいぞ」

「はい」

と、ヴィーネと一緒に小走りで大屋敷に向かった。

上から見ていたように、ランギバードの屋敷《やしき》は本当に砦だ。壁は五メートル以上はあるだろう。橋の上は誰《だれ》もいないから渡れそうだ。閉じた門は先。とりあえず吊り橋を進むとしようか。壁の上で巡回しているダークエルフの姿を確認。

下で、小走り中の俺たちに気付いていていない。

当然、ここから大声をあげて、堂々と名乗り合う。といった行動で、見張りの兵士から情報を聞くわけにはいかない。このまま内部へと侵入《しんにゅう》だ――。

無人の吊り橋の端《はし》から堀を覗く――底に刃《は》が鋭《するど》そうな素槍《すやり》が無数にあった。落ちたら串刺《くしざ》しだ。水は溜まっていなかった。直ぐに空を確認。

神獣ロロディーヌは旋回中。黒の鬣《たてがみ》は凛々《りり》しい。

今、その相棒に合図をしたら、電撃的《でんげきてき》に砦内部へと奇襲《きしゅう》ができる。だがしない。妨害《ぼうがい》はまだないからな。俺たちは呼び止められることもなく吊り橋を渡ることができた。

しかし、壁の内部のアーチ状の大きな門扉《もんぴ》は閉じてある。

そう易々《やすやす》と侵入できるわけがない。だが、横に小さい扉《とびら》があった。

この小さい扉なら……扉の先は、門番が休憩《きゅうけい》する部屋かな。

内部にも通じている可能性もある。扉を調べた。鍵《かぎ》が掛かった音が響く。

ヴィーネは何も言わずに銀色の虹彩で俺を見る。

無言で、『わたしにお任せを』と頷く。俺も頷いた。

彼女は腰《こし》の袋《ふくろ》から針金のような小道具を出す。

それを扉の穴にさして難なく鍵を開けた。

「さすがだ。で、ここから入るとして、出会《であ》い頭《がしら》に敵の兵士と遭遇《そうぐう》したら、即《そく》、対応だ。魔素の反応を誤魔化《ごまか》せる強者がここにいるとは思えないから、それはないか」

「そうですね。まずは話を聞いて、仇《かたき》の一族か、確認してから殺します」

彼女は冷静に頷《うなず》き語ると、堂々と扉の中へ入っていく。

俺は〈隠身《ハイド》〉を発動。少し遅れて足を踏み入れる。

天井が低く横幅《よこはば》も狭《せま》い。石作りの廊下《ろうか》が俺を出迎《でむか》えた。

掌握察《しょうあくさつ》を行いながら廊下を進むと、左に通路、右に階段がある場所に出る。

ヴィーネは右上に続く螺旋《らせん》状の階段を上がった。俺も樹板を踏みつつ——。

ぐるりぐるりと、塔の内部を回り上るような階段を上がった。

そんな目眩《めまい》がする階段を上り終えると、目の前に直通路と右側に出る通路が出迎える。

彼女は右の通路を選択《せんたく》。先に魔素の反応があった。兵士の詰《つ》め所《しょ》か。

人数は五名、もっとかな。近寄ってくる反応が一つ。

即座《そくざ》に左の壁に隠《かく》れた。ヴィーネも右の壁に肩を当てつつ隠れる。

「一人がこっちに来る。正面から話すか？」

「お任せを」

「……分かった」

ヴィーネは頷くと、隠れるのを止《や》めて壁から出た。

廊下の奥から兵士が来るのを待っている。大丈夫《だいじょうぶ》だろうか。

……少し不安に思ったが、任せた。一応、胸ベルトから短剣《たんけん》を抜いて右手に用意。

左手の〈鎖《くさり》〉も意識。魔法も……。

いつでも先制攻撃できる体勢で、ヴィーネの横顔を見つめた。

足音が近い。廊下の奥から兵士が来る――来たっ。

「ん、お前は誰だ？」

「聞いてないのか？」

ヴィーネは然《さ》り気無《げな》く、そんな風に兵士へ尋《たず》ねていた。勿論《もちろん》、地下エルフ語。

「何をだ？　門番長は新入りが来るとは言ってなかったが……」

「その門番長に、フェレミン様が直々に用があるとのことだ」

「フェレミン様からだとっ⁉　……お前のその姿、もしや、縁遠兵《えんとおへい》なのか？」

「ふ、分かればよろしい。そこを退《の》けっ」

横顔しか分からないが、ヴィーネは絶妙《ぜつみょう》な演技をしているらしい。

しかし、銀仮面の効果か？　確かにヴィーネはお偉《えら》いさんに見えてくる。

だが、縁遠兵とは何だろう。過去話にもチラッと出てきていたが……。

近衛兵《このえへい》とか親衛隊ってノリの部隊なんだろうか。

関係者と思わせることに成功したようだし、たぶん予想は当たっているはず。

「——はっ……これは失礼を！　しかし、何故《なにゆえ》に、あの門番長を……」

「お前が知る必要などないのだよ」

Need not to knowという奴《やつ》か？

上司たる仕草をしているだろうヴィーネは前へ進んでいく。

兵士はぶつぶつ言いながらこっちに歩いてくると、途中《とちゅう》で、バタッと倒れる音が響く。

隠れた壁から頭を少し横に出して見た。

石床《いしどこ》に女兵士は俯《うつむ》けの状態で倒れて首から血が流れていた。

ヴィーネが女兵士を後ろから刺して殺したようだ。

「ヴィーネ、やるな」

「はいっ、上手《うま》くいきました。やはり、ここが当たりのようです」

「よし。一旦外へ戻《もど》る。その兵士を運ぶぞ」

「え？　はい」

ヴィーネに死んだ兵士を運ぶのを手伝わせ階段を降りる。

入ってきた所から外堀《そとぼり》へ死体を放った。

「……ご主人様、この門は制圧しないのですか？」

「制圧してもいいが、ここは雑魚《ざこ》ばかりだろう？　てっとり早く、家長司祭のフェレミン、長女の鬼才トメリア、次女の魔人ガミリ、三女の剣才ハリアンたちを炙《あぶ》り出してやろうかと思ってな」

「はぁ……」

ヴィーネは納得せずに不満顔。〝なに言ってんだこの男は〟という顔だ。

敵の数は多いし、俺の実力もまだまだそこまで信用していないだろう。

この反応も頷ける。ま、最初は見ていてもらうか。

「いいから見ておけ」

「はい」

吊り橋に出た直後、口笛を吹く。素早く神獣のロロディーヌが降りてきた。

大きいグリフォンかドラゴンのような神獣ロロディーヌが降りてくると迫力《はくりょく》が違《ちが》う。

壁の上で警戒《けいかい》していた兵士たちも、当然、相棒に気付いて騒《さわ》がしくなる。

「乗るぞ」

「はっ」

俺とヴィーネは吊り橋から跳躍《ちょうやく》――。

低空飛行状態の神獣ロロディーヌへと飛び乗った――。

俺たちを乗せた相棒は上半身を伸ばすように加速――。

地底の空へと舞《ま》い上《あ》がる――。

「――きゃ」

風を受けた。ヴィーネは悲鳴を上げたが、彼女のおでこちゃんを見ることができたから、良しとしよう。昔、魔竜王戦《まりゅうおうせん》で活躍《かつやく》したグリフォン部隊長のセシリーを思い出した。

この飛んでいる状態を見たら彼女たちも驚くに違いない。

しかし、ここは洞穴《ほらあな》の地下都市だ。天井の蓋が高くて本当によかった。

ランギバード家の屋敷を俯瞰《ふかん》できる。

「もう少し高度を下げろ」

「にゃ」

ロロディーヌは、俺の指示通りにホバリングを実行しつつ高度を下げた。

丁度いい俯瞰場所だ。下の大屋敷が見える。何百といるダークエルフの兵士たちが俺たちに気付いたのか、見上げて、叫んでいる。弓矢を撃《う》ってくるが届かない。

「ヴィーネ。驚くなよ。指示するまでロロと見学しとけ――」

「えっと……」

彼女の返事を聞かずに、飛び降りた。真下に〈導想魔手《どうそうましゅ》〉を発動。

俺は落ちることなく〈導想魔手〉の上に着地。

ヴィーネは案の定、驚いていた。

「……え!? 浮《う》いて……いや、立っているのですか?」

と、ロロディーヌの黒毛に掴《つか》まりながら、俺に質問してくる。

笑顔《えがお》で頷くが、その問いには黙《だま》っていた。眼下の砦のような大屋敷を見据《みす》える。

今は行動で〝示す時〟だ——。

丹田《たんでん》から集めた魔力《まりょく》を腕から指先へ送る。その魔力を指先に込め、魔《ま》法陣《ほうじん》を描《えが》く——。

定石通り魔力消費は抑《おさ》える。が、威力《いりょく》は大きくした。

しかし、消費を抑えても大量に魔力は失われる……。

集中型、規模は中規模、日本語で書く。

魔竜王戦で基本的な古代魔法の力は分かった。

路地で、闇ギルド相手に使った古代魔法で少し扱いに慣れた。今回は違う。

基本中の基本は終わりだ。拡散、爆発、収束を促《うなが》す。

成長した魔力をふんだんに魔法陣へ込めて構築……組み上げていく。

中規模型、闇の竜に縁取《ふちど》られたかのような大魔法陣が、空中に浮かんでいた。

ふぅ、維持するのも精神力を使うな……あとはトリガーを決めるだけ……。

完成の一歩手前だ。これは中々の威力だと考えられる。

二度連続して撃つことは不可能。

「おぉぉぉ……なんという……素晴《すば》らしき魔力量、凄《すさ》まじい規模、研《と》ぎ澄《す》まされた集中力……そして、見たことのない紋章魔法《もんしょうまほう》……」

ヴィーネは驚《おどろ》き感動したような面《つら》を浮かべていた。

『閣下、これは神級を超える神大魔法ですか？』

『いや、単なる、自己流・改良型の古代魔法だ』

常闇《とこやみ》の水精霊《みずせいれい》であるヘルメも驚きの色を浮かべながら視界に現れる。

『お前も見たことがないのか』

『はい。ないです。上級、もしくは特殊《とくしゅ》な魔法は、閣下、ヴィーネ、レベッカ、エヴァ、ロロ様以外には、見たことがありません。一度だけ、魔法ではない水神様のお力を感じただけですので』

そりゃそうか。ヘルメはずっと尻《しり》で生活していたからな。それに俺と出会う前は、一日しか生きることのできない泉の小さい精霊だったのだから当たり前か。

『俺もこの規模を放つのは初だ』

『はい。楽しみです』

よし、屋敷のド真ん中へぶち込むか。

作製した魔法陣を大屋敷《おおやしき》に向けた。

名前のトリガーは、少し変える。闇弾《やみだん》の規模じゃないからな。

決めた。《種族殺しの闇隕石《ダークデストロイヤーメテオ》》

現時点で——俺なりに極《きわ》めた古代魔法を発動させる。

同時に……背筋がゾクッとするほど魔力を持っていかれた。

久々に胃が締まり、胆汁《たんじゅう》のようなモノが、口の中で暴れるように染《し》み渡る。

同時に、中規模魔法陣から現れたのは、一つの巨大石。

凸凹《でこぼこ》の表面を持つ闇色の靄《もや》を放つ隕石《いんせき》。

洞穴の岩盤《がんばん》が崩《くず》れたように巨大な石が落ちていく。

俺なりに工夫《くふう》した魔法だが、凄《すご》い魔法だ。下の大屋敷にいる沢山《たくさん》のダークエルフの兵士たちは血相を変える。動顛《どうてん》、狼狽《ろうばい》し、叫んでいるが、虚《むな》しい遠吠《とおぼ》えだ。

大屋敷の上層部へと、巨大石が飲み込まれる。

ドドドドォォォォォォンッと、大音響《だいおんきょう》と共に大屋敷が質量に見合う形で大きく窪《くぼ》む。

窪んだように建物が湾曲《わんきょく》した箇所《かしょ》から大きく崩れていく。

その直後、巨大石が割れた。中から黒い閃光《せんこう》が迸《ほとばし》った瞬間《しゅんかん》——大爆発《だいばくはつ》を引き起こす。

大屋敷だった建物が粉々に吹き飛んだ。粉塵《ふんじん》が混ざった闇色の爆発は円形に広がる。

四方の壁を越える？　いや、ちゃんと爆発は収束。

周囲を囲む壁は無傷で残った。大屋敷が存在していた中心部の真ん中の場所だけが……。

見るも無惨《むざん》に破壊《はかい》されている。うはぁ……。

俺が撃ち放っといてアレだが、強力すぎる威力だな。

「ご、ご主人様……わ、わたしは……」

ヴィーネは体を震《ふる》わせて泣いていた。あの威力を見たらこうなる。

すると、屋敷の残骸《ざんがい》が広がる地上に生き残りのダークエルフたちが集結しているのが目に入ってきた。四隅の壁は何事もなく防御棟《ぼうぎょとう》も無事だ。それなりに兵士は残っている。

集合しつつある兵士たちは、まだ戦う気のようだ。

「ヴィーネ、泣いている暇《ひま》はない。下を見ろ、あいつらはまだ諦《あきら》めてないようだ」

「……はっはい」

「——戦えるか？」

俺がそう聞くと、ヴィーネは神獣ロロディーヌの背中に片膝《かたひざ》を突《つ》けた。

「当然です。このヴィーネ・ダオ・アズマイル、一族、最後の生き残りでありますが、今日からは、唯《ただ》のヴィーネと成りご主人様に〝一生の忠節〟をここに誓《ちか》います」

「一生……」

頭を下げているヴィーネ。彼女は俺の呟いた声に反応して「はい」と短く答えて、顔を上げる。その目に流れていた涙は消えている。俺を真《ま》っ直《す》ぐ捉えていた。

何か、魔力を放ったわけじゃないが……。その視線は俺の心《ピュアハート》を貫く。

身体中《からだじゅう》に彼女の想《おも》いが伝播《でんぱ》したような気がした。

不思議だが、力強い気持ちが、俺の心を包む。

気分を高揚《こうよう》させるモノを感じることができた。

「……分かった。よろしく頼《たの》む」

「はいっ」

「下へ突っ込むぞ」

そう言って跳躍。

「にゃお」

ヴィーネを背に乗せた神獣ロロディーヌも急降下。

ヴィーネはロロディーヌの触手に身体が押《お》さえられているから落ちる心配はない。

彼女は銀髪《ぎんぱつ》を靡《なび》かせながら怖がらず背中から弓と矢を取る。

下へ視線を向けながらロロディーヌと共に急降下していく。

俺は〈導想魔手〉を使用しながら下りていく。同時に、

『ヘルメ、出ていいぞ』
『はいっ、やっとです――』
常闇の水精霊ヘルメが、目から出た。
飛翔するヘルメは両手を広げた。左右の手から魔法を発動させて地面に降り立ち――。
矢を射たダークエルフたちへと闇雲《やみくも》と氷礫《ひょうれき》の魔法を次々に衝突させていく。
俺は躍動《やくどう》するヘルメを見ながら、空中を駆《か》けるように移動。
狙《ねら》いを付けたダークエルフ集団へと接近戦をしかける。
「あそこだ。下りてきたぞ！」
「一族の仇だっ」
「殺せっ、コロセェエエエ!!」
ダークエルフたちは空中を移動している俺を狙う。
口々に罵声《ばせい》を叫びながら矢や魔法を撃ち放ってきた。
〈導想魔手〉を足場に利用している俺だ。
空中を駆けるように移動しているから、その矢と魔法は当たらない。
避《さ》けながら槍持ちダークエルフへと狙いを付けた。
そのダークエルフとの間合いを宙空から詰《つ》める――。

即座に、その頭部目掛《めが》けて魔槍杖を振《ふ》り下《お》ろした。

ダークエルフは鉄製の槍を、上部に掲《かか》げて紅斧刃を防ごうとする。

だが、そんな鉄製の槍に、魔槍杖の紅斧刃が防げるわけがない。

鉄製の槍をバターでも切るように切断。そのままダークエルフの頭部も真っ二つとした。

――魔槍杖バルドークの勢いは衰《おとろ》えず。ダークエルフの身体をも両断。

着地と同時に、俺に迫るダークエルフの剣士たち。

その剣士たちの動きを把握《はあく》――魔槍杖を引《ひ》き抜きながら――。

ゼロコンマ何秒の間に、全身の筋肉、特に、脊柱起立筋《せきちゅう》を意識。

腰を軋《きし》ませながら、右手を引く。

その右手を一気に前に押し出す〈豪閃〉を発動した。火炎旋風《かえんせんぷう》の獄一閃《ごくいっせん》。

火炎を伴《ともな》う軌跡《きせき》が、チラチラと邪魔だが、手応《てごた》えはある。

剣士のダークエルフたちの胴体が焦《こ》げながら二つに分かれていくのを把握した。

だが、矢や魔法が、次々と飛んでくる――。さすがに多い――。

それらの飛び道具を、片手に持った魔槍杖を回転させて、しのいでいく。

矢と魔法を弾《はじ》きながら、指輪を触《さわ》り念じた。

〝沸騎士《ふっきし》たちよ、来い〟と――。

久々に指環《ゆびわ》魔道具、闇の獄骨騎《ダークヘルボーンナイト》を使用する。

指輪から黒と赤の魔糸が発生。宙へと弧《こ》を描いて伸びていった。

俺を囲うダークエルフたちは、その光を放つ糸に警戒したのか少し後退。

糸が付着した地面から黒煙《こくえん》と赤煙が立ち昇《のぼ》る。

「沸騎士ゼメタス、ここに見参」

「沸騎士アドモス、ここに見参」

二体の沸騎士は方盾《ほうたて》と長剣《ちょうけん》を持ちながら、片膝を地面に突けて登場した。

「——よっ、久しぶり。お前らにも少しは頑張ってもらおう。命令だ。周りにいるダークエルフ共を殲滅《せんめつ》せよ」

「ははっ」

「——お任せを」

沸騎士たちは重低音の声を響かせながら立ち上がる。

全身の骨を軋ませるように方盾と長剣を構えてダークエルフの集団へ突撃《とつげき》していく。

「——閣下ァアッ！　魔界《まかい》で行った修行《しゅぎょう》の成果をお見せ致《いた》しますぞっ」

黒沸騎士ゼメタスが叫ぶ。方盾で、飛来する矢を巧《たく》みに防ぎながら戦車のごとく前進。

そこに黒鎧を着こむダークエルフが、ゼメタスの胸を狙う剣突《けんとつ》を出す。

その鋭い剣突を、黒沸騎士ゼメタスは方盾で軽く左へ往《い》なすと、「ふん、甘《あま》いわっ！」と、決め台詞《ぜりふ》を放ちながらダークエルフの肩《かた》の防具ごと斬《き》り落とすように袈裟《けさ》斬《ぎ》りを実行。ダークエルフを切《き》り伏《ふ》せていた。その切り伏せたタイミングで、レイピアの剣を握《にぎ》るダークエルフが黒沸騎士ゼメタスに迫った。

「——同じく、赤沸たる所以《ゆえん》を、ご披露《ひろう》仕《つかまつ》るっ」

赤沸騎士アドモスが、そう叫《さけ》びながら、黒沸騎士ゼメタスに迫るレイピアの剣を握るダークエルフの素早い突きの連撃を、片手に持った方盾で器用に弾く。そして、そのレイピアを扱うダークエルフの腿《もも》の下を、反対の手に持った長剣で突き刺す。

「ぎゃぁ」

ダークエルフは叫び、動きを止めた。チャンスと見た赤沸騎士アドモス。

右手に持った方盾でアッパーカットを行い、ダークエルフの顎《あご》を粉砕——顎が完全に破壊されたダークエルフは、その顎と顔から血をまき散らしながら、仰《の》け反《ぞ》り倒《たお》れていく。

そこに、沸騎士たちが突撃した逆方向からロロディーヌが吠《ほ》えながら突進《とっしん》。

「にゃごぁぁぁぁ」

巨大な神獣ロロディーヌ。

首から六本の触手を繰《く》り出《だ》し、鉤爪《かぎづめ》のある前足を縦横無尽《じゅうおうむじん》に振るう。

次々と迫《せま》り来るダークエルフたちを、塵《ちり》のように薙《な》ぎ倒しつつ俺の側へ戻ってきた。

黒毛の体には矢が刺さっていたが、動じていない。自然と刺さった矢は落ちているし。

ヴィーネはそんな神獣ロロディーヌの頭部付近に乗っていた。相棒は巨大な姿だ。だから騎乗《きじょう》とは呼べないが、ヴィーネは騎乗スタイルには手慣れているのか立ちながら弓矢を巧みに敵に向けて射出していく。

ヴィーネを乗せつつ戦う神獣ロロディーヌは激しく動いて戦う。

ヴィーネは、そんな激しく揺《ゆ》れ動《うご》く神獣に乗りながらも、矢を番《つが》えて、矢を連射しては、正確に標的を射貫《いぬ》いていた。凄い技術。ロデオの大会で優勝できるんじゃないか？

カウボーイという職があったら似合うかもしれない。

ヴィーネはバランス感覚も優《すぐ》れた、超《ちょう》がつく弓術《きゅうじゅつ》の腕《うで》か。剣も凄腕《すごうで》だし、素晴らしい。

あの揺れ靡く長い銀髪と巧みな巨乳を持つ、超がつく美人さんなことも素晴らしい。

しかも、ロロと互《たが》いに息が合っている。いつの間に意気投合したんだよ。

っと――。ロロディーヌと美しいヴィーネに見蕩《みと》れていたら、矢が飛んできた。

連続で飛来してくる矢。俺は回転して、その矢を避けつつ、右手でその矢を掴む。そして、サイドスローで、逆に、射ったダークエルフに、その矢をプレゼント――。

射手へと矢を〈投擲《とうてき》〉してやった。

連続で同じように俺に放たれた矢を、手で掴んで、射手たちへと弓矢をプレゼントしていく。射手たちの胸に、俺が〈投擲〉した矢が刺さって倒れていった。

まだ生きているダークエルフの射手は、俺を見上げ、驚愕《きょうがく》、怯《おび》えた表情を浮かべていた。

「……ぐぁっ、マ、マグル、なのかぁぁぁ？」

俺はフードが脱《ぬ》げているから、当然、顔が人族だとバレてしまう。

まぁいい。どうせここは戦場の最中だ。

「そうだよ……」

小さく呟《つぶや》きながら……。射手たちの他に、俺を囲う朱色《しゅいろ》の防護服を着たダークエルフの集団を見た。

こいつらは他と違う？　全員女性。黒装束を着た者たちと同じ。

左右の手に、長さの違う刀系の剣の武器を持つ。

独特の構えを取りながら、俺を囲うように動いている。

違うと言っても……時間をかけるわけにはいかない。

俺は魔力を脚《あし》に溜《た》めて、前屈《まえかが》みの体勢で前進。

手前のダークエルフへ狙いをつける――この朱色――ヴィーネの着ている防具服に似ているや。そんな疑問を感じながら、前屈みの姿勢で、右手に握った魔槍杖《まそうづえ》を捻り伸《の》ばし〈刺突〉を放つ。ダークエルフは直刀剣《じかとうけん》で俺の〈刺突〉の魔槍杖の穂先《紅矛》を防ごうとする。〈刺突〉の紅矛は、簡単に、そのダークエルフの直刀剣を弾く。

更《さら》に回転する紅斧刃《べにおのば》が無防備となった、ダークエルフの朱色の防護服を裂《さ》いて、伸びた魔槍杖の紅矛が、そのダークエルフの腰元《こしもと》を穿《うが》ち、脊椎《せきつい》をも貫《つらぬ》いた。

直刀剣持ちの女ダークエルフは何もできず。

壊《こわ》れた人形のようにひしゃげ倒れた。その瞬間、他のダークエルフたちが迫る。

俺の首を削《そ》ごうとする。その動きは遅《おそ》い。

魔槍杖を引き抜《ぬ》きながら、地面を蹴《け》り後退――。

俺がいた空間に、その二人が振るった白刃《しらは》が舞っていた。

しかし、俺の動きに付いてきたダークエルフが一人、いる。

「舐《な》めるなっ――」

金切り声、銀髪を靡かせながらの吶喊《とっかん》だ。間合いを詰めてきた。

剣の白刃が見える。〈刺突〉系の突剣か、屈《かが》む――その剣突を下から覗くように避けつつ後退――この銀髪のダークエルフは素早《すばや》く強い。続いて、俺を翻弄《ほんろう》するように、細かくステップを踏《ふ》みつつ剣の腹をわざと見せるフェイント斬りのモーションを見せた。

更に、跳躍だと!?　中空で、細長い足が見えなくなるほどの縦回転を実行するダークエルフ。長剣を振り下げているのか、剣の軌跡がぶれて迫る——ユイのような回転斬りか。

俺《おれ》はフェイントに少し掛かったが——魔槍杖を斜《なな》めに上げて、その強烈《きょうれつ》な振り下ろし斬撃を防いだ——ダークエルフは、防がれても攻撃《こうげき》を続けた。

刹那の間に、前転を続けながらの長剣の振り下ろし。

岩を両断するごとく連続的に振り下ろしてくる長剣乱舞《ちょうけんらんぶ》——。

魔槍杖の柄《え》の金属と、その長剣の剣刃《けんば》が、連続的に衝突を繰り返《かえ》し、キィ、キィンィンっと不協和音が連続し響《ひび》いた。斑《まだら》な火花も衝突した箇所から散っていく。

その火花によって髪《かみ》の毛《け》が少し焦げたが——。

ダークエルフの回転する剣と体の勢いを止めることに成功。そのダークエルフは着地際も力を込めた刀剣《とうけん》で、俺の魔槍杖を押し込めようとしてくる。

鍔迫《つばぜ》り合《あ》いに移行した。その際にダークエルフの顔を見る。

紫《むらさき》と桃色《ももいろ》の唇《くちびる》。息が荒《あら》い。こいつも綺麗《きれい》な女。

長い銀髪がパサッと揺れ落ちる微《かす》かな音も聞こえた。

銀の太い眉《まゆ》に銀色の虹彩《こうさい》の瞳《ひとみ》はヴィーネよりも大きいか？

敵さんも俺の顔を確認《かくにん》すると、その瞳が揺れて驚愕の表情を浮かべている。

「ハァハァ——お、お前、マグルなのか？」

呼吸を整えようとしている敵さんは、下半身がお留守。

ここは戦場だぞ？

「――そうだよ」

肯定《こうてい》しながら、相手の足を掬《すく》うように下段蹴りを放つ。

――しかし、女ダークエルフは跳躍して、俺の下段蹴りを避けた。

跳躍した勢いで、左手が握る長剣を振り下ろしてきた。

――速い、咄嗟《とっさ》に魔槍杖を掲げて反応した。

振り下ろされた長剣の刃を紅斧刃で受け止める。

魔槍杖の穂先の紅斧刃と長剣の刃が衝突。

またも衝突した箇所から火花が散った。金属の不協和音が響く。

相手の長剣は魔力が篭《こ》もった名剣らしい。

魔槍杖バルドークの紅斧刃と衝突しても、溶《と》けずに刃《は》こぼれもしていない。

そして、一瞬《いっしゅん》、謙信《けんしん》と信玄《しんげん》の川中島の戦いの一場面を想起する。

が、女ダークエルフはまだ空中。その女ダークエルフは、体重を乗せた自慢《じまん》の名剣による一撃《いちげき》を、またも防がれたことが意外だったのか、表情に焦《あせ》りの色を示す。

そこに隙《すき》ありだ。長剣の刃を受けた魔槍杖バルドークを右下にずらす。同時に爪先《つまさき》半回転を実行。体を回転させながら——上段回《まわ》し蹴《げ》りを放つ。バランスを崩し、ぎょっとした顔つきの女ダークエルフの胸へと、回し蹴りを喰《く》らわせた。

「がぁっ——」

と、蹴りの衝突音《しょうとつおん》が巨乳に吸い込まれたか不明だが、胸から鈍《にぶ》い音を響かせた女ダークエルフは一回転。地面と頭部が激しく衝突。転がっていく。

「姉者様——」

姉？　蹴りを喰らい転がった女ダークエルフを〝姉者〟と叫ぶダークエルフは、朱色の防護服を身に着けた親衛隊風のダークエルフたちだ。

その方々は、俺を無視。その倒れた女に走り寄って、介抱《かいほう》し始めている。

ヴィーネも近寄ってきた。やはり、着ている服はソックリ。

「ご主人様、今、倒れた女はランギバード家の三女。剣才と言われたハリアンかとっ」

第百二十三章「女司祭の最期」

剣才ハリアンか。他の女ダークエルフと違って身体能力が高かった。

その剣才ハリアンは朱色防護服の女ダークエルフからポーションと回復魔法のシャワーのような液体をかけられていた。回復魔法を唱えた親衛隊っぽい女ダークエルフ。ヴィーネは治療《ちりょう》を受けている剣才ハリアンを睨《にら》み続ける。

ヴィーネにとって仇の首謀者《しゅぼうしゃ》の一人が剣才ハリアンだ。彼女《かのじょ》に任せるか。

「ヴィーネ。こいつらは任せた」

「はいっ」

ヴィーネは弓と矢筒《やづつ》を床《ゆか》へ捨て置く――。

そのまま睨む視線の鋭さが体に宿るように、淀《よど》みのない所作で腰に手を当てた。

ヴィーネは腰に差す黒蛇《くろへび》の刀剣と銀剣を抜くと、心地《ここち》好《よ》い金属の刃音を響かせつつ前傾《ぜんけい》姿勢で、ハリアンを治療するダークエルフたちへと間合いを詰める。

ポーションの瓶《びん》を持つダークエルフの一人が剣の向きをヴィーネに向けつつ立ち上がっ

た。近付くヴィーネの胸を突き刺《さ》そうと、その片手が握る長剣の切っ先を伸ばす。

ヴィーネは体を斜めに傾《かたむ》けて、その長剣の突きを鼻先一寸《いっすん》で避けた。

そして、反撃《はんげき》の突き《リポスト》――ダークエルフの胸を銀剣で突き刺す。

しかし、ヴィーネは、その突きが浅いと判断した。技めいた言葉を放ちながら右肩《みぎかた》を落とし、左足を前に踏み込みつつ袈裟斬りを実行――。黒蛇の剣刃がダークエルフの頸椎《けいつい》を切り裂く。

愕然《がくぜん》とした二人の女ダークエルフはハリアンの介抱を止めた。

罵《のの》る言葉を口々に叫びながら倒れたままのハリアンを庇《かば》うように立ったダークエルフはヴィーネに剣を差し向ける。ヴィーネは、

「――そこを退け!!」

と、鬼気迫《ききせま》る言葉を、そのダークエルフたちに放った直後――。

右手の黒蛇を左下から右上へと掬い上げ敵の長剣を弾く。

続いて、左手が握る銀剣を横に振るい、ダークエルフの胴体《どうたい》を斬った。

ヴィーネはその横に振った銀剣を持つ細長い腕の動きに合わせるように、踊《おど》るように体を横へと回転させた――その回転終わりの隙を狙った女ダークエルフ。

煌《きら》めく白刃の直刀剣が、ヴィーネの背中に向かう。ヴィーネは半身の姿勢を維持《いじ》しなが

ら、右へと体をスライドする。美しい所作の進行性剣法《けんぽう》で、背中に迫った剣突を躱《かわ》し――ステップを踏む。浅い連続した踏み込みから後方宙返り一回ひねりを実行――。

ヴィーネは背後のダークエルフの頭上を越《こ》えながら、そのダークエルフの頭部に向け黒蛇を振り下ろしていた。黒蛇は銀髪を梳《す》くように頭頂部を通《とお》り抜ける。

女ダークエルフは悲鳴を上げられず眉間《みけん》に双眸《そうぼう》が寄りながら、険しい顔つきのまま頭部の断面図を見せながら倒れていった。

その倒れゆく頭部の半分は緑色に変色。黒蛇の毒効果だろう。

ヴィーネは体操選手のように地面に着地。

赤色の革《かわ》のグラディエーターブーツが似合うし、格好《かっこ》いい。

「血には血だ！　私の、いや、一族たちの無念を受けるがいい！」

と、叫ぶヴィーネの背景に……ダークエルフの幻影《げんえい》が見えた気がした。

彼女が大好きだった姉さんと妹たちだろうか。

ハリアンは逃《に》げるように両手で土を掻《か》き回しつつ匍匐《ほふく》前進を行った。

「――どこもいかせん！」

ヴィーネは、必死に逃げようとしたハリアンの背中を赤革ブーツの底で踏みつける。

「――わたしは、元【第十二位魔導《まどう》貴族アズマイル家】次女だったヴィーネだ。家族を潰《つぶ》した報《むく》いを受けるがいい──」

ヴィーネはそう名乗ると、ハリアンの背中へと黒蛇を突き立《た》てた。

「ウゲェッ！　ヒィアァァ──」

背中を刺されたハリアンは体を反らす。

その体を震わせて、『助けて』と言うように手を上げ叫ぶ。

ヴィーネは、そのハリアンを凝視《ぎょうし》、一族の恨《うら》みを晴らすべく──

「なんだ、その手は！　お前は！　お前はぁぁぁ！　姉様のっ、母様のっ！　妹たちのっ！！！」

と、泣《な》き叫びながら、何回も黒蛇をハリアンの背中に突き刺していた。

ハリアンが着ていた朱色の防具服は裂かれ、背中の肉がぐちゃぐちゃに潰れていた。ハリアンの頭部の原形はなくなっている。動かぬ屍《しかばね》になっても、まだヴィーネは突き刺し続けていた。

「おぃ、ヴィーネ」

「ハァハァハァ……はぃ」

ヴィーネの顔には疲《つか》れの色がある。

「もうよせ、な？」

「はい」

彼女は呆然《ぼうぜん》としていたが、俺の言葉に目力を取《と》り戻す。

首を縦に動かし小さく頷く……。

彼女は握る銀剣と黒蛇の刃《やいば》に付着した血を払《はら》うと速《すみ》やかに鞘《さや》へと、その二つの剣を仕舞《しま》う。　落としていた弓も拾い、矢筒から矢を数本取り出すと、何事もなかったように周囲を窺《うかが》う。少し圧倒《あっとう》されたが、俺もヴィーネに見倣《みなら》う。気を取り直して警戒。すると、

「にゃ」

馬のような大きさのロロディーヌだ。

そして、姿を馬から、黒豹《くろひょう》に戻す。いつもより大きい黒豹の姿だ。

神獣《しんじゅう》ロロディーヌは近寄ってくる。

「頑張《がんば》ったな」

黒豹《ロロ》を労《ねぎら》う。大きい頭から獅子《しし》の胸毛《むなげ》のような毛を撫《な》でてあげた。

嬉《うれ》しそうに、大きなゴロゴロの喉声《のどごえ》を鳴らす相棒。黒色の長い尻尾《しっぽ》を足へ絡《から》めてくる。

「はは、今はよせい」

尻尾が絡んで、転《こ》けそうになったが、可愛《かわい》い黒豹と戯《たわむ》れながらも警戒は緩《ゆる》めない。

視線を上げて、きょろきょろと見回していく。

左は瓦礫《がれき》が多い。周囲には元大屋敷だった瓦礫と倒したダークエルフの死骸《しがい》が転がっているだけか。と、思ったが、右の壁《かべ》から戦闘《せんとう》音が響く。

そこは二体の沸騎士と、常闇の水精霊ヘルメがダークエルフたちと戦っている現場だった。

あそこ以外は……ほぼ倒しきったようだ。

「ご主人様、あそこで戦っている異形なモノたちは……」

ヴィーネがそう質問してきた。

「あぁ、あれは俺の配下の者たちだ。あとで紹介《しょうかい》しよう」

「……なんと、あの者たちを……了解《りょうかい》しました」

当然だが、沸騎士は圧倒的《あっとうてき》な存在感だ。強化装甲《そうこう》的な鎧《よろい》と、その鎧から沸々《ふつふつ》と噴出《ふんしゅつ》する魔力の煙を見れば、驚くのは当然だ。地下世界には、骸骨《がいこつ》のモンスターも多いが沸騎士は闇の獄骨騎《ダークヘルボーンナイト》と契約《けいやく》した特別な騎士たちだからな。

ヴィーネは瞳を散大。口を開けて呆気《あっけ》にとられる。

暫《しばら》く茫然《ぼうぜん》としていたが、納得《なっとく》したかのように何回も首を縦に動かす。

いつもの冷静な表情へと戻っていく。美人顔だ。

その瞬間、左から音が響く。瓦礫が嵩《かさ》張った箇所から崩れる音。

魔素《まそ》もそこから反応を示すと、瓦礫の下からダークエルフの朱色防護服を着る集団が現れた。肩の防具が付いた黒色の鎖帷子《くさりかたびら》を装着している奴らも交じっている。

「まだ、生き残りはそれなりにいるようだ」

「はい。そのようで——」

現れたダークエルフたちは武器を手にすると、憎《にく》しみを込めて俺たちを睨む。

罵詈雑言《ばりぞうごん》を吐《は》き捨《す》てながら狂騒《きょうそう》状態に移行すると、一斉《いっせい》に向かってきた。

ヴィーネはそれら走ってくる敵を冷徹《れいてつ》に見据えて、眥《まなじり》を決する。

弓矢を射出。遠距離《えんきょり》から——次々とダークエルフを射貫《いぬ》いていく。

俺も魔法《まほう》で仕留めようかなと思ったが、

「ンンン、にゃお」

黒豹《ロロ》は喉声を鳴らしてから、『きたにゃ』と喋《しゃべ》るように警戒。

相棒は、俺とヴィーネを守るように進み立つ、火炎ブレスでも吐く？

違った。宙に触手《しょくしゅ》を六本浮かせ、敵が近付くのを待つようだ。そこに、

「ご主人様、数が多い。エクストラスキルを解放します。よろしいですか？」

「いいぞ。ロロ、ヴィーネが何かをするようだ。距離《きょり》があるから大丈夫《だいじょうぶ》と思うが、一応、俺の側にいろ」

「にゃ」

黒豹《ロロ》は素早く戻《もど》ってくる。後脚《こうきゃく》を滑《すべ》らせながら俺の足裏に隠《かく》れた。

ヴィーネのエクストラスキル。何気に見るのは初か？

どんな効果になるんだろう。楽しみ。

黒豹《ロロ》を連れて、背後ではなくヴィーネの右斜め前《まえ》に移動した。

彼女の顔を拝見。

「ここにいても大丈夫だよな？」

「にゃ」

ヴィーネは俺と相棒を見て、笑《え》みを浮かべてから、

「はい」

と、返事を寄越《よこ》すと銀仮面を脱ぐ。

いや、その銀仮面は銀髪の上に帽子《ぼうし》をかぶるように乗せている。

銀仮面に隠されていた右頬の綺麗な銀蝶《ぎんちょう》が輝《かがや》く。

その輝く銀蝶の頬へと、青白い指先が触《ふ》れた。

細い指が銀色に煌《きらめ》く。更に頬から手の甲《こう》へと、その銀の蝶が移った。

手に移った銀蝶を大事そうに、手を胸の前に持っていく。

反対の手と銀蝶が輝く手を合わせて、指の隙間《すきま》なく両手を組む。

片手の銀色の輝きが一段と増すと、反対の手も輝く。両手が煌き出した。

その光《ひか》り輝く手を離《はな》し、親指と人差し指を立て、残りの指は内側に纏《まと》めた。

普賢三昧耶印《ふげんさんまやいん》、らしき物を作る。同時に、両手の輝きが小さい銀の粒《つぶ》に変わっていく。

更に、内縛《ないばく》。内側に両手でグーを作る印も作る。

続けて、気功砲《きこうほう》でも撃つような印を作った。見たことのない印も作る。

何回も手の印を変えて組み合わせていった。そして、掌《てのひら》を組み合わせる印を作るごとに、魔力が強まる。銀の粒たちが両手の甲の部分に集結。

そこから小さい銀蝶が生まれて、出ては、両手を覆《おお》う。銀色の繭《まゆ》が両手を覆っていた。

その行動に俺は一瞬だが、過去の日本を想起した。

忍者漫画《にんじゃまんが》の印。密教の印、だが手印を解放した瞬間。

そんな脳裏《のうり》に浮かぶイメージは吹《ふ》っ飛《と》んでいた。銀色の繭だった掌に、一点の夜が現れたと思ったら、ヴィーネはその夜を切り裂くように、両手を左右へ離す――。

無数の銀蝶と蛾《が》たちが――暗き空を占領《せんりょう》するように舞う。

綺麗だ。蝶々《ちょうちょう》の群れが美しい。その美しい無数の銀蝶から銀色の粒子《りゅうし》が散る。

銀の鱗粉《りんぷん》か。その銀の鱗粉を出す蝶々たちは、走り寄ってくるダークエルフたちへと篠《しの》突《つ》く雨の如く降り注いでいく。銀の鱗粉や蝶々がダークエルフの皮膚《ひふ》に触れると、そのダークエルフたちは、いきなり豹変《ひょうへん》。叫び、笑い、怒《いか》り、踊り、頭を押さえては、猪突猛進《ちょとつもうしん》に走り出す。

互いにぶつかり合って衝突《しょうとつ》し合っていた。

完全に錯乱《さくらん》、混乱状態。誰一人《だれひとり》として、俺たちに近づく者はいなかった。

既《すで》に、地に倒れて動かない者もいる。

その強烈なエクストラスキルを使用したヴィーネは、その場の地面に崩れるように座《すわ》り込んでいた。丸い珠《たま》のような汗《あせ》の粒が額から滲《にじ》み出《で》ていたのか、長い銀髪が悩《なや》ましく頬に貼《は》り付《つ》く。青み衰う。その青白い顔が、更に青くなったように見えた。

そのままゆっくりとした動作で、頬の銀蝶を隠すように銀仮面を被《かぶ》せた。

疲れて立てないほど魔力を消費するようだ。魔力回復《リリウム》ポーションでもあげておくか。

アイテムボックスからポーションを取り出す。

「ヴィーネ、大丈夫か？　これでも飲んでおけ」

「あ、これは……？」

「ポーションだよ。気にせずに飲め、まだここは戦場だ」

「はっ、ありがとうございます」

ポーションを飲むと幾分《いくぶん》か回復したようで笑顔《えがお》を見せる。空《あ》き瓶《びん》を返してきた。要《い》らないが、それを掴《つか》み胸ポケットに仕舞う。

「さて――」

混乱を起こしたダークエルフたち。まだ生きている者は多い。

「……わたしが殺ります」

ヴィーネは徐《おもむろ》に立ち上がると、茶色の木製弓を構えた。矢を射出していく。

「――待て、俺が纏めて殺る。ヴィーネはまだ休憩《きゅうけい》だ。周囲を頼む」

「……はぃ」

ヴィーネは少し膝《ひざ》を揺らして地面に座る。やはりかなり疲れてるようだ。

「ロロ、ヴィーネを守れ」

「にゃおん」

黒豹《ロロ》は大きな鳴き声で了承《りょうしょう》の意思を示すと、ヴィーネの前に四肢《しし》をくねらせて凛々《りり》しく立つ。ヴィーネが地面に座るのを見届けてから……。

俺は〈導想魔手《どうそうましゅ》〉を使う――跳躍《ちょうやく》し空中を闊歩《かっぽ》。

混乱が続くダークエルフたちを見下ろす。汚《よご》れ仕事《しごと》ってわけじゃないが、俺は闇の側でもある。仇討《かたきう》ちを手伝う以上、仇となる敵の者には、よほどのことがないかぎり躊躇《ちゅうちょ》はしない――だから、さっさと終わらすか。それがせめてもの情け。

水属性の言語魔法。覚えている最高クラスの魔法でいく。

前よりも魔力《まりょく》を込めてイメージを強く。列氷の竜牙《りゅうが》を強く想像。

ダークエルフたちを見据《みす》えて、腕を伸ばす……

――《氷竜列《フリーズ・ドラゴネス》》を念じた刹那《せつな》――。

腕先から凍《こお》ったアジア風の龍《りゅう》の頭が出た。その〝氷龍の頭〟から髭《ひげ》のような列氷が珊珊《さんさん》と音を鳴らして中空に発生していく。先頭の氷龍の顎が開くと、うなり声を上げた。氷龍の尾《お》ひれが靡く度《たび》に蒼《あお》い軌跡が残る。冷たい空気が伝わってきた。氷龍がダークエルフたちと衝突。

上顎《うわあご》と下顎《したあご》の氷の歯牙《しが》に噛《か》みつかれた最初のダークエルフは一瞬で凍り付き、粒となって消えた。ダークエルフを飲み込んだ氷龍は地面と衝突して散る。

その散った氷龍の残骸が凄《すさ》まじい――列氷の吹雪《ふぶき》となって地面に凍った波の列を無数に作り上げながら円状に広がり瓦礫を吹き飛ばす。氷の列はダークエルフたちの墓標のようだ。

巻き込まれたダークエルフたちは、凍り固まるか、列氷に突き刺さって死んでいた。

魔法の範囲内《はんいない》だけ雪国のよう。

周りは吹き飛んだ瓦礫の群とダークエルフの死骸で、ぐちゃぐちゃだ。

――動くダークエルフを発見。その場で、〈光条の鎖槍《シャインチェーンランス》〉を使用。

光条の線が弧を描《えが》く。逃げようとしたダークエルフの背中に突き刺さった。

更に、刺さった〈光条の鎖槍《シャインチェーンランス》〉としての光槍の後方部が繊維状《せんいじょう》に分裂《ぶんれつ》。

光を帯びた繊維は瞬《また》く間《ま》に裂け広がり蜘蛛《くも》の巣を生成。

光の蜘蛛の巣はダークエルフを地面に縫《ぬ》った。

ダークエルフは光槍を中心とする光る網《あみ》のような蜘蛛の巣に捕《と》らわれ身動きが取れない。

あのままでも死ぬと思うが《氷弾《フリーズブレッド》》を放つ。

イメージした氷の形状はティアドロップ型のライフル銃弾《じゅうだん》。

その魔法の氷弾は、動けないダークエルフの頭蓋骨《ずがいこつ》を貫通《かんつう》し破壊。

俺は足場の〈導想魔手〉を飛び降りた――。

黒豹のロロディーヌとヴィーネの下に着地。

ヴィーネは肩を震《ふる》わせながら片膝《かたひざ》で地面を突《つ》く。

相棒のロロディーヌは黒豹から黒猫に変身。

いつもの黒猫《ロロ》となって、肩に戻った。

「さすがは、強き雄《おす》。凄まじき水属性魔法です。感動で打《う》ち震えています……」

はは、大袈裟《おおげさ》だなぁーっと言おうとしたが、止めとこ。

ヴィーネの目は熱を帯びて潤《うる》んでいる……真剣《しんけん》な面《つら》だ。話を変えよ。

「それより、ヴィーネの身体は大丈夫か？　さっきのエクストラスキルは魔力を多大に消費するんだろう？」

「はい。ポーションのお陰《かげ》で徐々《じょじょ》に回復しました。もう平気です」

「そっか。よかった」

ヴィーネの顔色を見て回復具合を確認していると、ダークエルフたちと戦っていた常闇《とこやみ》の水精霊《みずせいれい》ヘルメと沸騎士が俺たちのところへ戻ってきた。

皆《みな》、俺の目の前でストップ。同時に片膝で地面を突く。沸騎士たちは傷だらけだ。硬《かた》そうな黒鎧と赤鎧が欠けて、矢が刺さったままで、穴もある。

落ち武者を超《こ》えていた。ボロボロだ。一方でヘルメは無傷。

「よっ、ごくろうさん。ヘルメはさすがに無傷か。だが、沸騎士ゼメタスとアドモスはかなり傷つけられたな……」

「にゃ、ンン――」

黒猫《ロロ》が前足と触手を使って、右肩をリズミカルに叩《たた》きながら、

「――にゃ、にゃん」

と、何か言っている。

想像するに、骨太郎《ほねたろう》、骨吉《ほねきち》、だらしないにゃ、つかえないにゃ？　とかかな。

「……閣下、沸騎士たちを魔法で支援《しえん》をしながら、協力して、敵を殲滅しました。沸騎士たちは前衛らしく盾を使いつつ、叫んで吶喊。ですので、多数の攻撃が集中した結果です」

常闇の水精霊ヘルメは戦況《せんきょう》を軽く説明してくれた。

彼女は全身の蒼い葉と黝《あおぐろ》の葉っぱの皮膚を、風を受けてウェーブを起こしたように動かす。美しい色合いの長髪《ちょうはつ》も同様に靡《なび》く。その髪から、いい匂《にお》いが漂《ただよ》った。

ヘルメは、ぼろぼろとなった沸騎士たちを流し目で見ている。

「はっ、面目《めんぼく》なく……」

「次こそは無傷で戦い終えましょうぞ」

そう語るゼメタスとアドモスの頭部は、迫力《はくりょく》のある頭蓋骨でゴツイ骨兜《ほねかぶと》だ。

その骨兜を擁《よう》した頭蓋骨からは、感情が読み取れない。

が、悔《くや》しそうに、重低音を響かせながらの言葉の質と、煙の質から、どんな感情を抱《いだ》いているのかは理解できた。

「気にするな、立派な勲章《くんしょう》だ。俺はお前たちの騎士としての仕事に尊敬を覚えるぞ」

「閣下……」

「なんというお言葉か！　もったいない、我らの心が滾《たぎ》りますぞ‼」

と、アドモスから赤い煙が噴出――ゼメタスも続く。

肩の黒猫《ロロ》は、その沸騎士たちへと触手を伸ばす。

優《やさ》しい黒猫《ロロ》だ。沸騎士たちの頭蓋骨をコンコンっと叩いて慰《なぐさ》めていた。

さて、黒猫《ロロ》の行動は放っておいて、紹介してやるか。

「……それで沸騎士たちとヘルメ。紹介しとこう。そこで跪《ひざまず》く銀髪《ぎんぱつ》の女性はダークエルフだ。彼女は俺の奴隷《どれい》だったが、今は従者であり、仲間だ。仲良くしてやってくれ」

「「ははっ、御心《みこころ》のままに」」

「畏《かしこ》まりました」

「にゃおん」

沸騎士は声を揃《そろ》えて重低音で了承。ヘルメも頭を下げて、了承。

黒猫《ロロ》も何故《なぜ》か、偉《えら》そうにドヤ顔で、了承。

「皆様《みなさま》、弱輩《じゃくはい》ながら、ご主人様の配下である末席に加わることになりました。名前はヴィーネと申します。種族はダークエルフです。矮小《わいしょう》な身ではありますが、ご主人様を支えて少しでも役に立ちたい思いであります。これからもご指導ご鞭撻《べんたつ》くださいますようにお願いいたします」

ヴィーネは部下たちへ深々と頭を下げる。ちゃんと自己紹介をしていた。

「宜《よろ》しく頼《たの》むぞ、青肌《あおはだ》のヴィーネ殿《どの》、我の名はゼメタス。黒沸騎士だ」

「宜しく頼む、ヴィーネ殿、我はアドモス。同じく赤沸騎士である」

「いつも見てましたよ。わたしは常闇の水精霊ヘルメです。閣下に失礼が無きように」

「にゃ、ンン、にゃおん」

常闇の水精霊ヘルメは、若干睨《じゃっかんにら》みを利かせてヴィーネを見ていた。

少し間があいてから納得するように、流し目に変わる。

ヴィーネの全身をチェックするように見つめていた。

黒猫《ロロ》はあれだ。ドヤ顔だし、また、先輩《せんぱい》ぶっているのだろう。

「ここはまだ戦場だ。三女の剣才ハリアンは殺ったが、まだ親玉の司祭家長であるフェレミン・ダオ・ランギバード、長女の鬼才《きさい》トメリア、次女の魔人《まじん》ガミリたちの死体を見ていない。多分、最初の古代魔法を直接喰らい死んだか、または、建物の崩壊《ほうかい》に巻き込まれて死んだか。もしかしたら、三女のように古代魔法で死なずに生き残っているかもしれない」

「はい、では見回りますか？」

「そうしよう――」

周りを見回しながら、ヴィーネに同意する。

「この、ゼメタスにご命令を」

「アドモスにご指示を」

「閣下、お供します」

「沸騎士《ふつきし》たちは損傷が激しい。魔界《まかい》に帰って休養だ。修行《しゅぎょう》かもしれないが、ヘルメ、ヴィーネ、少し歩くぞ」

「はいっ」

命令をした途端《とたん》、沸騎士たちは何も言わずに、頭を下げて消えていく。

「閣下についていきます」

彼女たちと一緒《いっしょ》に黒猫《ロロ》を肩に乗せた状態で……。

足場に注意しながら瓦礫の上を歩く。掌握察《しょうあくさつ》も行った。

下の瓦礫を魔法や魔槍杖で吹き飛ばしながら進む。慎重《しんちょう》に、瓦礫を吹き飛ばしつつ大屋《おおや》敷《しき》の中心部があった辺りの捜索《そうさく》を続けること、数分後。

――下から魔素の反応があった。それも複数だ。

「ここの下に幾《いく》つか反応がある」

「確かに、反応があります。沈《しず》んで確かめてきますか？」

「そうだな。見てきて」

常闇の水精霊ヘルメは、一瞬で液体状態に変身。

液体のヘルメは、瓦礫の隙間に染《し》みこむように消えていく。

ここの瓦礫は建物の上層部があった箇所《かしょ》だ。

位置的に、もしかしたら……司祭が暮らすところだったりして。

「……ヘルメ様は精霊様なのですね」

ヴィーネは液体化したヘルメが沈み込んだ場所を凝視している。

突然《とつぜん》の水状態だからな。地下に向けて消えたように見えたことも、驚《おどろ》いたようだ。

「そうだ。常闇の水精霊。闇と水の眷族《けんぞく》。俺の魔力を糧《かて》に生きている精霊だ。多分、ヘルメのような精霊は少ないと思う。いや、俺と契約したから、他にいないって言ったほうが正しいかもしれない。ま、何事も絶対はないからな」

「……」

ヴィーネは沈黙《ちんもく》した。この間の過去話の時に見せていたような思案顔。

「……ヴィーネ、聞いているか？」

「は、はい。すみません」

「また何か考えていただろう？　言ってみ」

「はい。ご主人様はわたしたちの言語も理解しているようでした……本当にマグルなのですか？」

ヴィーネはぎこちない笑顔で聞いてくる。

やはり、そう思うのは当然と言えよう。俺は普通《ふつう》のマグルの人族じゃない。

人族とヴァンパイア系の流れを組む光魔ルシヴァルだ。

まぁ、彼女だからこそ、闇の一面をわざと見せつけたのだけど。

「……知りたい？」

「当然です」

「ンン、にゃ」

だよなぁ。黒猫《ロロ》も〝言っちゃえにゃ〟的に鳴く。勇気を出して言っちゃうか。

本当のことを告げて、怖がって嫌《きら》いになって、離れるのなら、それもまた受け入れる。

「そうだよ。正直、嫌われるのは怖《こわ》いが……ヴィーネの想像通り。俺は普通のマグルの人族じゃない。勿論《もちろん》、この姿だから、マグルの血も入っているが……俺は人族と魔族ヴァンパイアの流れを組むダンピールに近い種族。血の摂取《せっしゅ》が必要な光魔ルシヴァル。という新種族だ」

「な、なんとっ」

ヴィーネは、またその場で身体を震わせて片膝を突く。

そして、ゆっくりと顔をあげて、俺を見つめてきた。

おぉ、恐怖の顔色ではない。少し安心した。右上半分を隠す銀仮面を被《かぶ》っていても、その左半分の顔色で少しは感情の判別はできる。

恐怖はない。眼輪筋を弛緩《しかん》させた、熱を帯びた情熱を感じさせる顔付き。

「ご主人様に改めて忠誠を……」

目が潤んでいるし。今日二回目だぞ。

と、軽く冗談《じょうだん》のツッコミを入れようと思ったけど、止めといた。

彼女は真剣な面だ。その思いを考えると、凄《すご》く嬉しい。

しかし、俺が濁を飲んだことについても聞いておこう。

「俺を嫌わないのか？　今のように虐殺《ぎゃくさつ》や嗜虐《しぎゃく》を好む。血を吸う怪物《かいぶつ》だぞ。怖くないのか」

「怖くはあります。しかし、わたしを信頼《しんらい》して下さり、仇の一族の殲滅《せんめつ》を叶《かな》えようとしてくれる優しきご主人様を嫌うなど絶対に起こりえません。赤《あか》ん坊《ぼう》の血で耳元が朱《しゅ》に染まろうとも、全魔導貴族が、敵に回ろうとも、御側《おそば》でお仕えをしたい思いです」

よかった。彼女の本心だろう。何気に、敵と戦っている時よりも緊張《きんちょう》した。

「……ヴィーネみたいな美人にそこまで思われたら嬉しいね」

調子に乗った俺は、ヴィーネの頬に手を伸《の》ばした。

指の腹で、頬を優しく触れるか触れないかを意識しながら指を動かした。

「あ、はぃ……」

ヴィーネは頬を赤くして可愛く反応した。彼女は目を瞑《つぶ》りながら、俺の指先に猫《ねこ》が頬を擦《す》るように顔を寄せてくる。う、ちょいエロ。

このまま、指を舐《な》めろ、とか？　言っちゃったらどうだろう？

そのエロい妄想《もうそう》をした瞬間《しゅんかん》、股間《こかん》の下からのツッコミ。

もとい、瓦礫の下から音が響く。ヘルメが消えた真下からだ。

次第《しだい》に音が大きくなる。と、瓦礫が吹っ飛び、穴ができた。

その穴の縁《ふち》から、ニュルリと液体のヘルメが現れて瓦礫の上に人型となって現れる。

黒猫《ロロ》も目をぱちくりとさせて反応。

「にゃお――」

黒猫《ロロ》は一鳴き。俺の肩《かた》から降りて、その穴の下を覗《のぞ》く。

「ロロ、まだ中に入るなよ」

注意すると、常闇の水精霊ヘルメが、

「……閣下、瓦礫の下には、まだ複数の生き残りがいます」

「やはり、まだいたか」

「人数は？」

「大型の怪物が五体。人型の数は少なく五人。人型は皆、傷を負っていました。そのうちの一人は大きい魔力を体《からだ》に内包した女ダークエルフ」

大型の怪物が五体？　人型の魔力が大きいのは司祭か？　だったら大当たりかな。

「よくやった。ヘルメ。あとで、ご褒美《ほうび》だ」

「はっ、ありがとうございます」

ヘルメは頬の色を朱色《しゆいろ》に染める。

「ヴィーネ、聞いていた通りだ。大型の怪物が気になるが、やはり、ここの瓦礫の下は大屋敷の中心部だったようだ。傷を負っているようだが、多大な魔力を持つダークエルフ。司祭の可能性が高いぞ」

「はい。司祭家長フェレミン・ダオ・ランギバードだと思われます。しかし、大型の怪物とは、もしや……」

ヴィーネは心当たりがあるようだ。

「どうした？　大型の怪物が何なのか知っているのか？」

「はい、高位ランクの司祭には神から与《あた》えられた恩寵《おんちよう》があり、特別な魔具《まじんぐ》や魔神具を用いて、モンスターと下民男のダークエルフを掛《か》け合《あ》わせて使用する、秘《ひ》魔術《まじゆつ》が使えるようになるとか、噂《うわさ》を聞いたことがあります……」

うへぇ、モンスターと合体かよ。

「そのモンスターは、何をしてくるか分かるか？」

「分かりません。今まで高位魔導貴族を追《お》い詰《つ》めたことは、ありませんでしたので」

「閣下、下半身に蠍《さそり》と上半身に蟷螂《かまきり》が合わさった異形なる大怪物です」

そうだった。ヘルメは地下を見てきたんだった。

蠍と蟷螂……の大怪物を想像すると、二本の鎌《かま》か、複数の脚《あし》による攻撃か。

「大怪物が相手なら俺《おれ》がいく。前衛を担当しよう。あとからヴィーネ、ヘルメ、ロロ、で降りてこい。この穴から先に向かう」

「はいっ」

「お任せを」

「にゃお」

穴は瓦礫が積み重なり疑似《ぎじ》階段のようになっていた。大きい彫像《ちょうぞう》も崩《くず》れて重なって階段状になっている。埃《ほこり》が舞《ま》う。喉にまとわりつくような埃……。

アスベスト被害《ひがい》とか心配したが、ま、大丈夫だろう。

瓦礫の階段を降りていく。と、片足が着地したところが崩壊した。

崩れやすいところと、硬い場所の見極《みきわ》めが難しい……その瓦礫の階段を降りていく。

ここがどういう場所だったのか、分かってきた……魔素の反応も近くなる。

元は巨大《きょだい》ホールだった？　シャンデリアだった硝子《ガラス》、崩れた色付きの壁跡《かべあと》、崩れた彫像からして、巨大な謁見《えっけん》会場的なところだったようだ。

やはり、元は天井《てんじょう》高い巨大ホールか。

ここから地下の地面まで三十メートル以上はありそうだ。

地下空間にヘルメが言ってた通り、大怪物が屯《たむろ》していた。

上半身が蟷螂。下半身が蠍。

真ん中の胴体に、へその緒《お》的な男ダークエルフの頭部が出ていた。

大怪物の姿はヘルメとヴィーネが話をしていた通りだ。

モンスターとダークエルフを掛け合わせたような姿……。

それら大怪物の数体が、巨大な体格を活《い》かすように、我《わ》が物顔《ものがお》で地下空間を歩き回っていた。いや、彼《かれ》らは闇雲《やみくも》に暴れている訳ではなさそうだ。

その怪物たちは蟷螂の二本腕《にほんうで》の刃を使い瓦礫を斬《き》るように退《ど》かしている。

命令を受けて通路を復旧しようと働いているのか？

男として意識があるんだろうか……だとしたら惨《むご》すぎる。しかし、あの刃は強烈《きょうれつ》そう。

硬そうな瓦礫を熱したナイフでバターを切るように切っている。右隅《みぎすみ》の凹《へこ》みに待機した一匹《ぴき》の大怪物は動いていない。あ、下に、女ダークエルフたちが集結していた。あの右隅に司祭か？　右に向かうとして、手前の大怪物たちが邪魔《じゃま》だな……俺は見上げるように振《ふ》り返《かえ》り、

「ロロ、ヘルメ、ヴィーネ、まずは四匹の大怪物を倒《たお》す。手前で瓦礫を切っている大怪物は俺が仕留めよう。右と左にはロロ、ヘルメ、ヴィーネが当たれ」

指のジェスチャーを加えて指示を出す。

「分かりました」

「にゃ」

「はい」

すぐに瓦礫の山から飛び降りた――まだ着地が可能な地点まで距離がある――。

落下中に、左手を狙《ねら》った大怪物に向けて〈鎖《くさり》〉を撃《う》つ――。

狙いは蟷螂の頭部。ダークエルフ男の頭部ではない。

俺より先に急降下する〈鎖〉は、程《ほど》なくして、その蟷螂の頭部を難なく貫《つらぬ》く。

落下中に〈鎖〉で大怪物の上半身を巻き上げる。同時に瓦礫の着地。

そして、下の伸びている〈鎖〉を操作――〈鎖〉の先端《せんたん》が大怪物の体を貫きまくる。物

の見事に〈鎖〉を用いた乱雑な手巻き〈鎖〉の寿司《すし》を完成させた。

よし――と……。

下の大怪物を凝視するが、その大怪物は体中を〈鎖〉で貫かれても生きていた。

大怪物は手巻き風〈鎖〉の呪縛《じゅばく》から逃《のが》れようと……大きい鎌の腕の刃を振るい、自身の体に巻き付いた〈鎖〉を切ろうとしている。だが、乱雑な手巻き風とはいえ〈鎖〉は頑丈《がんじょう》。

そんな大怪物の刃では傷つかない。俺は再び〈鎖〉を意識――。

大怪物の上半身をキツく締《し》め付けていく……その〈鎖〉の感触《かんしょく》を得ながら――。

また瓦礫の山から下降する――。

滑るように山のように重なった瓦礫を降りていった。

下の大怪物とは、まだ距離がある。その瞬間、下の大怪物の体に絡む〈鎖〉を左手首の〈鎖の因子〉のマークの中へと徐々に収斂《しゅうれん》させる――。

〈鎖〉が絡む大怪物をゆっくりと持ち上げた。

その大怪物を引き寄せている間に――筋肉を意識しつつ右手と腰《こし》を捻《ひね》る――。

魔槍杖《まそうづえ》を斜《なな》め上《うえ》へと運ぶ。右斜めに魔槍杖を傾けて紅斧刃《べにおのば》の角度を調整しつつ上段の力の構えを取りながら引き寄せた大怪物を待ち構えた――いや、待ち構えない――瓦礫から跳躍し、一気に下降――槍の間合いに入った瞬間――〈鎖〉を消失させた。

落下する重力も味方につけた魔槍杖を振り下《お》ろす〈豪閃〉を放つ。

大怪物は、叩きつけの紅斧刃の〈豪閃〉をまともに喰《く》らう。

大怪物の右肩《みぎかた》が、肉感溢《あふ》れる音を立てぐにょりと凹む。

紅斧刃に押《お》し出《だ》された左右の肩の肉が無残に飛び散った。

肩と胸を裂《さ》く紅斧刃は下半身の臀部《でんぶ》まで到達《とうたつ》。

裂いた傷痕《きずあと》は五臓六腑《ごぞうろっぷ》の青花の生け花のごとく咲《さ》き乱《みだ》れている。

「ゲエェッ！」

胴体《どうたい》付近のダークエルフの頭部も裂かれつつ断末魔《だんまつま》の悲鳴をあげる。

魔槍杖を抜《ぬ》きながら着地。その裂いた大怪物は地面に倒れた。

ドスンっと衝撃音《しょうげきおん》が響《ひび》く。他の大怪物たちが、俺たちを注目。

そのタイミングで、ヴィーネの弓矢、ロロの触手骨剣《ほねけん》、ヘルメの氷槍の群れが、左にいた大怪物たちに多段ヒット。連続的に遠隔攻撃《えんかくこうげき》を受けた大怪物は、早々と地面に倒れて大音量を轟《とどろ》かせる。残りの大怪物は、蠍と似た多脚を節操なしに動かして右に逃《に》げた。

右隅で待機していた大怪物と合流する。右側で合計三体の大怪物が壁を作った。

三匹の大怪物は、傷を負っている女ダークエルフたちを守る。

その女ダークエルフたちを注視。中心が女司祭フェレミンだろう。

蛇《へび》の模様を象《かたど》った兜に、司祭と分かるローブを身に着けている。

だが、血だらけだ。頭や腹に傷を負っている。

右手の長い杖《つえ》で身体を支えるように立ちながら、俺たち侵入者《しんにゅうしゃ》を睨《にら》んでいた。

他の朱色防護服を着たダークエルフたちも同様に傷を負っているようだ。

敵は怪我人《けがにん》を抱《かか》えている以上、前には出てきそうにない。

集団で前進して、相手にプレッシャーを与えるか。

「──敵は守勢に入ったようだ。来い」

「ンン、にゃおん」

すぐに相棒が反応。その場で馬と獅子に近い姿に変身。

ヘルメとヴィーネをおいて、俺の側に寄ってきた。

「ロロ様っ、速い──」

「──今、行きます」

二人は神獣《しんじゅう》ロロディーヌを追うように走り寄ってくる。その二人に、

「見ての通り、あそこに敵は集合している。少し近付くぞ」

「はい」

「閣下、敵のお尻頭《しりがしら》たちを殲滅させましょう」

「ンン、にゃ」

相棒は、ヘルメのお尻頭と言ったことが、不思議だったらしい。

ヘルメのお尻へと自身の大きい鼻先を向けて、ヘルメのお尻の匂いをふがふがと嗅《か》ぐ。

尻が押されたように持ち上がったヘルメが、

「きゃっ、ロロ様っ」

と、可愛《かわい》い悲鳴を上げる。

「ンン、にゃお、にゃ」

何を言っているか分からないが『臭《くさ》くないニャ』的なことか？

フレーメン反応を起こしていないから多分そうだろう。和《なご》んでから俺は先に出た。

右にロロディーヌ、左後方にヘルメ、右の後方からヴィーネが付いてくる。

「――それ以上来るな！　お前たちは何者だ？」

朱色防護服を着た女ダークエルフの一人が叫《さけ》ぶ。

叫んだ女は頭から血を流して、片腕《かたうで》は包帯で巻かれている。

俺は言われた通りに、その場で足を止めた。笑みを浮《う》かべて対応。

「何者か、か。俺はこの通りの男だが？」

「!?　マ、マグル……」

「マ、マグルの男だと……」

「本当だ、耳が短い、顔が平たいぞっ」

顔を確認《かくにん》した司祭と女ダークエルフたちは、ざわつき出す。

「マグルマグルと煩《うるさ》いな。そうだよ。俺の見た目はマグルの男だ。やっぱり、真ん中にいる方が女司祭かな。貴女《あなた》の名前はフェレミンか?」

頭から血を流す女ダークエルフが、

「無礼なっ！　マグル風情《ふぜい》がっ――」

と、凶悪《きょうあく》そうな表情を浮かべて叫ぶ。

俺の言葉が逆鱗《げきりん》に触れたようだ。武器を構えると向かってきた。

「ミズレッ――駄目《だめ》です」

司祭らしき女が仲間のダークエルフを制止させようとするが、ミズレと呼ばれた女ダークエルフは無視。大怪物の間を走り間合いを詰めてきた。

前屈《まえかが》みの姿勢から両手持ちの直刀剣《じかとうけん》で俺の胸元《むなもと》を突き刺《さ》そうとしてきた。

俺は歩きながら無造作で《氷弾《フリーズブリット》》を発動――ティアドロップ型の氷の弾丸《だんがん》は、そのミズレと呼ばれた女ダークエルフの足の甲を貫く。

「――ぐっ、ま、魔法《まほう》だと?」

彼女《かのじょ》は転ばなかった。前傾《ぜんけい》姿勢を崩すように動きを止める。
その瞬間、俺は前傾姿勢を取り、「ヌオァァァァ」と吠《ほ》えて吶喊《とっかん》。
瞬く間にミズレとの間合いを潰《つぶ》す。
槍の間合いから魔槍杖バルドークを突く〈闇穿《あんせん》〉を発動させた――。
〈刺突〉を超えた闇属性を纏う槍技《やりわざ》。バルドークから軋《きし》む金属音が鳴る。
螺旋《らせん》の動きで突き出た魔槍杖の紅矛《べにほこ》は、ミズレの胸と衝突。
そのままミズレの上半身をぶち抜く紅矛。ミズレの上半身は捻れて千切れ跳《と》ぶ。
巨人《きょじん》に捻られて取られたような背骨を散らす上半身だ。
その吹き飛んだ上半身の一部は大怪物に衝突し、臓物が散らばった。
無残に脊髄《せきずい》が露出《ろしゅつ》した下半身から血が迸《ほとばし》る。その下半身は力なく倒れた。
自分で撃っといてなんだが〈闇穿〉……凄い威力《いりょく》だ。
「さてっ――」
地面に倒れたダークエルフの下半身を横へと蹴《け》り飛ばしてから、魔槍杖を肩に運ぶ。
「残りの、大怪物を含《ふく》めて全員で俺に掛かってくるか？」
と、挑発《ちょうはつ》めいたことを言ってやった。
「……」

女司祭も含めての全員が、今の戦闘《せんとう》を見て驚愕《きょうがく》している。

壁《かべ》のように守っていた大怪物でさえ、恐怖を感じたのか、後足を踏《ふ》む。

「聞こえているよな?」

「……はい」

蛇兜《へびかぶと》を被る女司祭らしきダークエルフが静かに答える。

「もう一度、問う。お前はフェレミンか?」

「……そうだ。わたしがフェレミン・ダオ・ランギバード」

ビンゴ。やはり身に着けてる衣装《いしょう》からしてそうだよな。

「ヴィーネ。聞いていたな?」

「はい」

標的である女司祭を見つめながら、ヴィーネに知らせた。

そのままヴィーネは歩いて、俺の隣《となり》に来ると、

「わたしは、元【第十二位魔導《まどう》貴族アズマイル家】次女ヴィーネだ……貴女はアズマイル家を滅《ほろ》ぼした仇の司祭――ここで、死んでもらう」

矢を番《つが》えたヴィーネは、女司祭フェレミンに死の宣告。

「くっ……アズマイル家の生き残りか。まさか、蓋上《ふたうえ》の世界を生き残り、マグルを従えて

地下都市に舞い戻《もど》るとは……」

女司祭は苦虫を噛みつぶしたような、悔しい顔を見せて話している。

「ハァ？　プッハハハハ――ご主人様のお力を目の前で見ても、まだ、分からぬとはな……女司祭も地に落ちたものよ」

ヴィーネは珍《めずら》しく大きく嗤《わら》う。そして、目を細めて、矢を弓に合わせて弦《げん》を引く。

いつでも矢を射出できる体勢となった。

「……マグルを、ご主人様だと？」

「信じられぬ……」

「だが、あのミズレを一撃《いちげき》で倒していた……」

朱色防護服を着たダークエルフたちは動揺《どうよう》している。

「まずは周りからだな。邪魔だから殺るぞ？」

そう問いながら〈鎖〉を射出。狙いは女ダークエルフたちではなく、壁のように立つ邪魔な大怪物の蠍の脚だ。〈鎖〉は一番端《はし》に立つ大怪物の蠍の脚を貫く。

〈鎖〉を生きた蛇のように操作し脚に絡《から》めてから強度を確認、アンカーの起点にした。

魔槍杖の角度を調整しつつ手首から伸びる、その〈鎖〉を掃除機《そうじき》のコンセントを仕舞《しま》うように手首の〈鎖の因子〉マークへと収斂――。

〈鎖〉が手首に引き戻る反動を利用した俺は、宙を滑《すべ》るように大怪物の脚下《きゃっか》に移動した
——そのまま横に寝《ね》かせた魔槍杖を振るった。
怪物の脚を紅斧刃が捉《とら》えた。蠍の脚を紅斧刃が一気に刈《か》り取《と》る。
燃えたような光を放つ魔槍杖を消して、また右手に再召喚《しょうかん》——。
続けて、隣の大怪物へと、前のめりに、前進しながら全身の筋肉を意識。
魔槍杖を握《にぎ》る右腕《みぎうで》を背に回しつつ大怪物に近付いた刹那——。
その魔槍杖を握る右腕を振り〈豪閃〉を発動させた。
紅の一閃《いっせん》が、またもや、蠍の脚を捉える——。
すべての蠍の脚は燃えながら踊《おど》るように宙を舞った。
が、スキルを繰《く》り出した直後の隙《すき》を狙ったのか、左の無傷な大怪物が鎌刃《かまば》を振り下げて
きた。魔槍杖を傾《かたむ》け後部を上げて、大怪物の鎌の刃《ば》を柄《え》と竜魔石《りゅうませき》で受け止める——。
しかし、大怪物の鎌の腕は二本。もう一つの鎌刃が振り降りてくる。
が——慌《あわ》てはしない。引きながら魔槍杖を消去。
魔槍杖で防いだ鎌の腕の刃が、地面を捉えるタイミングを見て、その場で後方回転。
魔竜王《まりゅうおう》製の紫色《むらさきいろ》グリーブの足裏で、下りてきた鎌刃を受けて蹴るように防ぐ。
そのまま蹴りで鎌刃を弾《はじ》きつつ宙返りの着地後で、地面に刺さるもう一つの鎌の腕の刃

を踏み潰す。そして、再び、魔槍杖を右手に召喚――。
魔力を込めた魔闘脚の踏み込みから、鎌の腕の刃を破壊《はかい》しつつ反転した。
目指すは、デカブツの大怪物――。
その胴体に嵌《は》まる怯《おび》えた表情を浮かべたダークエルフの顔が見えた。
悪いが死んでもらおう。迅速《じんそく》に魔槍杖を振るう――。
紅斧刃が大怪物の太い胴体にめり込んだ。が、これはスキルではない。
ただの薙《な》ぎ払《はら》い。だから紅斧刃は中途半端《ちゅうとはんぱ》な位置で止まった。
んだが、このまま強引《ごういん》にいく――という気概《きがい》で、紅斧刃の棟《むね》を蹴った。
槌《つち》を振るったような蹴りの衝撃力《しょうげきりょく》が加算した紅斧刃は、大怪物を喰らうように直進――
胴体に埋《う》め込まれていたダークエルフの頭部を擂《す》り潰す。
「ギョバッ」
紅斧刃は奇声《きせい》ごと巻き込むように大怪物の胴体を両断した。
血飛沫《ちしぶき》を浴びた魔槍杖を左手で引く。紅斧刃に絡みついた内臓が引《ひ》き裂かれる。
大怪物の傷から大量の血が迸った――。
まだだ、爪先《つまさき》を軸《じく》とする回転を行う。振り切《き》った魔槍杖も同様に一回転。
下から掬《すく》い上《あ》げる機動となった両手持ちの魔槍杖の紅斧刃は、ドライバーの真芯《まつしん》でゴルフボールを捉えたように血が迸る大怪物の塊《かたまり》と衝突する。

ぐにょっとした感触を得ながら、吹《ふ》き飛《と》ぶ大怪物の肉塊《にくかい》は瓦礫《がれき》の壁にぶつかった。一方、脚を斬られてバランスを崩していた大怪物も、皆の攻撃を喰らう。ヴィーネの弓矢とヘルメの氷槍魔法《ひょうそうまほう》が連続的に突き刺さった。

続いて、ロロディーヌが魅《み》せる。

神獣風ガトリング骨剣乱舞《けんらんぶ》と名付けたくなる勢いの触手《しょくしゅ》骨剣を繰り出していた。

凄《すさ》まじい圧殺撃で、大怪物は潰れるように倒れる。

こうして、壁のように立《た》ち塞《ふさ》がっていたすべての大怪物は全滅《ぜんめつ》した。

残りは女ダークエルフたちだけだ……と、少し臭《にお》う。鉄分、血煙《ちけむり》か。

紅斧刃から付着した血の蒸発音が聞こえる。

その魔槍杖を振り——血糊《ちのり》を払ってから、女司祭を睨みつけた。

「ま、待つのだ。わたしを殺せば、魔毒の女神《めがみ》ミセア様がお怒《いか》りになるぞ……ましてやマグルが、ここまで暴れたのだ。何が、起きるか……」

怯えた顔の女司祭フェレミン。左手から手鏡のような物を持つと、俺たちに見せる。

その鏡には何も映ってはいない。それとも俺たちには見えないだけか？

「……その神様が、この大屋敷を守ってくれたか？」

「……」

黙《だま》った。俺は構わずに魔法を念じる。中級：水属性《氷矢《フリーズアロー》》を発動。

狙いは足に傷を負う朱色防護服の女ダークエルフ。

人間の腕ぐらいある太い氷矢が宙を切り裂くように、その女ダークエルフに向かう。槍《やり》のような白輝《かがや》く鏃《やじり》が、女ダークエルフの眉間《みけん》を貫いた。

眉間から頭部を見事に貫通《かんつう》した氷の矢は、背後の瓦礫壁《がれきへき》に突き刺さった。

同時にスキルの〈光条の鎖槍《シャインチェーンランス》〉を二発連続で発動。

二つの〈光条の鎖槍《シャインチェーンランス》〉は女司祭の隣の女ダークエルフの胸を貫く。二人のダークエルフは口から血を吐《は》くと、顔から生気を失った。

最後に残したのは、女司祭のみ。

「ランギバード家を舐めるなぁぁぁ」

突如《とつじょ》、女司祭は発狂《はっきょう》したように叫びつつ杖を掲《かか》げる――。

魔法を発動？　頭上に上げた杖先の空間を歪《ゆが》めた。

その歪んだ空間を喰らうように、未知の怪物が現れた――。

怪物は俺に向け、捻れた尻尾《しっぽ》を伸ばしてくる。

尻尾攻撃《こうげき》か――と、その捻れた尻尾は、皮膚《ひふ》から血を滲《にじ》ませながら四散。

四つに分裂《ぶんれつ》した尻尾から生々しい先端が尖《とが》った骨を出す――。

その尖った骨剣が生えた四つの尻尾を鞭《むち》のようにしならせて攻撃してくる。

「俺が対処する――」

魔槍杖の穂先《ほさき》と竜魔石で円を描《えが》く。

プロペラのごとく魔槍杖を俄《にわか》に回転させた。迫《せま》る骨剣を紫色の柄で弾く。

魔竜王の鱗《うろこ》が弾け散るように紫色の火花が眼前で散る。

――中々の脅威《きょうい》だ。硬質《こうしつ》な不協和音が響く。

相棒の触手から出た骨剣の攻撃を浴びている感覚に近い。

その四つの尻尾の攻撃を繰り出す怪物を――回し続ける魔槍杖越《まそうづえご》しに睨んだ。

怪物の頭部は爬虫類《はちゅうるい》のエイリアンか恐竜《きょうりゅう》か。双眸《そうぼう》だけで噛《か》みつけてるような迫力《はくりょく》のある眼光だ。体型は分厚い鱗皮膚《うろこひふ》。大柄《おおがら》な二腕二脚の人型で、太股《ふともも》と足裏がカモシカのような筋肉。

そして、長い鞭のような機動で動く四つの尻尾か。

「がるるるぅ」

「相棒、炎《ほのお》は我慢《がまん》してくれ。こいつは俺が倒す」

「にゃご」

少し怒《おこ》ったニュアンスの神獣ロロディーヌの声を聞きながら、左に側転——。

魔槍杖を回転させて防いでいたが、側転したせいで、回避《かいひ》が間に合わず、尻尾の骨が頬を切る——痛いが〈鎖〉と同時に《凍刃乱網《フリーズ・スプラッシュ》》を放つ。

至近距離《きんきより》から四つの尻尾に《凍刃乱網《フリーズ・スプラッシュ》》を喰らわせた。

瞬《また》く間《ま》に凍《こお》った四つの尻尾は粒状《つぶじょう》に崩壊。

尻尾の根元が膨《ふく》らんで再生？　その怪物を睨みつつ——その怪物目がけて直進。

無造作に左手から〈鎖〉を射出——怪物の胴体を〈鎖〉が貫く。

「ガァァァ」

後退《あとずさ》る怪物は〈鎖〉が胸元に突《つ》き刺さっても生きていた。

怪物は〈鎖〉を太い両手で掴《つか》む。よし、狙い通り。

甲羅《こうら》のような両手で〈鎖〉を強引に引き抜く。が、俺はその間に〈鎖〉を引き寄せつつ前傾姿勢で突進《とっしん》していた——〈鎖〉を握っていた怪物は、両手ごと俺に引っ張られる形となって体勢を崩す。そこを狙うは必殺技《ひっさつわざ》——。

——〈闇穿・魔壊槍〉を発動——〈闇穿〉の紅矛が両腕《りょううで》を貫く。

続いて、少し遅《おく》れて出現した壊槍グラドパルス——。

空気を圧縮したような暴虐《ぼうぎゃく》の音を吹き立て出現——。

空間を裂くように進撃《しんげき》する巨大な闇のランスは魔槍杖バルドークを越《こ》えて直進。

闇のドリルが怪物を貫くと怪物は瞬く間にすべてが破壊されて、粉砕《ふんさい》。

グラドパルスの螺鈿《らでん》細工の表面に、怪物の血肉が大量に付着。

壊槍グラドパルスは怪物の背後にあった巨大な瓦礫をくり抜く。

ドリル痕を残した直後、壊槍グラドパルスも何かの異次元に吸い込まれるように消失した。暫しの間のあと……瓦礫の一部が、悲鳴を上げるように崩落《ほうらく》。

「閣下のグラドパルスが炸裂《さくれつ》です！」

ヘルメが決めポーズ。

「よし、ヴィーネ、残しといた」

「ひぃぃ、ふざけるなァァッ、こっちに来るナァ」

女司祭は独り残された恐怖のせいか、杖と手鏡を振るい発狂している。

「ありがたき幸せっ！【第四位魔導貴族ランギバード家】司祭家長フェレミン・ダオ・ランギバードっ！　覚悟《かくご》せよ――」

ヴィーネは心を込めた気合いの入った声を言い放つ。

同時に、気持ちを乗せた矢を放つ――次々と速射する。

「ぐェッ、いっ、痛いぃ。ま、魔毒の女神ミセア様ァァ！　奇跡《きせき》を、今ここに――」

胴体に一本、二本と、矢が刺さり、足に数本の矢が刺さり、最後に、女司祭の眉間へと一本の矢が突き刺さった。女司祭は目が血走りながら死んでいる。

「ヴィーネ。長女と二女をまだ確認してないが、これで満足したか？」

「……はい。わたしは、仇《あだ》を討《う》ち取りました……母様、姉さま……」

ヴィーネは大粒《おおつぶ》の涙《なみだ》を流して、泣いていた。

次第に声は大きくなり、叫ぶように泣き始める。

滝《たき》のような泣きようだ……そりゃ、泣くよな。

家族の仇を果たしたいと、願い続けて、何年も地上を放浪《ほうろう》していたんだ。

だけど、願いは叶った――よかったな。

泣きじゃくるヴィーネを慰《なぐさ》めようと、腕を伸ばした瞬間――強大な魔素《まそ》を感知。

それは、女司祭と女ダークエルフたちの死体場所からだった。

何だ？　爆発的《ばくはつてき》な速度で魔素が膨らんでいく？

第百二十四章「魔毒の女神ミセア」

爆発《ばくはつ》するように増幅《ぞうふく》している魔素。

「全員で警戒《けいかい》だ！　俺の後ろに集まれ」

「はい――」

「閣下、この魔素はいったい⁉」

「にゃぁ」

「さっきの召喚した怪物でしょうか」

皆《みな》、それぞれに驚《おどろ》きの表情を浮かべつつ、俺の真後ろに移動してきた。

「分からない」

魔素が増え続けていく女司祭とダークエルフたちの死体を確認。

増幅する魔素は女司祭の死体があるところからだ。魔察眼で、凝視《ぎょうし》。

この魔素の魔力《まりょく》は死体からではない。あの手鏡からだ。

「手鏡？」

司祭が手に握る手鏡が膨大《ぼうだい》な魔力を有していた。

手鏡は巨大な魔力を内包しているだけではなく、周りの魔素を吸収している。

風も発生した？　魔素だけではない。

周りの空気も吸い込むような空気の流れが発生していた。

手鏡が内包する魔力は膨らみ続けている。次第に吸収している風も強くなり始めた。

強風になると、その吸収している根本の手鏡が暗緑色の光を帯びながら宙に浮き始めていく。〝手鏡〟がぷかぷかと浮いて漂《ただよ》っているし……。

ついには下にある死体が動いたと思ったら……。

死体は手鏡を覆《おお》うように〝くの字に変化〟その瞬間——死体はボゴッと変な音を立てながら小さい鏡の中へと吸い込まれてしまった。

なんだありゃ？　死体を喰うように吸い込みやがった。

——うへぇ、風の吸引が凄い。

死体だけではなく周りの瓦礫や物まで吸い込み始めている。

吸引が凄いといったら、あの掃除機？　いや、ふざけている場合じゃねぇ。

宙に浮く手鏡は周囲にある物では満足せず、俺たちまでも吸い込むつもりなのか。

吸い寄せる風が強くなる——強風で髪《かみ》が暴れるように靡《なび》く。

地面を両足で踏みしめて踏ん張《ば》るが、どんどんと風は強まる一方だ。

ヤバイな。あの鏡を破壊するか？　いや、今は仲間の守りを優先だ。

「――ヘルメ、俺の目に、戻れっ！」

「はっ――はいっ！」

後方のヘルメは水状態に移行。

一瞬《いっしゅん》、風に吸い寄せられそうになったが、何とか、スパイラルの放物線を描きつつ俺の左目に収まった。そこで左手から〈鎖〉を射出。

仲間とヴィーネと黒猫《ロロ》に〈鎖〉を巻き付けて、俺の側に抱《だ》き寄《よ》せると〈鎖〉を一瞬消す。

直《す》ぐに〈鎖〉を再射出して操作。円、盾《たて》、ドームとイメージを具現化。

左の手首から伸びる〈鎖〉を幾重《いくえ》にも隙間《すきま》なく積み重ねて、多重の〈鎖〉の層を作る。

瞬く間に、俺たちの周囲を囲う円の〈鎖〉ドームが完成した。吸い込む風を遮断《しゃだん》。音が響くが大丈夫《だいじょうぶ》だろう。少し安堵《あんど》した。

だが円形ドームの外はプロペラ機のエンジン音を間近で聞いているような暴風音が耳朶《じだ》を叩《たた》く。きっと、魔法の手鏡があらゆる物を吸い込んでいるんだろう。

「ご主人様……」

ヴィーネが俺に抱き付《つ》きながら不安気な表情を見せていた。

「大丈夫だ。このまま風が止《や》むまで待機しよう」

「はい」

「ンンン」

黒猫《ロロ》は喉声《のどごえ》を発しながら肩に上がる。

俺の首に触手を付着させた。お尻を背中側に落とすように肩に座《すわ》る。

両前足は俺の胸元に垂らすように揃《そろ》え置く。

両後脚《うしろあし》は綺麗《きれい》に折りたたんでバランスのいいエジプト座りだ。モデルの人形のような姿勢。

「にゃお」

黒猫《ロロ》は怖《こわ》がるヴィーネを見て、鳴いていた。

それは『安心するニャ』的なニュアンス。

数分後……音が止む。時が止まったようにシーンっと風も止まった。

〈鎖〉を消して外の様子を見るか？　と、考えていると、傍《そば》のヴィーネは首を縦に振る。

赤が混じる銀色の虹彩《こうさい》を揺《ゆ》らしながらも、頷《うなず》く。

彼女も外を見るべきです。と、思っているのだろう。

肩《かた》に乗った黒猫《ロロ》も肉球を見せるように片足を上げて、下ろす。

と、ポンッと俺の肩を叩く。『鎖を開けろにゃ』的なニュアンスだ。

お前も開けろ、か。意見は一致《いっち》。よし……少し怖いが。

円形のドームを形成している〈鎖〉を消してみた。

え？　おぉっ⁉　目の前に、巨大なる山、もとい、巨乳⁉

「――あら、出てきたのね」

大きな尊大かつ不思議な声が、轟く。

声の主は目の前の、双丘《そうきゅう》どころか、双山《そうやま》おっぱいからか？

視線を山のような巨大メロンの丘《おか》から左に向けていく。

「……左にくびれのある腹がある。遠くに長い足がある」

もしや、と思い、右へと、また視線を向けてみる。

「……巨乳、肩と首に巻き付く巨大な蛇、巨大な顔と蛇の髪……それにしても巨体《きょたい》だ。女の巨人が横になって寝そべっている？」

魅力的《みりょくてき》な女性の巨体だが……大きいから圧倒《あっとう》される。

「……はぁぁ？　我に貢献《こうけん》した者といえど、やはり、マグルはマグルね……我の美しい姿を見ても巨人とは、あんな蛮族《ばんぞく》と比べるなんて失礼な奴《やつ》。それに、我の民《たみ》を随分《ずいぶん》と好き勝手に虐《しいた》げてくれたわねぇ？　定命なマグルの男よ……」

定命？　その言葉からして、神か？

巨大な頭部を改めて、よく見ると……綺麗な顔をしていた。

だが、一対《いっつい》の錦《にしき》色の目を持ち、髪のように蠢《うごめ》く蛇。ときたもんだ。

あのメデューサのような髪は、どこかでみたことがある……あぁ、思い出した。

神々の絵巻に載っていた女神の絵。名前は確か、魔毒の女神ミセア。

ヴィーネの話にも登場していた。ダークエルフたちの多くが信仰《しんこう》している神。

本当に〝あの女神〟なのか？

『閣下、あの巨体ですが、大きい割りに魔素が希薄《きはく》です。体内に魔力を宿していないと思われますが、不可解です』

左目に避難《ひなん》していた精霊《せいれい》のヘルメが目の前の女性の巨体について指摘《してき》をしてくれた。

すぐに魔察眼で確認。同時に、右目の横にある十字金属のアタッチメントの表面を指でタッチ。青色の硝子の素子が右目の内部に展開する。カレウドスコープが起動。

『なるほど、確かに不自然だ……』

魔察眼だとハッキリと分かる。巨体を覆う魔力が薄《うす》い。

右目のカレウドスコープの薄青《うすあお》色の光フレームを軸とした高解像度の視界では……。

巨体女神《きょたいめがみ》の身体《からだ》は輝くように見えていた。女神らしい存在感を示している。

カーソルもあるから、そのカーソルを凝視。

未知のエレニウム思念体α
脳波：？？？
身体：？？？
性別：？？？
総筋力値：？？？
エレニウム総合値：89※※※※

カーソルが拡大されると、こんなステータスが表示された。
魔力と思われるエレニウム総合値の値がバグっている。本当に神様の類《たぐ》いらしい。
計測できないようだ。しかし、神だろうと、巨体だろうと女性だ。
そんな巨体の女性を注意深く観察していると、肩の黒猫《ロロ》が地面に降りた。
黒豹《くろひょう》へと変身。頭部を巨体の女性に向けながら横歩き……。

警戒しながら獲物《えもの》の様子を窺《うかが》う肉食獣《にくしょくじゅう》という動きだ。

「……ガルルゥ」

と威嚇《いかく》する唸《うな》り声《ごえ》をあげる。黒豹《ロロ》の威嚇は珍しい。

そして、触手を首下から数本出していた。

「――獣《けもの》、風情が、生意気ねぇ」

巨大な頭部を片手で支えながら横たわる巨体の女。

そのまま、気だるそうに黒豹のロロディーヌを見つめて話している。

ついでに黒豹のロロディーヌのカーソルを意識。

?・?・?・ド?・?・?・ヌス・ルシヴァル高〉元ex
脳波：?・?・?
身体：?・?・?
性別：雌《めす》?・?
総筋力値：321
エレニウム総合値：3211123222?・?・?・?

武器：あり

ぬお⁉　バグっているのか桁《けた》が違《ちが》う……ロロさんは神獣だな。

しれっと、武器があると表示されている。

まぁ、歯牙《しが》に手の爪《つめ》に触手から骨剣が出せるからな。

そして、元は、別次元の高生命体なのは確実だろう。

「……ロロ、今は我慢しろ」

黒豹《ロロ》へ指示をしながら……。

卍《まんじ》の形をしたアタッチメントを触《さわ》り、十字の形の金属素子へと戻す。

カレウドスコープを解除した。

「にゃおっ」

黒豹《ロロ》は指示通りすぐに動く。

しかし、怒りを我慢しているのか尻尾で俺《おれ》の脛足を叩いて可愛くアピールしてくる。

その黒豹《ロロ》は放っておいて、近くにいるヴィーネのほうを見た。ヴィーネは足を震《ふる》わせながら膝《ひざ》で地面を突く。恭《うやうや》しく、女神を崇《あが》めるように頭を下げていた。

「――そこの我の民は、それなりの態度は心得ているようだ」

巨大な女神は、まさに傲岸不遜《ごうがんふそん》の態度だ。

ヴィーネを指しながら、その態度を褒《ほ》めている。そして、ヴィーネを〝我の民〟か。

どうやら本当に女神のようだ。聞いてみるか。

「貴女は〝本当〟に魔毒の女神ミセア様なんですか？」

「フフフ、笑止《しょうし》の至り。ここはセラ世界ぞ？　だが、正解とも言える。我の今の姿は〝薔薇《ばら》の鏡〟を用いて魔界《まかい》からの姿を映し取っている。仮初《かりそ》めの姿と言えよう」

そういうこと。ヘルメが指摘していた通り。女神は女神だが、少し違うと。

巨体で女神というが、神らしくない。魔力の反応が薄いわけだ。

さっきの暴風のような、俺たちを吸い込もうとしていた手鏡のほうが、膨大な魔力を内包していた。巨体女神の顔をしっかりと拝見しながら、

「魔毒の女神ミセア様はどういった用でここに？　まさか、俺に天罰《てんばつ》でも与《あた》えようと？」

と、聞く。女神は微笑《ほほえ》みを浮かべて、頭部を傾けて、大きな唇《くちびる》を動かしていく。

「天罰？　定命マグルが神に対して言う言葉かしらァ？　生意気ねぇ」

生意気か。確かに、普通《ふつう》の状態なら敬語だよな。

「済まない。だが、今は戦いに次ぐ戦いの後で、突然《とつぜん》な嵐《あらし》にも遭遇《そうぐう》した。気が立っている

んだ。神と聞いて興奮しているのもある」

少し本音を言ってみた。

「あら、だからと言って〝事〟を焦《あせ》っちゃだめよ？　お前はマグルの雄《おす》とて、我に〝貢献した者〟。罰《ばつ》するなどあり得ぬのだからな」

そりゃありがたいが、疑問だな。

「貢献？　女神の民とやらの、ダークエルフの民たちを虐殺《ぎゃくさつ》したのにか？」

「そうね……我の予定をぶち壊《こわ》し、民たちを無断で殺したことには怒りを覚えるわ。だけど、そんなことは些細《ささい》なこと……マグルの雄であるお前が、沢山《たくさん》の魂《たましい》、恐怖《きょうふ》、怒り、絶望、の饗宴《きょうえん》を実行していたではないか。敵だが、鬼《おに》のパドー、魔界騎士《まかいきし》アーゼン、魔傀儡《まかいらい》ホーク、数千年前にどこかに消えた轟毒騎王ラゼン、狂眼トグマ、四眼ルリゼゼたちに迫る活《かつ》躍《やく》だ……螺群《にしぐん》パドーマや魔人武王ガンジ……ス……は捨ておくとして、我に、滅多《めった》にない御馳走《ごちそう》の贄《にえ》を用意したのはお前なのだぞ？　褒めて遣《つか》わすぞ、マグルの民よ」

魔毒の女神ミセアは高揚《こうよう》した表情で語る。

知らない名前を語られても、さっぱり分からないが。沢山の贄か。

ということは、俺が千人近くいたダークエルフを殺したことで、その死んでいった者たちの魂をこの魔毒の女神ミセアが吸収したのか？

前に沸騎士《ふっきし》たちが魔界セブドラに関することを言っていたことを想起する。

しかし、この女神……自分を贔屓《ひいき》にしていた民族が殺されても、てんで当たり前のような表情を浮かべているし、このセラ世界に住まう命は、自分の信奉者《しんぽうしゃ》といえど、おもちゃ感覚、デザート感覚なんだろうか。

「……では、ミセア様はさっきの手鏡を媒介《ばいかい》にして、たくさんの魂を喰《く》ったと？」

「そうね。詳《くわ》しくは、八百と、四十七、の魂」

大きい唇を大きい蛇《へび》の舌が舐《な》めている。

「俺たちも吸い込まれそうになったんだが？」

蛇の舌を出した女神を責めるように、睨《にら》み付けた。

「ふふふっ、好《い》い目ね」

そう呟《つぶや》く女神は、少し口角を上げて微笑み、間を空けてから話していく。

「……だけど、その生意気な黒色の瞳《ひとみ》を持つだけの事はあるようね……薔薇の鏡を使った超位魔《ちょういま》法《ほう》を防いだのだから……本当は！　お前たちも吸う予定だったのよ？　でも、吸えなかった。美味《おい》しく頂こうと考えていたのに……残念」

巨体姿の女神はブリッコポーズを取るように体勢を変化。

大きい錦色の目を瞬《まばた》きさせながら、俺を舐めるように見つめてくると、口先から飛び出た舌の蛇で、再度、デカ唇を舐めて喋《しゃべ》っている。

何が、美味しくだよ。ふざけた女神だ。

「……何だと」

「シャアァ」

魔槍杖《まそうづえ》を構える。黒豹のロロディーヌも怒った声をあげていた。

「フフッ、その反抗的《はんこうてき》な黒い目。本当に可愛《かわい》いわ。一瞬だけどゾクッとしちゃった」

女神はそう言うと、大きい顔を俺に近付けてくる。

巨大な錦色の眼で俺を飲み込むように見つめてきた。

ドアップされた女神の顔。美しく整った顔なのは、間違《まちが》いない。

しかし、髪《かみ》の毛《け》は本当に生きた蛇たちなんだな。

その一匹《ぴき》一匹が蠢いて、口から毒か酸でも、吐いてきそうな雰囲気《ふんいき》だ……。

少し怖い。何をしてくるか分からない。警戒を強めた。わざと魔力を放出させる。

幻影《げんえい》と実体の区別がつかないが、あの巨体に〈鎖《くさり》〉でもぶちこむか？

魔槍杖の紅斧刃《べにおのば》で首を巻く巨蛇ごとたたっ斬《き》るか？　それとも魔法をぶち当てるか？

「――ほう。驚きね」

俺が攻撃《こうげき》しようか悩《なや》んでいると、女神は驚いた反応を示す。

首に巻き付いていた巨蛇も右肩《みぎかた》へ逃《に》げるように移動。

頭髪《とうはつ》の蛇たちも一斉《いっせい》に後ろへと退いて、女神はオールバックの髪型《かみがた》に変わっていた。

女神自身も俺に近付けていた顔を退けると、また横たわる姿勢に戻っている。

「ソナタは名を何という？」

マグルとかお前じゃなく、直接に、俺の名前を聞いてきた。

どうやら、この魔界の女神さんは俺に興味を持ったらしい。正直に言うか。

「シュウヤ・カガリ」

魔力を放出させながら、名乗ってやった。

「そう……シュウヤか。我《わ》が初見でも気付かないほどの魔力操作。極《きわ》めて優《すぐ》れた魔力操作を身に付けているのだな？」

女神に褒められた。

「まぁ、それなりに」

「それに、シュウヤが発している濃厚《のうこう》な魔力は、神界の匂《にお》いを強く感じる。そして、魔界との繋《つな》がりも強く感じられ、微弱《びじゃく》だが他のアブラナム系、呪神の神気系も感じ取れる……どういう事なのだ？　これほどの、混沌《こんとん》とした、マグルなど……もしや、シュウヤは定命のマグルではない？」

威圧《いあつ》のために魔力を放出したが……失敗だったか。分析《ぶんせき》されてしまった。

だが、神界の神々の場合は俺の心を読んできた。直接意識へと語りかけてきたというのに……この魔界の女神とやらはテレパシー的なことは一切《いっさい》してこない。

俺の意識を読めてないようだ。神とて、万能《ばんのう》ではない。か。

植物の神サデュラと大地の神ガイアがそんなことを語っていた。

この魔界の魔毒の女神様は魔界から映し取っているだけだから、力も制限されているのかも知れないが……俺は魔力の放出をストップ。女神を挑発《ちょうはつ》するように微笑みを意識した。

「……女神様なのだろう？　当ててみろよ」

「フンッ、生意気な、だがァ、オモシロイ！」

女神は錦色の目を大きく震わせながら叫《さけ》ぶ。

その場で巨大な頭で、環《わ》を作るように、ぐるりと頭部を振《ふ》るう。

すると、頭髪の蛇たちが勢い好《よ》く抜《ぬ》け落《お》ちて飛来してくる。

抜け出《で》た蛇たちは、地面に着地。

地面を這《は》う蛇。素早《すばや》くクネクネと動きながら、俺の目の前にきた。

蛇たちは、その場でぐるぐる円を描くように回り出す。

その瞬間《しゅんかん》に、地面に緑色の魔法陣《まほうじん》が形成された。蛇たちは緑光となって消えていく。

その代わり魔法陣の上には、淡《あわ》い緑光を放つ、八個の蜘蛛《くも》の眼を持った大きい家紋《かもん》型の形のコイン？　が誕生していた。

大きいコインは別個に意識があるのか、自動的に上方へと浮《う》かぶ。

「これは何だ？」

「それは、我の力の一部を利用して発動する八蜘蛛王審眼《ヤグーライオガアイズ》という神遺物《レリクス》よ。これで、だいたいのことは見透《みとお》せ、て……解《わか》るはず、なのだが……シュウヤと黒獣には弾かれるわね……さっきから顔を伏《ふ》せている我の民のことはよく見えるのだけど……フンッ。悔《くや》しいが、我の負けか……」

別に勝ち負けではない気がするが、女神は俺を視《み》られなかったようだ。

鑑定《かんてい》に失敗したのか。生きた蜘蛛の八個の複眼が収まっている家紋風のコイン。

八蜘蛛王審眼《ヤグーライオガアイズ》とやらは、また小さい蛇たちに変わり、女神の下に戻《もど》っていく。女神は脹《ふく》れっ面《つら》だ。いや、挑《いど》み顔《がお》と言えるか。

少しだけ……教えてやるか。

「俺はマグルじゃない、普通の男とだけ教えとく」

「やはりそうか……異質、混沌、と言える強き偉大《いだい》なる雄なのだな。我不関焉《がふかんえん》の態度も実に好ましい。我の心はときめいた。シュウヤよ。ソナタの名前は、しかと、覚えたぞ」

魔界セブドラに住まう、魔毒の女神ミセアに俺の名前を覚えられてしまった。

「覚えると、いいことでも起きる？」

少し、ふざけた口調で聞いてみる。

「あるわよ。褒美《ほうび》をあげる」

おぉ。

「褒美か。薔薇の鏡とかか？」

「いや、あの手鏡には、もう魔力は残っていない――この周辺を見るがいい」

女神は周囲を見回す動きをする。俺も釣《つ》られて周囲を見た。

……確かに、瓦礫の山だったのが平らな地形に変貌《へんぼう》していた。

四方を囲う壁《かべ》があるだけという。

あの瓦礫のすべてを、さっきの手鏡《薔薇の鏡》が吸収したのか……。

「確かに、破《は》壊的《かいてき》な吸収力……納得《なっとく》だ」

「そうだろう。それに、薔薇の鏡は我の民専用。異質なシュウヤとて、使うのは無理よ。だから～と、そこの、シュウヤの隣《となり》で伏せている我の民！　……いや、今は、元のほうが正しいか。シュウヤに対して心底忠誠を誓《ちか》っている特異なる雌へと、褒美を与えようと思うのだけど、どう？　異質なる混沌の者、シュウヤよ」

俺ではなくヴィーネに？

魔界の神らしく邪悪《じゃあく》な笑《え》みを浮かべているが、何か別な目的がある？

「洗脳的なことか？」

「ふははは、裏切りは確かに我の贄になる。だが、洗脳の〝裏切り〟ではつまらないし味が糞《くそ》まずい。本心で裏切りを行う心の〝葛藤《かっとう》〟が重要で美味なのよ？　理解できるか分からないけど。そして、ソナタたちは、我、神に貢献した者なのだ。正式なる祝福を与えねば、我の〝沽券《こけん》〟に関《かか》わる」

「本当か？　何かありそうだが」

俺の言葉を聞いた女神は錦の目を光らせて目を細めた。

「混沌なる者シュウヤよ。そなたの吸い込まれる双眸の瞳。やはり普通の定命ではないな。我の言葉と対等以上に渡《わた》り合《あ》うその精神力。本当に素晴《すば》らしい。そうだ、セラだけでなく魔界で暴れない？　もし魔界へと無事に渡れたのなら、とっくべつな、我の眷属《けんぞく》にしてあげる、うふ」

ミセアは頬を真っ赤に染めていた……。

山のようなおっぱいを揺らしては、身をモジモジさせている。

「……魔界か、この生身の状態でいけるなら、見たい気もする」

「確かに、そのままでは難しい。だけど、〝傷場〟で〝ある物〟を使えば、狭間《はざま》に囚《とら》われる可能性もあるけど、小さき者なら、セラと魔界を行き来できるはず」

「ある物とは？」

「魔界に住む種族たちが持つ角笛と、魔王《まおう》の楽譜《がくふ》があれば、セラの生物でも〝傷場〟限定だけど魔界へと進出できるのよ」

女神の顔は真面目《まじめ》だが、本当だろうか……あ、角笛とはもしかして……。

「マバオン、ハイセルなんたらの角笛？」

「えっ、ハイセルコーン種族を、シッテイルのか？　ますます興味が湧《わ》いたわ……そこまでの者となると他の魔界の、いや、神界の使徒、神界の戦士の可能性があるわね……」

女神はぶつぶつと語る。シラナイけど、まさかあの角笛がな……。

あいつ魔界の生物だったのか。

「神なぞしらん。俺は俺だ。それで報酬《ほうしゅう》をくれるとして、罠《わな》はないんだな？」

「……罠はないけど、魔素を僅《わず》かだけど頂くことになるわ」

ほぉ、それだけなら受け取ることにする。

「了解《りょうかい》した。いいよ。ヴィーネに与えてくれ」

「分かったわ――」

女神《めがみ》はまた蛇モジャ頭を振るうと、小さい蛇たちが地面へ抜け落ちる。

今回はそれだけではなく、首に巻く巨蛇も女神の左手を伝って地面に降りてきた。

小さい蛇たちと巨蛇はヴィーネの前まで進むと、先程《さきほど》と同じように自分の尻尾を喰うようにぐるぐると回り出し、巨大魔法陣《きょだいまほうじん》を生成。

その魔法陣の上には〝弓〟が出現していた。弦がないが……。

形は小さい和弓に近い。深緑色から翡翠《ひすい》色にかけての美しいコントラストを奏《かな》でる宝石の色合いで構成されていた。末弭《うらはず》下の本弭《もとはず》の部位は小さい。

だが、優れた職人が施《ほどこ》したような蛇の装飾《そうしょく》が造られてある。

「……これは、凄《すご》い」

ヴィーネは恭しく頭をあげてから目の前に出現した弓を拝見していく。

神業《かみわざ》の弓師が作製したような弓を見て、感嘆《かんたん》たる表情を浮かべていた。

まぁ、神の弓だからな。

「……我の民でありながら、我の従属を退ける、強き精神を持つグランパのような特異なる雌よ。ソナタの復讐心《ふくしゅうしん》は我も心地《ここち》よかった。お前の混沌たる主の行動に対する対価と思え、そして、我をときめかせた、ソナタの主に対する想《おも》いもある特別な褒美だ。その弓は我が祝福の形。翡翠の蛇弓《バジュラ》を受け取るがいい――」

昂《たかぶ》った女神の声が天を貫《つらぬ》くと翡翠の弓が閃光《せんこう》を放つ。

そのタイミングで、硝子《ガラス》が割れた音が響《ひび》いた。

「む……少し力を使い過ぎたわね。異質なる混沌のシュウヤよ。我の映し身が途切《とぎ》れる時間だ。短きセラ世界だったが、我は、楽しかったぞ――」

魔毒の女神ミセアは笑顔《えがお》で会話を締《し》めた一瞬で跡形《あとかた》もなく消え去った。

ひゅうっと生暖かい風が過ぎ去る。女神が消えた真下に割れた手鏡が落ちているのみ。

貰《もら》った弓はちゃんと残っていた。綺麗な翡翠色の蛇弓。

こりゃ、凄いアイテムだ。正真正銘《しょうしんしょうめい》、この弓は神から授《さず》けられたアイテム。

まさに秘宝《アーティファクト》や神遺物《レリクス》と云《い》われる代物《しろもの》だろう。

たぶん、ダークエルフのヴィーネ専用。そのヴィーネが翡翠の弓に手を触《ふ》れる。

翡翠色の弓が緑光を発した。弓の表面に赤文字でヴィーネ・ダオ・アズマイル。

と、ダークエルフ文字が刻まれていく。おぉぉカッコイイ。

ヴィーネが弓を握《にぎ》ると光線の弦《つる》が出た。

そして、末弭《うらはず》と本弭《もとはず》の蛇模様の飾《かざ》りが、翼《つばさ》を広げるように上と下に伸びた。

弓の両端《りょうたん》が翼のように変化を遂《と》げている。ヴィーネの手首も緑の魔法《まほう》文字が刻む。

緑のオーラがゆらゆらと揺れて漂った。短弓《たんきゅう》から長弓《ちょうきゅう》へと変化か。

喩《たと》えるならば四寸伸のように大きい弓だ。そして、弦としての、光線の煌めきが、実に美しい。

だが、輝く弦は触れられるのか？　触ったら指が溶《と》けちゃいそうだ。

「……試《ため》してみます」

「うん」

ヴィーネはいつも通りの冷静さを持った表情だ。彼女《かのじょ》は弓道《きゅうどう》の仕草で構える。

緑色の弦に青白い指が触れた時、緑色に輝く矢が構えた弓に自動生成されていた。

触れているし、彼女だけ触れても大丈夫とか？　構えた姿が素晴らしい。

しかも、末弭《うらはず》と本弭《もとはず》の蛇柄《へびがら》の目が赤く光っている。細かい。

ヴィーネはその緑色の光る矢を放とうと、淡い緑色の弦を緑のオーラが出ている手の指で引っ張る。緑の弦が点滅《てんめつ》していた。そして、音も無く、緑光の矢が放たれる。

光線のような軌跡《きせき》を宙に残し、矢は真《ま》っ直ぐ飛翔《ひしょう》。

瞬時《しゅんじ》に、標的の地面に緑の光線矢が突《つ》き刺《さ》さった。爆発はしないが、凄く速い。

ヴィーネは光線矢の軌道に満足そうに頷く。翡翠の蛇弓の構えを解いた瞬間に、蛇弓の末弭と本弭が自動的に縮む。小型化された。

ヴィーネは翡翠の蛇弓《バジュラ》を天に掲《かか》げる。

「女神よ。感謝します……」

そう短く呟くと、目を瞑《つぶ》り黙祷《もくとう》。神へとお祈《いの》りをしている。

俺もありがとう。ぐらいは心の中で言っておくか。

ありがとうございます。女神様。と、何も無くなった周囲を見回していく。

——廃墟《はいきょ》どころか、本当に何も残っていない。

もうここには用がないし、ペルネーテの迷宮《めいきゅう》の宿り月へ帰るか。

「……ヴィーネ、地上へ帰るぞ」

「はい」

二十四面体《トラペゾヘドロン》を取り出した。鏡の一面の不思議記号を指でなぞる。ゲートを起動——。

ゲート先には宿屋の部屋の映像が映った。部屋には誰《だれ》もいない。

肩に黒猫《ロロ》を乗せた状態で、ヴィーネと恋人《こいびと》のように、指と指を重ねるように手を繋ぐ。

ヴィーネは微笑む。その笑顔を見た瞬間、俺は心臓の鼓動《こどう》が速まった。

紫色《むらさきいろ》の唇を奪《うば》いたくなったが、そのヴィーネを見てから、ゲートを一緒《いっしょ》に潜《くぐ》る。

無事に〝迷宮の宿り月〟に戻ってきた。

第百二十五章「休息」

黒猫《ロロ》は部屋に入ると、早速《さっそく》、寝台《しんだい》へとジャンプ。楽しそうに飛《と》び跳《は》ねる。

「ンン、にゃ～にゃ」

と、宙で回転しながら肉球パンチ。カンフー猫《ねこ》ちゃんと化している。

また、遊び始めていた。ヴィーネの手を離《はな》す。

胸に巻いた胸ベルトの留め金を外し、床《ゆか》に置く。

彼女は俺と違い普通のダークエルフ。いくらタフでもさすがに疲《つか》れているはず。

寝台へと視線を誘導《ゆうどう》させながら、

「……色々と疲れただろ？　休んでいいぞ」

「はい。ご主人様は？」

外套《がいとう》を脱《ぬ》ぎながら、

「俺もヴィーネの側にいるよ。少し、まったりして過ごすか」

「はいっ」

彼女は少し嬉《うれ》しそうに微笑んでくれた。

着ている朱色《しゅいろ》の厚革服《あつがわ》を脱いでいく。

下着のような銀色の半袖服《はんそで》と素肌《すはだ》が露《あら》わになった。

綺麗な青白い肌《はだ》に吸い寄せられるが、我慢《がまん》。そこにパレデスの鏡から外れた二十四面体《トラペゾヘドロン》がゆったりとしたスピードで飛翔してきた。

いつもと同じように目の前を回転していく二十四面体《トラペゾヘドロン》を掴《つか》む。

床に置いた胸ベルトのポケットの中へ仕舞《しま》った。俺も着替《きが》えるか。

魔竜王《まりゅうおう》バルドーク製の紫　鎧《むらさきよろい》を脱ぐ。革服を着ていった。

地上の新鮮《しんせん》な空気でも入れるとしよう。革服の腰《こし》巻き布を軽く締めつつ着替え終えてから出窓を開く。外はもう夕方だ。夕日の空を鴉《からす》のような鳥が数羽《すうわ》、飛んでいた。

鴉の眼が光った気がしたが気のせいだろう。

地下都市の探索《たんさく》と戦闘《せんとう》で、かなりの時間が過ぎていたらしい。

体内時計はあやふやだからなぁ。と、部屋内に振り返《かえ》って歩く。寝台上へと、ダイブ。

硬《かた》い寝台で意味もなく、ごろりごろりと寝転《ねころ》がり遊ぶ。

「――にゃあ」

黒猫《ロロ》もごろりごろりの遊びに交ざり始めてきた。

可愛く転がる黒猫《ロロ》を捕《つか》まえる！　柔《やわ》らかい腹へ顔を埋《うず》めたった。

柔らかい肉球をモミモミと揉《も》んで、まったりとした時間を過ごす。

暫《しばら》くして、天井《てんじょう》の木目を見つめていく。明日は何しよう。

迷宮に潜る気分じゃないし。第一候補として……。

ミアは無理としてドワーフ兄弟とルビアを探す？

冒険者《ぼうけんしゃ》に成っていると思われるルビアの目処《めど》はついたし、あの酒場に通ってれば、いつでも会えそうではある。第二候補は、魔宝《まほう》地図の解析《かいせき》をできる人物を探し迷宮探索《めいきゅうたんさく》。

だが、ホワイトナインの件もある。こうして、まったりと過ごしてる時にも、白の九大騎士たちは俺を探しに来るかも知れないんだからな。

そんな喧騒《けんそう》は無視してゲートも使わず……。

神獣《しんじゅう》ロロディーヌにでも乗って空の旅へ出るのも……。

またいいかもしれない。何処《どこ》か、当てもなく……遠い旅路へ出る的な。

ま、今はゆっくりと過ごすことにしよう。寝台の上でまったりごろごろ思考タイムにも、飽《あ》きてきたので、ふと、ヴィーネを見る。ヴィーネの姿は黒ワンピース姿だ。

銀髪《ぎんぱつ》が黒に生える。地味な色合いだが、彼女が着ると格好がよく見えてくる。

……もっと違う服も着させてみたいかも。ダークエルフ特有の美しさを楽しんで眺《なが》めていると、彼女は寝台に座りながら背嚢の中身を弄《いじ》りだした。食い物か。

硬《かた》いビスケットを取り出して、口に含《ふく》んでいた。

この間も食べていた、あれが好きなのか？　ダークエルフだから味覚が微妙《びみょう》に違うのかもしれない。あぁ、そういや、朝飯やら昼飯を食ってない。

すると、黒猫《ロロ》が反応した。寝転び遊びを止《や》めて、見つめ出す。

黒猫《ロロ》も腹が減っていたようだ。

ヴィーネがもぐもぐと食べている姿に我慢できずに寝台から降りて床を歩き出す。

そのままヴィーネが座る寝台前に移動していた。目の前で足を揃えて座る。

黒猫《ロロ》は何とも言えない間を作った。

じっと、物欲《ものほ》しそうにヴィーネの手元にあるビスケットを見つめていく。

黙《だま》って催促《さいそく》かよ。可愛いだけに魅力《みりょく》たっぷりな催促だ。

やはり黒猫《ロロ》も腹を空《す》かしていたようだ。と言うか、俺も腹が減った。

もう夕方も過ぎたし、皆《みな》で、下の食堂にでも行くか。

ヴィーネはビスケットを黒猫《ロロ》へ伸《の》ばしている。

「……ロロ様、食べますか？」

「にゃお」

黒猫《ロロ》は嬉しそうに鳴いた。そのビスケットに鼻を近付け……。

クンクンっと匂いを嗅《か》ぐ、と、がぶっとビスケットを口に咥《くわ》えつつ俺の足元に戻ってくる。足に、脹《ふく》ら脛《はぎ》に身を隠すような仕草を取ってから食い始めていた。

ぱさぱさとしたビスケットだが、ちゃんと食べていくロロディーヌ。

「ヴィーネ、腹が減ったし食堂で何か食おうか」

「賛成です。わたしもお腹《なか》が減りました」

「よし、ロロも下に行くぞ」

黒猫《ロロ》は急ぎビスケットを食べきると、

「ンンンン、にゃ」

ぱさぱさとビスケットの破片《はへん》を零《こぼ》しながら肩に乗ってきた。

皆で渡《わた》り廊下《ろうか》に出る。階段を下り一階の食堂へ向かった。

相棒は手《て》摺《す》りに尻《しり》を当てながら滑《すべ》るように降りていく。

アァ……うんちさんが……俺は飼い主の責任として、手摺りを布で擦《こす》り掃除《そうじ》を敢行《かんこう》！

『うんちさん、いいえ、ロロ様のお尻は素晴らしい。ふさふさの毛に覆《おお》われていますっ』

視界に現れた小型ヘルメは、滑り降《お》りた黒猫《ロロ》の姿を見て、何故《なぜ》か興奮している。そんなヘルメのことは無視して掃除をしてから……。

ステージ台で歌っているエルフの心地よい歌声を聴《き》き入《い》っていく。

食堂の空いている席に座《すわ》った。女将《おかみ》のメルに夕食を気軽な口調で注文。

しかし、いつ聞いても素晴らしい声だ。あのエルフの歌い手が前世にいたら……。

海外の有名なオーデション番組の大会に出場しそうだ。

そして、厳しい審査《しんさ》員《いん》の全員がＹＥＳと判断するだろう。

俺もコンサートチケットを買ってしまうレベル。

相席に座るヴィーネも、歌う女エルフを尊敬の眼差《まなざ》しで見つめていた。

癒《い》やしの歌が終わると拍手《はくしゅ》が巻き起こる。

観客たちが彼女にチップをプレゼント。分かるなぁ、俺も上げようかな。

「ふふっ、いい歌声でしょ～？」

チップの硬貨《こうか》を上げようと思ったら、女将のメルが話しかけてきた。

右手に食事を載せたお盆《ぼん》を持っている。

「確かに、いつ聞いても癒やされるよ」

「わたしも癒やされます。美しい声ですね」

歌っていた女エルフを素直《すなお》に絶賛した。

「そうでしょう、そうでしょう。本当に雇《やと》って正解だった――私見だけどね。前に雇っていた吟遊《ぎんゆう》詩人も中々だけど、シャナの歌声のほうが完全に上よね。天下一の歌の声だと思う——」

メルはそう自慢気《じまんげ》に語りながら、スムーズにお盆から食事を盛った大皿をいそいそと机に並べていく。ベテランウェイトレスの如く。俺たちが食べやすいように置いてくれた。

「この間、高級食材のトトガ大鳥を大量に入手したので、今日は、そのトトガ大鳥の燻製《くんせい》肉が主役ですよ。それに合うリグとチリ草の炒《いた》め物《もの》。後は——この麦酒《ばくしゅ》ですよ」

燻製か。鶏肉《とりにく》の太股《ふともも》らへんのようだ。

旨《うま》そうだが、それより歌手の名前が気になる。

「……あの歌い手はシャナが名前なんだ」

「そうです。名前はシャナ。エルフなんだけど、実は歌手の方は副業。本業は冒険者と言うんだから驚《おどろ》きよ」

「へぇ、確かに驚きだ」

「あの歌声で冒険者ですか……」

ヴィーネも驚く。歌い終わりのステージ台で挨拶《あいさつ》しているシャナに顔を向けていた。

「でしょう～掘《ほ》り出《だ》し物ね。彼女の歌声からして、円卓《えんたく》通りの大手の酒場や高級宿に雇われてもおかしくないのだけど。ま、ここで働きたいと言っているし、よかったわ」

「そっか。それなら暫く美しい歌声は聞けそうだな。宿をここに決めてよかったよ」

「嬉しいことを！　雇ったかいがある」

「女将～。トトガの燻製もう一つ頼《たの》む」

違うテーブル席から、おかわりの催促が届く。

「あ、はいはい～今、お持ちします～ではシュウヤさん、ごゆっくり」

メルは俺にスマイルを見せてから軽く会釈《えしやく》。魔闘術と思われる素早い身のこなしで配膳《はいぜん》の作業へと戻っていった。しかし、メルの女将としての表向きの顔を見ていると、とても裏の顔を持つとは思えない。

「にゃにゃ～ん」

肩《かた》で大人しくしていた黒猫《ロロ》さんだ。

机に降りると、そろそろ『食べたいにゃ』的に鳴いて、俺の顔を見る。

この『食いたいにゃ』的な猫顔が可愛い。

さっさと食べればいいのに、俺の顔を窺う黒猫《ロロ》。

ヴィーネと視線を合わせて、頷《うなず》いた。

「いいぞ。ロロ、たんと食え、俺たちも食っちゃおうか」

「はい」

「にゃ」

黒猫《ロロ》は燻製肉に食い付く。と、頭を少し斜《なな》めに捻《ひね》りながら、奥歯《おくば》で肉を噛《か》んで唸《うな》るように食べていく。俺《おれ》とヴィーネは会話&食事タイムだ。それは今後の予定から始まる。

身の上の話を通って、キャネラスから彼女が学んできた商取引のやり取りなどの話まで及《およ》ぶ。たっぷりと会話を堪能《たんのう》したところで……。

急に、この間、解放市場で買った煙草《たばこ》を思い出す。丁度、一服したい雰囲気だった。

ヴィーネの話に相槌《あいづち》を打ちながら、アイテムボックスを操作。

「戦闘用の高級革靴《かわぐつ》の主な皮材料はモンスターのタイデルンですが……ご主人様？」

「あぁ、ちょっとね――」

煙草一式と火打ち石を机に出した。確かマゴマ草だっけ？

「魔煙草《またばこ》ですか」

彼女は納得したようだ。俺は葉巻を口に咥える。

カチャカチャと火打ち石を動かし、葉巻の先に火を点《つ》けた。

スゥ――っと息を吸う。葉巻の先が少し燃えて僅かな煙《けむり》が発生。

同時に、喉《のど》を通り煙が肺に入り込む。異世界初の煙草。

――おぉお、爽《さわ》やかな煙が鼻奥に感じられて、喉を通り、喉がスカッとする。

脳が活性化したかのように、快晴に。堪能したところで、煙をフゥーと吐《は》き出した。

煙はヴィーネに掛《か》からないように、逸《そ》らして外へ出す。

これ、俺が知る普通の煙草ではないや。喉が渇《かわ》くとか、嫌《いや》な臭《にお》いもなし。

スカッとする爽快感《そうかいかん》を齎《もたら》したうえに、体内から魔力《まりょく》が湧き上《あ》がってきた。

この感覚に、この間エヴァの店で食べさせて貰った迷宮産の旨かった食事を思い出す。

中々、いい感覚だ。前世の世界では考えられないが……。

ここでは健康グッズ的な物なのだろうな。また、吸う。

「……良いね、コレ」

と、短く感想を述べてから、横へ顔を向けて、鼻息で煙を出していく。

「はい。魔力が備わるのが分かります」

ヴィーネは頷いて、俺を観察。魔察眼で確認《かくにん》していた。

「ヴィーネも吸うか？」

「いいのですか？」

「何本もあるし、いいよ」

笑顔で魔煙草の葉巻を上げた。

彼女は嬉しそうな表情を浮かべ、青白い手で受け取る。

「では、頂きます――」
ヴィーネもピアノが弾《ひ》けそうな綺麗《きれい》な手に持った火打ち石で、火を点ける。
魔煙草を吸っていく。彼女も吸うと気持ちよさそうな表情を浮かべていた。
ヴィーネは、銀仮面こと、銀のフェイスガードが映《は》える美人さんだ。
葉巻を持つ姿も絵になる。何か、カッコイイお姉さん的な雰囲気だ。
二人で恍惚《こうこつ》な表情を浮かべて煙草を吸っていると……。
玄関口《げんかんぐち》の方から多数の乱暴な声が響いてきた。何だ？　言い争いか？
と、音の方を見ると、背の高い金髪《きんぱつ》男がメルと言い争っていた。
争いの中心人物の金髪の男は、銀に近い白色甲冑《かっちゅう》を身に纏《まと》っている。
首元には口を隠すように模様入りの特殊《とくしゅ》そうな白布マスクを装着していた。
周りの数名の兵士たちはマスクを装着していない。
その兵士たちは、白色の鎖帷子《くさりかたびら》で統一された装備。そこに、厨房《ちゅうぼう》から現れた豹獣人《ひょうじゅうじん》の大《おお》
柄《がら》コックが喧嘩《けんか》腰《ごし》のメルを守るように白色軍団の前に立《た》ち塞《ふさ》がる。
確か、あの大柄な料理人の名はカズン。そして、豹獣人はセバーカって名がある。
しかし、剣呑《けんのん》な雰囲気だ。白い兵士たちは右胸に印がある。
人を象《かたど》ったエンブレム。槍《やり》、剣《けん》、盾《たて》を持つ甲冑姿の人が描《か》かれてある。

もしかして、あれがホワイトナイン？　【白の九大騎士】のエンブレムか？

やはり来たか。せっかく、まったり過ごそうと思っていたのに……。

「ご主人様、宿で問題でも起きたのですか？」

「たぶん、あの鎧《よろい》からしてホワイトナインかも知れない」

「え？　その名はこの間……話をしていた……？」

「そうだ……さて」

手に持った葉巻の火を灰皿へ押《お》し潰《つぶ》して、火を消す……逃げるか、挨拶するか。

二択《たく》だな。女将メルの側にはカズン以外にも、鱗皮膚《うろこひふ》を持つローブを着たゼッタさんまで登場している。ゼッタさんもメルを守るように左手と右手を胸前に出して、ファイティングポーズを構えていた。両腕《りょううで》は鱗《うろこ》の皮膚《ひふ》。その鱗の皮膚より、その表面を、大量の蟲《むし》が這うように移動していた。蟲たちを操作か。

ムカデ、ヤモリ、蝉《せみ》、毛虫……エトセトラ、見たことの無い虫などだ。

あれで攻撃されたくねぇ……気色悪い。

一方で、白色軍団《ホワイトナイン》は、その蟲の動きを見ても微動《びどう》だにしない。

皆、宿の働き手というより完全に闇《やみ》ギルド。

【月の残骸《ムーンレムナント》】としての顔色だった。

あの【白の九大騎士《ホワイトナイン》】が俺に用があるのは確実。

俺の容疑が、情報通りなら、エリボル親子の殺しか。

または、彼《かれ》らと繋がりのある裏帳簿《ちょうぼ》目当てか。まぁ、何にせよ……。

あの白色軍団たちは、何らかの手法で俺を特定した。

何事も原因があっての行動だ。【梟《ふくろう》の牙《きば》】のトップを殺したのは事実。

それはマカバイン大商会のトップを殺したと同義語。都合がいい言い訳だが。

俺は今後も迷宮に潜ってお宝探索とか、冒険者の活動は続けたい。

ま、最悪、冒険者が駄目《だめ》になったらなったで、この国を離れて違《ちが》うとこに向かうか。

そんな思考を重ねている間にも、宿側と白色軍団との間で、一触即発《いっしょくそくはつ》の雰囲気は変わらない。周りの野次馬《やじうま》も多くなった。煩《うるさ》いから、言い合いが聞こえない。

俺のせいで争いが激化するのは、嫌だ……。この店に【月の残骸】に借りは作りたくない。

捕まる覚悟《かくご》で【白の九大騎士《ホワイトナイン》】の連中へと挨拶に向かうか。だが、あくまでも覚悟のみ。

たとえ冒険者活動ができなくなっても、俺に手を出したら、それなりに後悔《こうかい》させてやる。

「……ヴィーネ。あの白い集団と少し挨拶をしてくる。お前はここで待機か、彼奴《あいつ》らに気付かれずに俺を追うか好きにしろ」

「……はい」

彼女は頭を少し下げてから、返事をする。

「あ、俺の許可なく殺しは無しだぞ？　一応、彼らはこの国の高等機関だからな」

「はい。ですが、武器を取ってから追跡《ついせき》します」

ヴィーネは冷静に語ると二階にある部屋へ視線を向けていた。

「分かった。無理はしないでいいからな」

「はっ――」

彼女は椅子《いす》から立ち上がると玄関口に走る。

近くにいた白色軍団を横目に階段を上がっていった。

「ロロは自由についてこい。先回りしてもいい」

「にゃ」

黒猫《ロロ》は俺の指示を聞くと、肩から跳躍《ちょうやく》。

ヴィーネに続いて素早く二階へ駆《か》け上がって、姿が見えなくなった。

俺も席から立ち上がり、玄関口に向かう。

『ヘルメも指示するまで外に出るな』

『はい』

言い争いの現場に近付くと、メルの怒声《どせい》が響く。

「だからっ、何度も言うけど、ここからは通さないよ！」

「そうだ。この宿は女将メルの物、それ以上こっち側に来るなら、俺が代わりに相手をしてやろう」

カズンが腕《うで》を巻く。背中や腕回りの筋肉が少し膨《ふく》れると、コックの服を突き破《やぶ》った硬そうな毛が逆立つ。威圧感が増したように見える。

そのカズンを見た、メルと相対した背が高い銀甲冑を着る金髪の男が、

「……ほう、珍《めずら》しい。セバーカの特異体か？　お前らは、我ら、白の九大騎士《ホワイトナイン》に逆らうと？」

カズンを睨《にら》み付《つ》けながら、脅《おど》すように話している。

やはり、ホワイトナインはこいつがリーダーか？　金髪に目と鼻が大きい。

背が高く猫背《ねこぜ》気味だが、多分、身長は俺と同じぐらいだ。

白布マスクは唇《くちびる》が浮かぶぐらいにぴったりと装着。色々と備品が付いた豪華《ごうか》な白色甲冑を着込み、腰《こし》には長剣《ちょうけん》を差して背中マントの上に盾を背負っている。両腕は茶色のブッツの突起物《とっきぶつ》が沢山《たくさん》付いた珍しい魔力が漂《ただよ》うグローブを嵌《は》めていた。

あれ？　よく見ると右胸にあるエンブレムが違うな。

他の兵士たちのエンブレムはシンプルだ。背が高い金髪男と隣の背の低い女だけが、防

具に刻まれているエンブレムが違う。竜《りゅう》に乗る騎士の絵だ。

エンブレムといい、その雰囲気《ふんいき》からして、やはり、金髪がリーダー格のようだ。

背が低い赤髪女《あかがみ》も口と喉を覆う白色の布マスクを装着している。

「……こんな強引《ごういん》に調査を進めるなんて、俺は聞いてないっ」

「……まぁまぁ、ここは穏便《おんびん》に。我々は――」

リーダー格の隣にいた背の低い赤髪の女騎士が、大柄の獣人カズンを止めに入る。

だが、その女騎士が俺の姿に気付くと、くりくりっとした双眸《そうぼう》を大きくさせる。

頬に少しソバカスがあるね。彼女は驚きの反応を示していた。

「――居ました。あの男で間違《まちが》いないかと」

あれ？　赤髪セミロングの女騎士は俺を指で差してくる。

やはり俺のことは特定しているようだ。

「大騎士レムロナ、ご苦労」

「いえ、任務ですから」

小柄《こがら》だけど、彼女も大騎士なんだ。

「それで――女将よ、この宿には手を出さないと約束しよう。我々は〝あの男〟に用がある。そこを退いてくれないか？」

金髪のリーダー男はメルに交渉《こうしょう》を持ちかけている。メルは思案気に俺へ顔を向けると〝何で出てきたのよ〟と怒《おこ》った視線でアイコンタクトしてきた。

俺も視線で〝すまんね〟〝さんきゅ〟〝もういいよ〟

的に見つめてから頭を下げて、頷く。メルは神経質に眉《まゆ》をぴりりと上げて、

「……あの男といっても、この宿のお客人です」

メルには俺のアイコンタクトは通じなかった。あくまでも、俺という客を守るようだ。

いや、この間の皮肉交じりに語っていたように、俺のことを客ではなく本当に仲間だと思っているのかも知れない。まぁ、どちらにせよ。この宿では暴れたくない。

ホワイトナインに付き合ってやるか。風は吹《ふ》けども山は動ぜず。の精神で。

「……メル、俺は大丈夫《だいじょうぶ》だ」

「え、だめよ」

「いいから、ありがとな」

武器は無いよアピール。諸手《もろて》の動作を取った。

要するにバンザイ状態で強引に前に出る。

「はぁ、もう……貴方《あなた》がそういうつもりなら、どうぞ――」

メルは両手を左右に広げ、べーっと舌を出してから、指を蟹《かに》ハサミのように扱《あつか》うジェス

チャーを取る。特有の自己表現？　ふざけているのか、怒《いか》りを表しているのか分からない。

彼女はそんなジェスチャーを繰《く》り返すと、仕方がないと言うように、少し残念そうに表情を曇《くも》らせてから、体《からだ》を横にずらし退く。

カズンとゼッタも闇ギルド【月の残骸】のリーダーであるメルが引っ込む姿勢を見せると、急に大人しくなって身を退いている。俺は、ホワイトナインのリーダー格の金髪男を見据《みす》えた。

顎《あご》をくいっと動かす。〝連れていけ〟と玄関扉《げんかんとびら》を差す。自ら、意思表示を示した。

金髪の白甲冑を着込むリーダー男は謎《なぞ》めいた表情で、俺の動きを読み取り、黙って頷く。

それから仲間たちに視線を巡《めぐ》らせた。

「……行くぞ」

「「はっ」」

金髪のリーダーが短く指示を出すと、赤髪女の大騎士を含めたホワイトナインたちの全員が、素早《すばや》く反応。一斉《いっせい》に声を揃《そろ》えて答えると、そのまま鎧の音を響かせるように踵《きびす》を返して、玄関扉に手をかける。俺も特にこれといった反抗《はんこう》の態度は示さずに、ホワイトナインの白鎖帷子を着る兵士に囲まれながら玄関口を出ていく。

手錠《てじょう》がないだけマシか？　さぁて、どうするか……。

指骨をポキポキと鳴らしながら、歩く。

平和的に〝お話〟だけで済ませられるかな？

宿を出ると、外で待機していた白色鎖帷子を着ている兵士たちが、一斉に此方《こちら》の方を振《ふ》り向《む》いてくる。その数は二十人ほどだ。

宿の中に押し掛けてきたのはリーダー格の金髪男を伴《ともな》った少人数だけで、外に大勢の兵士たちを待機させていたらしい。外で待機していた白色軍団の兵士たちは俺と一緒に出てきた背の高い金髪男へと敬礼を行っていた。

その姿から、金髪男がまさにボスだと分かる。

「――ターゲットは確保した」

リーダーの金髪男は白色軍団兵士たちの敬礼に応《こた》えるかのように、偉《えら》そうな態度で左手を上げる。同時に軽く頷いていた。

そして、左手を右胸のエンブレムマークの位置に移動させると、誇《ほこ》らし気《げ》な表情を浮《う》かべながら、兵士の皆を見据えて指示を出す。

「仕事は完了《かんりょう》だ。ホワイトナインは王国の為《ため》に――」

「「――はいっ！　ホワイトナインは王国の為に！」」

兵士たちはリーダーの声に続き声を揃える。あのポーズ、軍式の挨拶なのかな。

「さぁ、戻《もど》るぞ。――ビクザムも聞こえているな？」

リーダーの男は金髪を靡《なび》かせながら上を見る。眼が見開く。

空へ語りかけている？　口と喉を覆う白布に記された魔法模様が光る。

「「はっ――」」

兵士たちのかけ声のあと、

「ギュオォォッ」

うぉっ？　モンスター？　空からだ。そこにはドラゴンがいた。

しかも、二匹《ひき》。ビクザムの名に相応《ふさわ》しいドラゴンだ。緑ではないが。

二匹のドラゴンはゆったりと翼を広げて低空飛行しながら建物の上を飛んでいた。

もう夜に近いが、姿がハッキリと見えている。

白色軍団の兵士たちはそんな空中を飛ぶドラゴンの行動には驚かず、足を揃えて歩き出していた。宿で揉めていた連中と外で待機していた白い兵士連中が合わさった数なので、白い軍団は数は多い。

異様な光景だ。白い軍団と空を飛ぶ灰色竜の二匹。カルト集団にも見えてくる。

「お前も進めっ」

背後から兵士のせっつきを受けたので、歩き出す。

「それで、何処《どこ》に行くんだ？」

隣《となり》を歩く金髪のリーダーに質問した。

「口を慎《つつし》め、相手が誰だか分かってるのか？」

俺の投《な》げ掛けた質問の言葉を、若い兵士が聞いていたのか怒った口調で忠告してくる。

「いい。暴れないだけマシな男だ」

金髪のリーダーは猫背なりに胸を張った態度で、若い兵士を窘《たしな》める。

「はっ」

若い兵士は尊敬した顔つきで敬礼。口を慎めか。

この、金髪のリーダーはただのリーダーというわけじゃなさそうだ。

身に着けている鎧も豪華だから、きっと大騎士なのだろう。

魔察眼で、その大騎士と思われる金髪男を確認。背が高く猫背で、姿勢が悪い。

そんな体が内包する魔素《まそ》量は多い方だ。魔力操作も常にできている。それに、身に付けている装備品も多数の魔力を漂わせている。

だが、魔力の量では、この金髪男より、隣を歩く背の低い華奢《きやしや》そうな女大騎士のほうが多いと思う。そして、彼女の歩いてる姿は何処か、芯《しん》があり、隙《すき》が無い。

白鎧の右胸の表面を飾《かざ》るエンブレムマークは金髪男と同じ竜に乗る騎士のエンブレムが

施《ほど》されている。身に付けている装備品も、金髪男に負《ま》けず劣《おと》らずに良い物だと判断できた。

腰下のベルトに差す豪華な長剣は魔力を宿す。

マジックウェポンか。長い鞘《さや》には、きらびやかな宝石が散りばめられた装飾《そうしょく》が施されてある。その長剣の隣の短剣《たんけん》も魔力を宿している。

腰に巻かれた黒茶ベルトにも魔力が漂っていた。マジックアイテム製の品だらけだ。

他の白い鎖帷子を着ている兵士たちと比べたら、この二人だけ、魔力や装備類を含めて雲泥《うんでい》の差と言える。さすがは大騎士。

『閣下、この二人は要注意ですね』

ヘルメが視界に登場。小さい手で大騎士たちを指さしながら忠告してきた。

『そうだな。戦いになったらヘルメを呼ぶかもしれない』

『はい』

ヘルメは期待を込めた視線を俺に向けてから、身体をくるっと回転させて消えていく。

しかし、『何処に行くんだ?』の問いは、無視か。不満気に大騎士たちをチラチラと見ていると……。その大騎士の金髪男が馬鹿《ばか》にしたように少し嗤《わら》う。と、口を開いて反応してくれた。

「……黙って我々に付いてくれれば、手荒《てあら》な真似《まね》はしない」

そうですかいっと。俺は黙って金髪男へ首を縦に振る。

ホワイトナインの連中とまだ付き合い歩くことにする。

ロロとヴィーネは俺を追跡していると思うけど。

ま、暴れるのはいつでもできる。ここは大人しくついていくかな。

第百二十六章「大騎士レムロナ」

ホワイトナインの連中に貴族街の手前に連れてこられた。

二階建ての灰色の建物が多い。横長の本堂を囲う灰色か白っぽい壁《かべ》にオセベリア王国の紋章《もんしょう》と松明《たいまつ》にアルコーブが規則正しく並んでいた。

そのアルコーブには魔道具が設置されている。監視《かんし》カメラ風の結界用の魔道具だろうか。北方のアーカムネリス聖王国の城周りにも、結界的な魔族に反応する魔道具が設置されていたからな。ここは城ではないが……オセベリア王国の重要な機関の一つだろうし、似たような魔道具は設置されているだろう。

そのアルコーブは小さい祭壇《さいだん》にも見えた。近くの松明から火の粉が散る。

壁は焦《こ》げず不思議な色合いを起こして灯《あか》りを反射し、オセベリア王国の紋章と白《ホワイト》の九《ナイン》大騎士の紋章を輝《かがや》かせていた。

上空の二匹のドラゴンは悠々《ゆうゆう》と壁を越《こ》え本堂のような建物内に降りていく。

壁際《かべぎわ》の整った路を進むと、焦げ茶色《ちゃいろ》の巨大《きょだい》な門に到着《とうちゃく》した。

両脇《りょうわき》に衛兵が立つ。門の中心の飾りには、九匹の竜と竜騎士《りゅうきし》の円形の意匠《いしょう》が施されてあった。衛兵たちも白色の鎖帷子を身に着けている。

彼らは俺たちを見ると、素早い所作で敬礼を行う。一人の兵士が厚い唇を動かす。

「サリル大騎士、レムロナ大騎士、任務お疲れ様《さま》です」

厚い唇らしい、硬い口調の門番兵士。金髪の大騎士の名はサリルか。

レムロナの名前は宿で聞いていた通り、女大騎士だ。

「ご苦労、扉《とびら》を開けたまえ」

サリルが門番兵士に労《ねぎら》いの言葉と指示を出す。

「はっ――」

兵士は焦げ茶色の門扉《もんぴ》を開けていく。

二人の大騎士に誘導を受ける形で、多数の兵士たちと共に門を潜《くぐ》った。

中央は中庭へと続く幅広《はばひろ》な石道。大騎士の二人は中央ではなく右側を進む。

右の開いた玄関口から灰色の建物に入った。

この建物が白の九大騎士《ホワイトナイン》たちの詰《つ》め所《しょ》か。

俺も続いて、廊下を進む。部屋の中に案内された。拷問《ごうもん》部屋に見えないが……。

天井はクリスタルの光源。

壁は大きな旗とドリームキャッチャー的な飾りがある。竜騎士の絵もある。

王様の絵とかは飾られていない。そんなもんなのか？

中央に足の短い象嵌《ぞうがん》入りの長机と無垢《むく》な椅子が並ぶ。

応接間のような場所だ。机に小さい花瓶《かびん》とゴブレットと水差しが置かれているだけ。

「そこに座ってもらおうか」

サリルが椅子に座れと言ってきたが、少し、予想と違う。

展開的に狭《せま》い部屋で椅子に縛《しば》られながら水責めにあったりとか……。

今日は人生で一番長い日となるだろう。とか、有名な怖《こわ》い金髪捜査官《きんぱつそうさかん》から片腕《かたうで》を折られて、こっちの腕も折られたいのか、風の拷問に近い尋問《じんもん》を受けるのかと……。

俺は身構えていたんだが……意外に紳士的《しんしてき》な対応だ。

その席には座らず、魔察眼と掌握察《しょうあくさつ》を使う。周囲の確認。

近くに感じる魔素の感覚は――同じ部屋にいる大騎士と兵士たちのみ。

あの見た目が怪《あや》しいドリームキャッチャーの飾りは魔力が感じられない。

まぎらわしい……大きいが、ただの飾りだ。他にも隣の部屋から、兵士の魔素を感じた。

しかし、この部屋自体からは何も感じない。罠《わな》のような物はないようだ。

促《うなが》された無垢な木製椅子に座る。

すると、サリルはレムロナ以外の兵士たちを退出させた。

三人だけか。二人の大騎士は机の向こう側へと回ると、椅子に座る。

視線を合わせての対面。

刑事《けいじ》から尋問を受けたことはないが……少しプレッシャーを感じる。

舌三寸に胸三寸を意識して慎まないと。

カツ丼《どん》は出てこない。出てきたら、笑う自信がある。

「……それでは、シュウヤ・カガリ」

と、最初に喋《しゃべ》ったのは、女捜査官《そうさかん》、もとい、大騎士であるレムロナからだった。

「質問をしますので答えてください。貴方は、冒険者ランクC。竜の殲滅《せんめつ》者たちという称《しょう》号《ごう》を持っていますね？」

まぁ、それぐらいは調べてくるよな。ここからは一応、敬語で話していこう。

「はい」

「……貴方は裏社会の一部において〝槍使い〟又《また》は〝魔槍《まそう》使いと黒き獣〟と噂《うわさ》された人物であり、闇ギルド【梟の牙】と揉《も》め事《ごと》を起こしては、その闇ギルドの大本であるマカバイン家の屋敷《やしき》へ侵入《しんにゅう》し、そこに居合わせたエリボル氏を抹殺《まっさつ》、及び、その娘《むすめ》シルフィリアを誘拐《ゆうかい》、又は、殺しを行った。間違っていますか？」

きびきびと俺の情報を語る、大騎士のレムロナ。口調といい……ソバカスも可愛《かわい》いぞ。

いかん、美人捜査官の魔力に負けてはだめだ。

しかし、あの場に、こいつらはいなかったはずだ。

なのにどういうわけか、娘が死んだこと以外は、すべてを分かっている口振《くちぶ》り。

何かしらのスキルか、魔道具か？　今、この場も、違う部屋から誰《だれ》かが監視を？

分からないが、それらしい魔素の動きはない……俺の感知能力を上回る遮断《しやだん》能力がある？　ま、今は、目の前の二人の内のどちらかが、捜査系の能力を持つと仮定したほうがよさそうだ。エヴァのようなサトリ系能力者だったのなら、もう俺の心は、ある程度、バレている可能性がある。だが、エヴァのような能力者と頻繁《ひんぱん》に出会う可能性は低いと思いたい……なら、嘘《うそ》はある程度効くかな？　ま、多少は素直に会話を続けるか。

「……黙っていると、肯定《こうてい》と受けとるが、いいんだな？」

痺《しび》れを切らしたように金髪のサリル大騎士が、睨みを利《き》かせて、そう聞いてくる。

「仮に俺が殺《や》ったと自供したらどうなるのです？」

と、俺は発言。サリルは口《くち》の端《はし》を歪《ゆが》ませて嗤う。

「王国裁判に出てもらう。お前は極刑《きよつけい》になるだろうな」

極刑かよ。だったら、暴れ……。

「だが、お前は殺っては、いないよな？」

んお？　どういうこと？

俺と同様にサリルの隣に座るレムロナも顔色が一変、驚いていた。

「……サリル大騎士？　どういうことでしょうか」

彼女《かのじょ》は困惑《こんわく》しているのか、肩を不自然にいからせて発言。

サリルは片方の眉を下げ不興顔を作る。

「どうもこうもない」

と、突《つ》き放《はな》す。

「貴方の婚約者《こんやくしゃ》のシルフィリアさんが、まだ行方《ゆくえ》不明なのですよ？」

レムロナは、サリルを責めるように捲し立てる。

サリルは眉間《みけん》に皺《しわ》をよせて厳しい表情を浮かべつつ、拳《こぶし》を作る。

「それに、わたしは見た――」

そのレムロナの言葉を遮《さえぎ》るように、サリルは、

「――レムロナッお前の序列は何位だ？」

と、怒鳴《どな》るように聞いた。レムロナはパブロフの犬のように素早い所作で敬礼を行う。

「はっ、第九位であります」

と、答えた。この敬礼を行う赤髪の美人で大騎士なレムロナ。

さっき何気にポロっと重要な情報を漏《も》らしていた。

……俺が殺したエリボルの娘の婚約者が、目の前の金髪男、大騎士サリルと。

「では、序列典則の第五条を述べよ」

レムロナはサリルの言葉を耳にすると、悔《くや》しそうに顔をひきつかせて、俯《うつむ》きながら、

「……序列第五条『序列順位は絶対であり、その順位を覆《くつがえ》してはならない。序列の低い大騎士は、序列の高い大騎士の見習い扱いである』」

上には逆らってはダメか、嫌な序列制度だ。

「そうだ。お前は序列最下位。数々の事件を解決したのは知らない。今回はファルス王子様のお気に入りだから調査に加えたまでのこと。多少、調査に使えるスキルを持つからと言って、勘違《かんちが》いしないことだ」

「しかし、〈残魔視〉で見たことは真実です」

レムロナは怒ったのか、細目の瞳《ひとみ》を大きくさせている。

「何だとォ？　まだ分からんのか。そんなことは知ったことではないっ！　ましてや、序列の高いわたしの知見に意見するとは十年早いわっ！　今を以《もっ》て、レムロナをこの調査から外す。暫《しばら》く、自室で謹慎《きんしん》しておけ」

喝《かっ》ッ！　と言う言葉が聞こえた気がした。

言葉だけでレムロナの首を絞《し》めるような上司のキツいパワハラ的な言い方。

「……はい」

レムロナは顔色を青くしていた。肩を沈《しず》めて、小さい声で返事をすると俯く。

「さっさと外に出ろ、小娘《こむすめ》が……」

サリルは邪険《じゃけん》に腕を泳がせて、レムロナの退席を促す。

彼女はすごすごと退出していく……広間にはサリルと俺だけになった。

「……ごっほん、レムロナを退席させた理由だが、だいたいは察してくれたかな？」

わざとらしい咳《せき》をして、嫌《いや》みたらしい顔をアピールしてくる。

交渉はもう始まっているんだぞ？　という顔付き。

予想するに、このサリルはレムロナの意見を無視できますよ。的な、わたしの匙加減《さじかげん》で、お前のエリボル殺しを揉《も》み消《け》すこともできますよ。ということか？

「……はい。だいたいは」

「そうか、冒険者《ぼうけんしゃ》にしては察しがいい。なら、わたしが望んでいることも想像できると思う」

こいつは〝裏帳簿〟に名前が載っていた。だから裏帳簿を望んでいるのだろう。

しかし、シルフィリアの婚約者のことを聞いてこないのは何故《なぜ》だ？

ま、聞いてこないのなら、ワザワザ掘《ほ》らないでもいいか。無知を装い話していこう。

「……さぁ？　心は読めないので、口では何とでも言えますからね」

「……はは、確かに」

俺の言葉を聞いたサリルは、マスク越《ご》しでも分かるぐらいに口角を上げた。

少し笑《え》みを浮かべては頷く。

「だが、大騎士として約束しよう。わたしはお前が冒険者だろうが、どこぞの闇の一党だろうが、第二王子派だろうが、違う国の何者だろうが、その一切《いっさい》の責任を問わないとな。重要なのはエリボル・マカバインが持っていた〝帳簿〟だけだ。それをわたしに渡《わた》しさえすれば、お前は最初からわたしの協力者として扱うことになる。わたしが闇のギルドに潜り込ませていたアンダーカバーの一員に過ぎない人員とな？」

サリルは話の途中《とちゅう》から笑顔《えがお》を止めていた。真剣《しんけん》な顔付きへと変化。

頬骨《ほおぼね》が動き奥歯を噛むような凄《すご》みを増した表情を浮かべて、語っている。

彼は、俺が裏帳簿を持っていると確信しているようだ。

「そうですか……」

曖昧《あいまい》に呟《つぶや》き、時間を稼《かせ》ぐ。果たして、本当にこいつ《サリル》を信じられるか？

大騎士と身分を語っているが所詮《しょせん》は口約束。俺が裏帳簿を渡せば、サリルが主導権を握《にぎ》ってしまうだろう。だから、答えは否だな。俺は裏帳簿は持ってない。

と、シラを突き通《とお》すとして、裏帳簿をもう一人の大騎士であるレムロナに見せたら……どうなるだろう。レムロナは序列順位が最下位でサリルには逆らえそうもないが王子のお気に入りとも言っていた。この帳簿を材料に、彼女の渡りに使えば上の王子と接触《せっしょく》し、このサリルを逆に追《お》い詰めることができるかもしれない。

サリルはレムロナに帳簿の件を知られたくないから、退席させた可能性もある。

それとも、直接的に裏帳簿の件を突いてサリルを脅すか？

いや……逆に警戒《けいかい》させるだけか。ここは知らぬ存ぜぬで通したほうがよいな。

「……さぁ、帳簿なんて知りませんよ」

無知蒙昧《むちもうまい》の白目を演出するように、わざと惚《とぼ》ける。

「チッ、嘘をつくな。お前がエリボルと娘を殺し、宝の一部と帳簿を盗《ぬす》んだのだろうが」

あらら、急に声を荒《あら》らげて。さっきは殺ってはいないよな？　とか、穏《おだ》やかな口調で語りかけてきたくせに。

「……そもそも、俺は何もしていない」

俺の白々しい言葉を聞くと、サリルは急に力んでいた顔を弛《ゆる》める。

「そうか。喋らないなら別に構わないさ。どちらにせよ。お前は王国裁判も無しに死ぬのだからな。おい――」

どちらにせよ、か。どのみち俺を殺す？　サリルは俺に興味を無くした仏頂面《ぶっちょうづら》を見せると、大声をあげて、外から兵士たちを呼び寄せる。

「この男を牢屋《ろうや》にぶちこんでおけ」

「はっ」

サリルは俺が牢獄《ろうごく》の中で朽《く》ちて死ねば、裏帳簿は表に出ること無く〝消える〟とでも思っているのだろうか。ただの脅しかな。牢獄に長い間ぶち込めば、喋ると踏《ふ》んでいるのかもしれない。

「これから警邏《けいら》に向かう。わたしが王子のところから戻るまでに、しっかりと、監視しとけよ。無手だから何もできないと思うが、一応は気を付けろ。革《かわ》の服だけで、何もなさそうだが……怪しい黒骨兜《くろほねかぶと》が備わる指輪と小さい腕輪《うでわ》を奪《うば》っておけ」

「はい」

返事をする白鎖帷子を着る兵士たちによって、明るい光球を出す指輪を取られた。

強引に嵌めていた指輪だから、指に跡《あと》がついていたが、瞬間的《しゅんかんてき》に元の肌色《はだいろ》に戻っていく。

サリルはそれを見ながら外に出た。よく見てたら指の変化に気付いたはずだが、兵士たちは他の指輪と腕輪を外すことに一生懸命《いっしょうけんめい》で気付かれなかった。

「糞《くそ》、外れないぞ？」

「おい、これを外せ！」

「さぁ、外したことがないんで」

「とぼけやがって、仕方がない。このまま牢獄に移動だ」

「そうだな。傷をつけろとは言われていないし、サリル様も直《す》ぐに戻られる」

アイテムボックスの小さい腕輪と闇の獄骨騎《ダークヘルボーンナイト》は外れないから無視された。そのまま左右の手をロープで押さえられて、歩かされる。ここで暴れたりはしない。今は素直《すなお》に従う。目隠《めかく》しもなし。俺《おれ》なら布をかぶせて視界を塞ぐが、甘《あま》いな。廊下《ろうか》を歩く際に周りを確認《かくにん》できた。

部屋の位置を確認しながら歩いていく。その時、泣《な》き面《つら》のレムロナが階段横にある部屋に入る。扉は開けっ放し。机に向け、やるせなさを出すように、顔を俯かせている大騎士のレムロナを横目に部屋の位置を確認。

兵士に誘導《ゆうどう》を受け、階段を下りて廊下に出た。廊下には牢獄の檻《おり》が並ぶ。

真下にある穴倉とかではないらしい。

「止まるな」

兵士はいちいち怒鳴ってくる。そう、怒るなよと、にやけ面で口を開く。

「裁判はいつ頃《ごろ》ですか？」

「さぁな、そんなこと俺が知る訳がない。さっさと進んで、入れ――」

背中を押された。少し歩いて檻の中へ入った。

俺を押し入《い》れた兵士たちは牢獄《ろうごく》の扉《とびら》に鍵《かぎ》をかけると、ぶつぶつ文句をたれながら扉の前から離《はな》れて廊下の先へ歩いていった。牢獄の中を確認。広い、奥《おく》の方には元から捕《と》らえられている囚人《しゅうじん》たちがいた。

獣人、エルフ、人族、種族は様々だ。皆《みな》、痩《や》せ細《ほそ》り元気がない。

汚《きたな》い床《ゆか》や藁《わら》の上で寝《ね》ている。囚人たちは目が死んだ魚のように虚《うつろ》な目をしていた。

何かしらの罪を犯《おか》したから、ここに入ったんだろうとは思うが……。

痩せ衰《おとろ》えている囚人たちは、新しく入ってきた俺に興味がないようだ。

臭気漂《しゅうきただよ》う奥には行かず。牢獄の入り口付近に立つ。少し待つ。

牢番《ろうばん》の兵士たちは廊下の奥にいるようだ。さて、そろそろか？

黒猫《ロロ》とヴィーネが来るかも知れない。と、そんな予想をしていると、ヘルメが視界に登場。

『閣下、わたしが外に出て牢屋の鍵を開けましょうか？』

『いや、まだいいよ。多分、ロロとヴィーネが来ると思うし、その時に、ヘルメには外に出てもらう』

『はっ、畏《かしこ》まりました』

その念話を終えた、直後。本当に、黒猫《ロロ》とヴィーネが廊下の隅《すみ》の影《かげ》から現れる。

「ご主人様」

「にゃお」

「お、来た来た」

早速《さっそく》、ヴィーネは牢獄の鍵穴《かぎあな》を弄《いじ》り出す。鉄製の扉は難なく開く。

囚人たちは扉が開かれても一切の声を上げない。騒《さわ》ごうともしなかった。

普通《ふつう》は我先に出ようと騒ぐと思うが……囚人の一部が漫《そぞ》ろ歩《ある》きを行うだけ。

元々がそうだが、顔色を失っている。怯《おび》えたような面だ。俺の行動を見ているだけ。

ま、暴れる気力も実力もないんだろう。

「お前たち、外に出たいなら、出るチャンスだぞ」

「……」

囚人は動かず。牢屋の外に出た。黒猫《ロロ》が右肩《みぎかた》に戻ってきた。

何事も無く牢屋の扉を閉めた。怯えた囚人たちを見ると可哀想《かわいそう》だったが……。

別にこいつらを解放してやる義理はない。放っておく。

「……牢番の兵士たちはどうした？」

「はっ、既《すで》に気を失っています。兵士の懐《ふところ》からこれを回収しました。ロロ様が見つけた物です」

ヴィーネは取られた指輪を差し出す。

「おっ、ありがと」

さすがに仕事が速い。黒猫《ロロ》とヴィーネが、どうやってこの建物に潜り込んだのかはあとで聞くとして、今は、大騎士《だいきし》レムロナを探すか。

『ヘルメ、外に出ろ』

『はい』

指示通りに左目から液体状態のヘルメが放出。

床に着水して水溜《みずた》まりが生まれる。その水溜まりは粘土《ねんど》のように持ち上がると、女体《にょたい》の姿を形成。その女体は、コンマ数秒も掛《か》からず、蒼《あお》と黝《あおぐろ》の皮膚《ひふ》葉を魅《み》せる常闇《とこやみ》の水精霊《みずせいれい》ヘルメの姿となった。そのヘルメがポージングを決めて、

「閣下、ご指示を」

「水状態で、ある部屋へ侵入してもらう。ただし、殺しは指示するまで無しだ」

「はっ、では」

ヘルメはそう言うと、一瞬《いっしゅん》で体を崩《くず》し液体化。床を這《は》うように移動する。

意思のある液体の動きはいつ見ても不思議だ。ヴィーネは精霊の行動に慣れてないのか、液体となったヘルメを見て、俺を見ながら細い眉をピクピクと動かした。疑問を投げ掛けるような面《つら》だ。そのヴィーネに、

「このまま脱獄《だつごく》すると冒険者として生活ができなくなる。まずは女大騎士と交渉だ」

レムロナの能力が知りたいのもある。

「女大騎士ですか？」

「そうだ。最初、宿で話をしていた奴等《やつら》の一人、金髪《きんぱつ》男の隣にいた背の低い赤髪女だ。序列第九位の大騎士らしい」

「分かりました。〈隠身《ハイド》〉を発動させておきます」

ヴィーネは腰を少し下げ屈《かが》むと、暗闇《くらやみ》と同化するように体の表面が暗くなった。

魔力《まりょく》操作も巧《たく》みだ。影と同化したような体から魔力が外にあまり漏れていない。

巧みな気配殺しの技術。ヴィーネは暗殺の経験もありそうだ。

「レムロナは階段を上がった先の部屋にいる」

「はいっ」

水状態のヘルメがにゅるにゅると階段を上がっていく。

俺たちも続いて階段を上がった。

「ヘルメ、そこの部屋だ。先に入って女の背後に回っておけ」

「……」

液体状態のヘルメ。にゅるりと音がするような動きで、液体の手を模《かたど》った。

その液体の手でＯＫとしての大きな丸い円のサインを寄越《よこ》す。

ヘルメは手のサインを崩し水状態に戻ると、扉の下の隙間《すきま》から部屋の中へと侵入していく。そのヘルメから少し遅《おく》れて、俺たちもレムロナが居る部屋に入った。

「――ん、お、お前はエリボル殺し！　なぜここに、脱獄か！」

レムロナは素早く椅子《いす》から立ち上がる。腰にある長剣と短剣に手をあてがい引《ひ》き抜《ぬ》いて、切っ先を俺に向けていた。当然だが、レムロナは驚《おどろ》きの表情だ。

「まずは話を――っと」

レムロナは剣《けん》で刺《さ》そうとするが、事前に侵入していたヘルメは、レムロナの真下だ。

その水状態のヘルメの手が、レムロナの両足を掴《つか》んだ瞬間《しゅんかん》――レムロナは勢いよくつんのめり転んだ。手前にあった小さい机に頭部をぶつける。

「――ぐあ」

気を失うとかはなさそうだが、痛そうだ。

レムロナはぶつけた頭を左右に振りながら俺を見上げてくる。

その目付きは俺に質問してきた顔ではない。眉間に皺を寄せて殺気を露《あら》わにしている。

まずは、話を聞いてもらおうか。

「……レムロナさん、今の状態が理解できますね？」

「にゃあ？」

笑みを意識して喋る。できるだけ、丁寧《ていねい》な態度を心がけながら言葉を紡《つむ》ぐ。

しかし、黒猫《ロロ》がレムロナをおちょくるように尻尾《しっぽ》で彼女の顔を叩《たた》いていた。

「……くっ、殺人に脱獄犯《だつごくはん》が、サージェスを呼べばお前など……」

サージェス？　レムロナは自身の顔に纏《まと》わり付《つ》く黒猫《ロロ》の尻尾を払《はら》いのけてから、机に手を突いて、自身の両足が氷の手に捕《つか》まれている状態だと確認している。

そんな必死に挽回《ばんかい》しようとしている彼女に説明を加えた。

「待ってください。レムロナさん。脱獄犯の俺が、今、貴女《あなた》を攻撃《こうげき》してない事を理解してください。俺は話を聞いて欲《ほ》しいだけです」

レムロナは俺の話を聞きながら、ゆっくりと立ち上がる。

「……ふん、まずは、この足にある氷の手を退《ど》かしたらどうだ？」

まだ彼女の目には殺気が宿っているが、ここは信じよう。

「ヘルメ、手を離せ」

「……」

すぐに、液体化状態から生えていた氷の手は消えた。

レムロナは足の拘束《こうそく》を外されたことが意外だったのか、少し驚いた顔を見せる。

だが、戦闘《せんとう》態勢を取っていた。

「分かってくれましたか？」

「あぁ……」

レムロナは僅《わず》かに頷《うなず》くと、長剣《ちょうけん》を下げる。さて、帳簿《ちょうぼ》のことを話す前に、このレムロナがサリルと繋《つな》がっているか確認しないとな。さっきのサリルとのやり取りが、小芝居《こしばい》だったかもしれない。

「……本題を話す前に、確認したいと思います」

「なんだ？」

怪訝《けげん》そうに俺を見るレムロナ。まぁ分かる。

脱獄して、謎《なぞ》の水を操《あやつ》り自分の足を拘束する男の言葉だしな。

「貴女と大騎士サリルとはどういう関係でしょうか」

「どうもこうもない。大騎士サリル・ダラーは序列第八位大騎士。わたしの上位者だ。子《し》爵《しゃく》という位は同位だが、【白の九大騎士】に所属している者の序列は絶対である」

序列は絶対か。だが、不正に関しては知らないと見える。

「……その上位者のサリル大騎士が、色々と不正な取り引きを行っていた。と言ったら貴女はどうしますか？」

「——我《ホワイトナイン》らを愚弄《ぐろう》するか？　シュウヤ・カガリ」

素早い動作で、下げていた長剣を上げていた。剣先《けんさき》の方向を俺に伸《の》ばしている。

右手には長剣、左手は腰《こし》に差す短剣の柄《つか》を触《さわ》っているその構えからは、何処《どこ》かで見た流派の面影《おもかげ》を感じさせた。彼女の目からはハッキリとした意思がある。

勘《かん》だが、大騎士サリルとレムロナは不正な繋がりは無いと思う。

証拠《しょうこ》を見せても大丈夫《だいじょうぶ》かな。見せちゃうか。

「……いやいや、そんなつもりは毛頭ないです。では、少しお待ちを、——オープン」

アイテムボックスを操作。腕《うで》を動かしただけで、レムロナが伸ばしている長剣がピクッと動いて反応を示していたが、彼女は俺の行動を理解している。攻撃はしてこなかった。

笑みを意識しながら、アイテムボックスから裏帳簿を取り出し、机に広げる。

「まずは剣を下ろして、これを見てください」

レムロナは机に置かれた裏帳簿と俺を見比べるように視線が行《い》き交《か》う。……暫くして、彼女は頷く。長剣を鞘に納めると、ソファに座《すわ》りながら机にある裏帳簿を見ていく。

「……こ、これは、マカバイン家の……家印も本物か」

一瞬で、裏帳簿が本物と見抜《みぬ》いたようだ。

レムロナは驚愕《きょうがく》しながらも裏帳簿の頁《ぺーじ》を捲《めく》っていく。頁をめくるごとに手が震《ふる》えていった。それと同時に細い目からは怒《いか》りが滲《にじ》んで現れていく。

「腐《くさ》っている。戦争中だというのに、ここまで不正が横行しているとは……」

レムロナは怒りの形相だ。そのタイミングで、彼女が読んでいた裏帳簿を取り上げた。

さぁ、ここからが本題だ。

「レムロナさん。これを貴女に預けると言ったらどうします？」

彼女は怒《おこ》っていたが、その怒りの気持ちを抑《おさ》えるように自らの目を閉じて、ゆっくりと閉じた瞼《まぶた》を上げると、冷静な顔付きに戻っていた。

「――何が望みだ？」

「まずは俺の自由放免《ほうめん》」

「……分かった。と、言いたいが、エリボルの屋敷に侵入した経路が気になる。あの時、わたしの灰色ドラゴン、サージェスが空に反応を示していた」

あの時か。確かにエリボル邸《てい》へと侵入した際に、隣の屋敷からドラゴンの鳴き声が聞こえた。

「詳《くわ》しくは言えませんが、その通りですね」

「……ほぅ。それで、エリボルの娘はどうした？」

素直に言うのもなぁ。

「……俺が殺したとしたら？」

「何もない。裏帳簿を渡せば見逃《みのが》そう」

ありゃ、意外。女警官のように、許せん、逮捕《たいほ》しちゃうぞ。

とか言うかと思った。なら、大騎士のサリルのことを少し言っとくかな。

「サリルが貴女を退席させた後に、同じことを言ってきましたよ。ですが、婚約者のことは一言も聞いてこなかったことが、不思議でした」

「……わたしを突っぱねた理由か。そうなると、見せかけ、形だけの婚約《こんやく》だったのかも知れない。あれだけの貴族が関《かか》わっているんだ、裏帳簿に記されている以外にもエリボルとの闇繋《やみつな》がりは深いものだったのだろう」

彼女の話し方だと、もう貴族同士の裏繋がりはある程度予想はできているようだ。

もう、この裏帳簿を渡してもいいと思うが、まだ知りたいことがある。

さっき話していた彼女のスキルについて聞いてみよ。

「……レムロナさんが話されていた〈残魔視〉スキルが気になります。そのスキルを使い、マカバイン邸と俺を結びつけたのですか？」

「そうだ。〈残魔視〉も使った。詳しく言えば、情報が出揃《でそろ》っていた面もある。わたしには優秀《ゆうしゅう》な密偵《みってい》がいるからな……」

レムロナはそう言うと、顔を少し逸《そ》らす。

自分の能力についてはあまり語りたくないようだ。だが、聞いておく。

「……密偵はともかく、どういう能力なんです？」

彼女は、俺の好奇心旺盛《こうきしんおうせい》な視線を一瞥《いちべつ》。小さく溜《た》め息《いき》を吐《つ》くと、顔の下を覆《おお》う特殊《とくしゅ》な魔力《まりょく》漂《ただよ》う白布を首に落とし、綺麗《きれい》な紅の唇《くちびる》を晒《さら》す。ネックウォーマーの白布となってお洒落《しゃれ》だ。

「……まずは、これを見ろ」

彼女は赤色の前髪《まえがみ》を持ち上げて額を見せる。

その額には白色の目があった。

目を囲う蜘蛛《くも》の巣のような細かい白色の筋の線が、幾何学《きかがく》模様を作る。

紋章か。白目と白線は繋がっている。耳上のほうまで白い透明《とうめい》色に近い筋が広がっていた。ネックウォーマーと化した口元を覆っていた特殊な白布は風に関係ないようだ。

おでこに第三の白色の目とか。セミロングの赤髪《かみ》だったので、まったく分からなかった。

魔察眼で、その部位を注視した刹那《せつな》、その白色の目が生きているように蠢《うごめ》く。

額の周辺が鼓動《こどう》するように、魔力が増減。白目も、ぎょろっとした動きで、俺を睨《にら》む。

「……スキルを使うと、この額が更《さら》に変化する」

「へぇ、更に変化……人族ではなさそうですね」

「そうだ。幽鬼《ゆうき》族との混血。スキルの範囲《はんい》は極々《ごくごく》小さいが、常人では到底《とうてい》理解の及《およ》ばない領域に魔力の枝として残る場合がある。その枝を視《み》ることにより、過去に起きた一部を白黒視界で見られるのだ」

「それは凄いっ」

思わず、興奮して声を出す。レムロナは目を見開いて驚くが仕方がない。

「……ありがとう。嘘でも、その反応は嬉《うれ》しい……これは、無理をしなければ、範囲にある微《かす》かな魔力の痕跡《こんせき》から魔力の追跡《ついせき》が行える。そして、その場で起きた出来事の一部を少ない時間限定だが、灰色の視界で視ることができる能力なのだ。因《ちな》みに、魔界《まかい》の魔物《まもの》を使う〈喰い跡《ガルブ・トラッキング》〉とは違《ちが》うからな、この白目は〈ラースゥンの宿命眼〉というエクストラスキルだ」

〈喰い跡《ガルブ・トラッキング》〉？　初耳だ。魔界の魔物を使うスキルがあるらしい。それに、〈ラースゥンの宿命眼〉のエクストラスキルか。物や空間に残った微かな魔力の痕跡？

超能力《ちょうのうりょく》のサイコメトリー系の能力か？　そもそも魔力とは痕跡が残るものなのかよ。微かだから、素粒子《そりゅうし》的にクォークより小さい魔力粒子が、場の量子論のように、対消滅せず、空間に残っているのだろうか？　ディラックの方程式、ハイゼンベルクの不確定性原理を用いて科学的な実験を行えば、魔力といった魔素《まそ》が、数値として見られたりするのかもしれない。

量子のゆらぎ《宇宙の種》がこの世界でもあるとしたらの話だが。

しかし、そんな能力があれば犯罪者を捕まえることは楽そうだ。

「……そのスキルで過去の現場を見たのですね」

「そうだ。お前がそこの黒猫を使い、エリボルを殺し、エリボルの娘と揉めていたところまでは、見えた。あの娘は呪《のろ》いの短剣《たんけん》を握っていたからか、様子が変だったな」

うは、そりゃ、すげぇや。というか、俺が吸魂した場面は見てないのか。よかった。アレを見たら確実に人間失格。だからな。ん、待てよ……。

俺がヴァンパイアとしての話を隠《かく》していることを、察して、ワザと言わない？

彼女はスキルで。実は一部始終を見ていて、あえて話をしていないことも考えられる。

「……なるほど。だから、俺を特定できたんですね」

まぁ、そうならそうで、無難に話しておく。

「あぁ、わたし自身にかかる負担も大きいので、本当に限定されるがな？　しかし、この話は内密にお願いしたい。これは、あくまでお前を信用し、そこにある裏帳簿のために話しているつもりだ」

細い目の中にある瞳がジロリと裏帳簿を捉《とら》える。

「はい、分かっていますよ」

「それじゃ、もういいだろう？　その帳簿を渡してもらおうか」

レムロナは俺の手にある裏帳簿を早く寄越せと言わんばかりに、前のめりの体勢になっていた。

「まだ、ですね。この帳簿を渡したとして、どういうやり方で俺を無罪に？」

「今はわたしを信用してほしいものだな……」

レムロナは若干《じゃっかん》、溜め息を吐く。だが、もう少し懸念《けねん》を話していく。

「信用できると思うからこそ交渉《こうしょう》しているんですよ。ですが、貴女の上位者である大騎士サリルはこの裏帳簿を狙《ねら》っています。俺がどうして牢獄から出られたのか、調べると思います。その関係上、レムロナさん、貴女にもサリルの疑いが向かうと思うのですが」

その俺の言葉に、レムロナは少し笑う。細い顎《あご》のラインが綺麗だ。

「はは、そんな心配は無用だ。わたしには、このペルネーテを治めている第二王子ファルス殿下《でんか》がついてくださる。その裏帳簿に記載《きさい》された数々の不正な証拠を殿下が直接見てくだされば、相手が第八位大騎士といえど、素早《すばや》く処置してくださるはずだ。それに、王子殿下にはわたしだけではない。序列第七位の大騎士がお側《そば》についている」

レムロナの他にも大騎士がついているのか。なら、平気か？

裏帳簿には王子の名前は書かれていないし、不正に関しても大丈夫と思う。

んだが、もし、頼《たよ》りない王子だったらどうしよう。

「……エリボルは王子殿下に接触はしていないのですか？」

疑問風にそう問うと、レムロナの目付きが豹変《ひょうへん》。

座りながら腰に差してある短剣を引き抜いていた。白刃《しらは》を俺に向ける。

「──シュウヤ・カガリ。あまり調子に乗るなよ。確かに、不真面目《ふまじめ》な面のあるファルス王子殿下だが、そんな低俗《ていぞく》な闇《やみ》ギルドなどに接触するわけが、ないっ！」

「──シャァァ」

黙《だま》って見ていた黒猫《ロロ》が、レムロナの大声に反応。

毛を逆立て、威嚇《いかく》の声を発した。

「──ご主人様」

「──閣下に何回も剣を向けるとは、生意気です、今度は尻《しり》を貫《つらぬ》きますよ？」

続いて、ヴィーネとヘルメも反応。ヘルメは瞬時《しゅんじ》に人型へと戻《もど》ると、そう冷たく言い放ちながら、氷礫《ひょうれき》の魔《ま》法《ほう》をレムロナの短剣に向けて放っていた。

「――ぐっ」

短剣に氷礫が衝突《しょうとつ》すると、一瞬で、その短剣が凍《こお》り付く。

持っていたレムロナの腕にまで、氷は侵食《しんしょく》した。更に、ヴィーネは腰下にぶら下がっている黒蛇《くろへび》を抜いて、その剣先をレムロナの首に当てている。

「ヘルメ、ヴィーネ、大丈夫だ。レムロナさんは王族の権威《けんい》を見せようとしただけだよ」

「はっ」

「はい」

ヴィーネは俺の言葉に反応し、レムロナの首に当てた黒蛇を独特の所作《特殊な剣術》で鞘《さや》へと納める。

彼女が仕舞《しま》った黒蛇の刀身は魔法印字の毒々しい毒緑な光を発しているから、アレで斬《き》られたくないだろうな。ヘルメも俺の言葉を聞くと、液体化。

水音を立てながら、床に液体が広がる。さっきと同様の水溜まり状態だ。

同時に、レムロナの凍った腕も溶《と》けていく。

「レムロナさん、部下が勝手な行動を取りすみません……しかし、俺を脅《おど》すのは止めておいた方がよいでしょう。気付いたら交渉相手の首がなかった……となるのは嫌《いや》ですからね」

「……あぁ、分かった」

レムロナは俺の言葉に素直に頷いていた。その目には怯えの色が見える。

少し、まずったかな？　このまま彼女の気分が害した状態はいやだ。

少し謝罪を行い、できるだけ丁寧に話すことを心がけて、

「……王子殿下を侮辱《ぶじょく》したつもりは無いのです。しかし、裏帳簿に書かれてある通り、この都市における権力者たちとエリボルは繋がりが深かった。それ故《ゆえ》、念のために王子との関係を訊《き》いて知っておきたかった……王子殿下のことは何も知りませんし、何分、粗野《そや》な冒険者の立場です。無礼は謝《あやま》りますので、この度はご容赦《ようしゃ》のほどをお願いしたい」

座りながら頭を下げる。

「いや、こちらも交渉中に武器を抜くなど失礼な態度だった、済まない」

俺が丁寧に謝ると、大騎士のレムロナも頭を下げて対応してきた。

彼女は王子に対して忠誠心が高いだけで心根はいい人のようだ。

「いえいえ、では、この裏帳簿をお渡ししたいと思いますが……」

「何だ？　まだあるのか？」

レムロナは不請顔《ふしょうがお》で聞いてくる。

「はい。この裏帳簿を手にしたレムロナさんは王子殿下にお会いになるのですよね？」

「そうだが、はっ、まさか、お前、王子殿下に会いたいのか？」

さすがに露骨《ろこつ》すぎたか？

「はい」

「……ファルス様に会ってどうする」

彼女は俺の真意を測ろうと、見つめてくる。素直に王子、王族だからなんだがな。後ろ盾《うしろだて》、いい金蔓《かねづる》になる可能性もある。後ろ盾については俺と黒猫《ロロ》だけなら必要ないが、ヴィーネ、レベッカ、エヴァという部下と仲間ができた。

彼女《かのじょ》たちに余計な皺寄《しわよ》せが行かないようにするためにも、コネを作るチャンスがあるなら利用しようと思う。

「そんな警戒しないでください。単に、王族と伝を作りたいだけ。王子殿下と接触すれば、傍目《はため》にはその王子殿下の傘《かさ》に入ったように見せかけられるはず。そうなったら、俺に対して余計な敵からの〝ちょっかい〟は掛け辛《づら》くなる……一方的な抑止力《よくしりょく》を期待してのこと。ま、分かりやすく言えば王子殿下の後ろ盾が欲しいということです」

が、懸念もある。レムロナの上司は直属の第二王子のようだし、王子の兄と思われる第一王子とか弟の第三王子、はたまた妹や姉の派閥《はばつ》争いとか、ありそうなんだよなぁ。

ま、考えすぎても、しょうがない。

「……ふっ、無礼だが、聞いていた通り素直な男だ」

聞いていた通り？　レムロナは少し笑う。綺麗な切れ長の目だ。

顔も小さいし、深紅《しんく》色の質感の髪色に、ソバカスの美人騎士も好《い》い！

「ええ、はい。そりゃ率直《そっちょく》にもなりますよ。レムロナさんのような美しい女性の前ですからね」

調子に乗って悪ノリをしてみた。

「なっ……ふんっ、それで裏帳簿は渡してくれるのか？」

彼女は自分の容姿を褒《ほ》められ慣れてないのか、照れを隠すように少し顔を横へ叛《そむ》けながらも、裏帳簿を求めてくる。頬色は赤く染まっていた。

その頬色には注視せず、レムロナが持つ鳶《とびいろ》色の双眸《そうぼう》を見ながら口を開く。

「渡します。ですが、王子殿下に報告するその場に、俺の同席は可能ですか？」

「……その場において敵対的行動を絶対にしないというなら、約束しよう」

おっ、やった。交渉成立。

「はい。お願いします。では――」

俺は裏帳簿を手渡《てわた》した。

「よし。それじゃ、殿下が住む屋敷《やしき》に向かう。わたしに付いてくる形でいいな？」

「はい」

レムロナは裏帳簿を腰にある布袋《ぬのぶくろ》に仕舞い、立ち上がると身なりを整えていた。

あの布袋はアイテムボックスのようだ。

帳簿を入れても布袋のサイズは小さい状態で変化なし。椅子から立ち上がり、

「ヘルメ、戻ってこい」

そう指示すると、床で水溜まり状態だったヘルメは、放物線を描《えが》きながら俺の左目に収まった。黒猫《ロロ》も肩《かた》にきた。レムロナは水が軟性《なんせい》を帯びて粘土風に動きつつ俺の左目に収まる姿を見て驚愕。が、すぐに嘆息《たんそく》。「異界のモノを使役《しえき》か……」と呟くと、気を取り直すよう仕草を取る。ゆっくりと、扉《とびら》前に歩き、横目で、俺を見て、

「行くぞ──」

レムロナはそう言いながら、振《ふ》り向《む》き直し、扉の取手に手をかけて扉を開けていた。

「了解《りょうかい》、先導をよろしく」

俺とヴィーネは互《たが》いに顔を見て頷き合う。直ぐにレムロナは先に部屋を出た。

廊下には兵士が歩く。俺たちには気付いていない。

レムロナが廊下を歩く。そのレムロナは太股《ふともも》付近で出した手でチョイチョイと動かす。

『さっさと来い』と指示を出してきた。俺とヴィーネは遅れてレムロナの指示に従った。

槍使いと、黒猫。

第百二十七章「第二王子ファルス」

大騎士レムロナが廊下を歩く。

赤いセミロングの髪が背中の白マントの表面を撫《な》でるように揺《ゆ》れている。

彼女の赤髪は何処かで見たことのある色合いだ。

背丈《せたけ》は小さいが、女性騎士特有の凛々《りり》しさがある。

その凛々しい女大騎士レムロナは堂々と廊下を歩く。

彼女の部下になった気分だ。廊下を歩いていると、白装束兵士と擦《す》れ違う。だが、どの兵士たちも俺たちに反応をしない。目の前を歩くレムロナに敬礼を行うだけ。

ここで大騎士サリルとばったり出会ったらどうするんだろ？

……と、心配したが、中庭に出ることができた。いらぬ心配だったようだ。中庭は巨大《きよだい》なコの字型。

表玄関《おもてげんかん》と直結した作りになっている。中央には幅広《はばひろ》い滑走路《かっそうろ》のような土道があり、その横に馬、魔獣《まじゅう》、ドラゴンが休む巨大厩舎《きよだいきゅうしゃ》が備わっていた。

レムロナは足早に厩舎《きゅうしゃ》に駆《か》け寄《よ》っていく。

厩舎の中には灰色ドラゴンがいた。ドラゴンは水を飲んでいたが、ぬっと頭部を上げた。大きいクリクリとした可愛《かわい》らしい二つの緑眼をレムロナへ向ける。

少し距離《きょり》があるが、ドラゴンは、レムロナの気配を感じ取ったらしい。

彼女が傍《そば》に来ると、ドラゴンは嬉しそうに小さい鳴き声をあげている。

レムロナは子供を見るように微笑《ほほえ》む。と、首を巻くネックウォーマーと化していた口と喉《のど》を覆う特殊マスクを装着しなおす。

「サージェス、移動するぞ」

「ギュオッ、ギュオォォ」

呼ばれた灰色ドラゴンは口を広げると、炎《ほのお》でも吐くように返事の鳴き声をあげる。

レムロナの顔下半分に装着した白布の特殊マスクが微妙《びみょう》に輝《かがや》いていた。

『あのマスクが声に反応して魔法を発動しているようです。ドラゴンとの繋がりがあるのでしょうか』

視界に浮《う》かぶ小さいヘルメがそう指摘《してき》してくれた。

『へぇ』

そのドラゴンらしい鳴き声を聞いたレムロナは、優《やさ》しい表情を浮かべながら、灰色ドラゴンの首下を労《いたわ》るように触り出す。ざらざらしていそうな皮膚を撫でていた。

撫でながらドラゴンの体《からだ》をチェックしているのかな。

灰色ドラゴンの背中には鐙《あぶみ》が付いた大きな鞍《くら》が装着されている。

金具が付いた長いベルトが、背中から胴体《どうたい》にかけて巻き付いているから頑丈《がんじょう》そうだ。

レムロナは、そんな鞍に結ぶ革紐《かわひも》と紋め金《バックル》と繋がる鉄鎖《てつさ》に解《ほつ》れがないか、チェックを行っているようだ。整備士的なレムロナ。大騎士だが、自身のドラゴンの装備は自身で調《ととの》えているのか？　鞍と鐙の確認を終えると、近くに置いてあったブラシでドラゴンの喉下を擦り出した。掃除《そうじ》？　それともマッサージの一環《いっかん》かな。

ドラゴンは気持ちよさそうな小さい鳴き声を出す。

瞼も閉じていた。やはり、マッサージか。

羽毛《うもう》が生えた顎の下を掃除&マッサージをしてもらって嬉しがっているっぽい。

このドラゴン、意外に可愛いかも。すると、

「──にゃああ」

と、黒猫《ロロ》が跳躍《ちょうやく》してドラゴンの頭部に上った。

「……すみません。黒猫が勝手に」

「はは、可愛い黒猫だな。構わん。だが空を飛ぶぞ？」

「にゃ～」

「はは、返事をしたのか。落ちないようにな」

「ンン、にゃおお」

楽しそうな黒猫《ロロ》は、ドラゴンの頭部に腹を当て抱《だ》きつく。

「そうか。面白《おもしろ》い黒猫だ。それでは、出発しようか。丁度よく、サリルが乗るビグザムも警邏《けいら》中。まだまだ下りてはこないだろう。お前たちも乗るがいい」

レムロナは乗れと言ってきた。やはりこのドラゴンに乗れるらしい。

「……分かった」

レムロナへ向けて、頷く。

「……っ」

しかし、横のヴィーネは愁眉《しゅうび》。表情が暗い。

「ヴィーネ。乗るぞ？」

「……はぃ」

長耳を萎《しぼ》ませている。明らかにテンションダウン。不安が顔に書いてあるヴィーネ。

「側にいれば大丈夫だ」

と、元気付けてから、先に灰色ドラゴンの背中に飛び乗った。

「俺《おれ》に掴まっとけ」

「はい」

ヴィーネのほうへ手を伸ばす。

「こい」

「はっ」

何か決意したような表情を浮かべたヴィーネは俺の手をしっかりと握《にぎ》ってきた。

彼女の身体を引き上げ抱き寄せる。それにしても足下《あしもと》の鞍は大きい。

鞍に備わるストラップはドラゴンの成長に合わせて結び目が幾《いく》つも作ってあった。

高級な革《かわ》だと分かる深い座部はクッション性能が優《すぐ》れていそうだ。

レムロナも大きな鞍の前側に乗り込んでくる。

そのまま先頭に立つと、俺たちの方に振り向いて口を開いた。

「そこの横下の革紐に足を引っ掛けろ。足を固定するバックルもある。不安ならその脇《わき》にある長い革紐で腰を結べば、更に安定するからな」

レムロナに指示された通りに足を革紐に引っ掛けてから、

「長紐か」

「はい」

長紐を腰に結んだ。ヴィーネも結ぶ。

俺とヴィーネが飛び立つ準備をしている間にも、黒猫《ロロ》は灰色ドラゴンの顔や後頭部をぺちぺちと触手《しょくしゅ》を使い叩いてイタズラをしている。

「ロロ、戻ってこい」

アホな行動を止めさせるために、呼びつける。

「ンンン、にゃお」

黒猫《ロロ》は何食わぬ顔付きで、俺の肩に上ってきた。

たっく、ま、可愛いから叱《しか》らないけどさ。でも、意外に温厚《おんこう》なんだな。この灰色ドラゴン。顔付きから、ポポブムの姿を思い出す。大人しくてよかった。

「それじゃ準備はいいか？　空へ上がるぞ」

レムロナは手綱《たづな》を握りながら、俺たちに注意を促《うなが》す。

「どうぞ」

「……ハイ」

ヴィーネは俺の腰へ両手を巻きつけて抱き付く。腕に力を入れていた。

その身体は少し震えてる。安心させるようにキツく抱き締《し》め返してやった。

「サージェス、出発だ」

「ギュオッ——」

レムロナは手に握る手綱のロープを引っ張ると同時に、灰色ドラゴンに指示を出す。

ドラゴンが勢いよくグイッと前に歩き出す。白の九大騎士《ホワイトナイン》専用の意味があるようなドラゴンを模倣した屋根が目立つ大きな厩舎から脱した。

身体が一瞬、ぎゅっと後方へ持っていかれる。

灰色ドラゴンはドシドシと躍動《やくどう》感のある広い足幅《あしはば》で歩く。次第《しだい》に、ぐいぐいと頭部と胴体が前にズレてしまうような動きを繰《く》り返《かえ》すと走り出した。

滑走路のような長い通路を走る灰色ドラゴン。この機動は体感したことがない。

相棒とは、また少し違って面白い——灰色ドラゴンのサージェスは、大きな翼《つばさ》を横へ広げると、ドアッとした空気圧を下から感じて、一瞬、足下が浮く。

サージェスは跳躍したようだ——空へ飛び上がった。

空中で左右の一対《いっつい》の大きな翼が羽搏《はばた》くと、もう、空を飛んでいた。

「屋敷はすぐだ」

レムロナの言葉通りに、もうドラゴンは降下を始めていた。

貴族街の東にある広い土地と一瞬《いっしゅん》分かっただけか。

隣《となり》のエリボルの屋敷が見えたところで、ドラゴンは下降しながら鳴き声をあげる。

そのまま大屋敷《おおやしき》の真ん中の厩舎の近くに太い足で着地。

その足場はヘリポートのようにエンブレムマークがあった。

サージェスこと灰色ドラゴンが降りた厩舎にはもう一頭の別の灰色ドラゴンがいた。

その灰色ドラゴンは、戻ってきたサージェスに挨拶《あいさつ》。鳴き声を上げている。

「到着《とうちゃく》だ。降りろ」

「了解」

腰に巻いた革紐を解く。強張《こわば》って震えていたヴィーネの腰を結ぶ紐も解いてあげてから、そのヴィーネを抱っこするように地面へ降りた。彼女の温《ぬく》もりがさり気なく嬉しい。

ヴィーネは地に足をつけると、少しふらついている。

「大丈夫か？」

「はい、すみません……」

彼女の手を握り背中をさすってやった。ロロディーヌに乗って空を飛んだ経験のあるヴィーネだが、ドラゴンは初騎乗《きじよう》だし高いところが苦手だ。仕方がない。

レムロナは速《すみ》やかに手綱を離《はな》す。鞍から跳躍し地面に着地。腕を泳がせ、

「――こっちだ。ついてこい」

と言うと、大屋敷に向かう。

あの態度は女性の騎士らしい華《はな》やかさがある。

颯爽《さっそう》と歩く後ろ姿に目が引き寄せられたが、今は周りを確認《かくにん》。

厩舎の前には立派な石道がある。大屋敷の庭園らしい綺麗な芝生《しばふ》もある。

青い光を発した石灯籠《いしどうろう》のミニタワーもあった。

エリボルの屋敷の庭にも、同じようなアイテムが大量に設置されていた。

大屋敷の外観はさっきの【白い九大騎士】の屋敷と似た造り。

ただ、使われている建材が違う。大理石と高桧のような高級木材風か。

屋根の軒《のき》には、王族の紋章《もんしょう》の意匠《いしょう》された瓦《かわら》の飾《かざ》り物《もの》が見える。

あの紋章、【白い九大騎士】の屋敷の地面にも刻まれてあった。

王冠《おうかん》を被《かぶ》る人物が従えた竜《りゅう》を操る絵柄《えがら》が立体的に造形されている。

外観から、ここが王族の大屋敷だと分かる。では、俺が初めてこの巨大都市にきた際に見えた、貴族街の異常に敷地《しきち》が広い丘《おか》の上にそそり立っていた城には、だれが住んでいるのだろうか。あの際立った城は、どう考えても、この巨大都市を支配する権力者が住んでいるようにも見えたが……王様の別荘《べっそう》とか？　謎だ。そんなことを考えていると、巨大な盾オブジェを発見。

魔力《まりょく》を内包している巨大な盾、巨人《きょじん》でも住んでいるのか？

盾には、王家の紋章が刻まれている。オセベリア王国第二王子の独自なモノだろうか。

見学をしながらレムロナの後ろを付いていくと、赤髪の彼女は大扉の前で待っていた。

そのレムロナは胸を張る。

「……ここがオセベリア王国第二王子ファルス殿下のお屋敷だ」

真剣《しんけん》な表情を浮かべながらの紹介《しょうかい》だ。

「分かった、粗相《そそう》がないよう心がけるつもりだが、俺は粗野な冒険者《ぼうけんしゃ》だ、フォローを頼《たの》む」

「……ふ、少々嫌みに聞こえるぞ？」

と、レムロナは、微笑みながら細い手を大扉に当て、押《お》し開《ひら》く。

微笑んでいた彼女の言葉だが、若干の緊張感《きんちょうかん》が感じられた。

入った内部は広い部屋。

天井《てんじょう》には大鷹《おおたか》をモチーフとした硝子《ガラス》の光源があった。特殊照明か。綺麗だ。

床《ゆか》はニスを塗《ぬ》ったばかりのような、艶《つや》のある高級木材が敷《し》かれている。

少し先に衛兵だ。彼《かれ》らは白色の防具ではない。

上にアークウイバス・アーマーにも似たクロスアーマーを装備し、青と赤の半々色のスリットが入ったホーバークを下に身に着けていた。

その衛兵たちの奥《おく》に赤色の小さい壇《だん》がある。その壇上に玉座があった。

ここは謁見場《えっけん》らしき大広間。レムロナは衛兵に挨拶。頷《うなず》くと、衛兵は素早い所作で敬礼。

レムロナは衛兵を無視。脇の通路を進んだ。俺とヴィーネも続けて通路を歩く。

赤茶色の絨毯《じゅうたん》が敷かれる長い通路。その両壁《りょうかべ》には調度品が飾る。

そんな幅広の通路を進むと、廊下《ろうか》の幅《はば》より大きい大扉が見えた。

大扉の前には白甲冑《かっちゅう》姿の大男が門番のように立っている。

近くの壁に長柄《ながえ》の槍《やり》武器が立てかけてあった。

その槍を注視。矛《ほこ》の横に月の形の片刃《かたは》が付いた穂先《ほさき》。青龍戟《せいりゅうげき》か。

穂先の下の大刀《たち》打部分に纓《えい》の紐束と布が巻き付けてある。

布に記された絵は、可愛らしい猫《ねこ》の姿だった。このゴツイ大男用と思う槍だが……。

似合わない。彼も口元と喉が白布で覆われている。

白甲冑の右胸にあるマークは、サリルやレムロナと同じマーク。

彼も大騎士の一人か。レムロナはその大騎士に近寄っていく。俺たちも付いていった。

ついでに大男の大騎士を注視。刈《か》り上《あ》げた髪型《かみがた》で、髭《ひげ》も生やしている。

全体的に白髪《しらが》が目立ち、横広な顔には切り傷の痕《あと》が多い。

サリルも背が高かったが……比べ物にならない。

大騎士はアメフト選手のように分厚い胸板《むないた》を持つ。大男でありゴリラ顔だ。

そのゴリラ顔の大騎士はレムロナを見ても、岩のように動ぜず。

俺とヴィーネをしげしげと見つめてきた。

「レムロナ、今の時間は大騎士サリルと空中警邏の時間のはずだが」

「はい。ガルキエフ殿《どの》、殿下に火急の知らせがあるのです」

この大男がガルキエフか。雰囲気《ふんいき》的にロシア、ウクライナ系の名前だ。

「火急だと？　そこの二人と関係する物なのか？」

ガルキエフは太い眉《まゆ》を動かしながら目を見開く。

「そうです。一刻を争うので、通させてほしいのです」

「……分かった」

ガルキエフはレムロナの表情を見て判断したらしい。

体格に似合わない素早い動きで、横に退く。

「では――」

レムロナはガルキエフに向かって、丁寧《ていねい》に一礼。大扉を開けて中へ入った。

俺たちも大男の大騎士へ向けて頭を下げてから大扉を潜《くぐ》りレムロナに続く。

入った部屋は王族が住むに相応《ふさわ》しい部屋だった。

空間的には広くも狭《せま》くもないが、置かれた物の質が明らかに他と違う。

白布のテーブルクロスが合う高級木材の長机。椅子《いす》も綺麗だ。

高級の長机の上には、見たことのないフルーツ類を盛った銀製の大皿と銀製の蝋燭《ろうそく》台が等間隔《とうかんかく》に並ぶ。極彩色《ごくさいしき》豊かな大小様々の魔石《ませき》がフルーツのように転がっていた。

迷宮産《めいきゅう》以外の魔石もありそう。しかし、お菓子《かし》と間違《まちが》えそうな魔石もある。

巨大な菱形《ひしがた》の大魔石と怪物《かいぶつ》の形をしたフィギュアの極《きわ》めて大きい魔石もあった。

小さい冷蔵庫と扇風機《せんぷうき》のような機械もある。冷蔵庫と扇風機はブラックメタルの金属。

魔石を納めるソケットが前部に付く。

猪目《いのめ》の壁細工が綺麗な壁の下には、大きな硝子ケース付きの台座もある。

硝子には薄《うつす》らと霧状《きりじょう》の魔《ま》法陣《ほうじん》が浮かぶ。

その特殊な硝子台座の中に、巨人の指、魔力の渦《うず》を内包した半透明《はんとうめい》のブロック体、魔眼《まがん》が付いた金色の方盾、ラーガ・ラージャの三目六臂《ろっぴ》のフィギュア、銀色の百足《むかで》が住み着いた虹色《にじいろ》の頭蓋骨《ずがいこつ》、血が染《し》み出《で》ている魔剣《まけん》、髑髏《されこうべ》の影《かげ》が穂先に浮かぶ骨槍、貴族風の旗が付いた魔槍《まそう》、など。高そうで曰《いわ》く付《つ》きなマジックアイテムが仕舞われてある。

あ、あの時の呪いの短剣もあるじゃんか。

『閣下、あれは……』

『あぁ……こんなのを回収するとは悪趣味《あくしゅみ》にもほどがある』

『はい』

エリボルの娘《むすめ》が持っていた短剣。蟲に取《と》り憑《つ》かれた原因と思われる……あんな危ないアイテムまでコレクションにするとはな。蟲の絵柄が嫌だ。視線を逸らし壁を見た。

壁にも高級な絵画があった。魔力の篭《こ》もった骨の戦士の絵だ。

骨の戦士は頭部と肩に印がある。血塗《ちまみ》れの片腕《かたうで》と黄緑色の片籠手《かたこて》が握る長剣《ちょうけん》が格好《かっこ》いい。赤黒い塊《かたまり》の何かを追っている骨の戦士。何か、物語を秘《ひ》めたダークファンタジーの絵柄だ。なんだろうか、凄《すご》く惹《ひ》かれる……額縁《がくぶち》の形からして、魔法絵師が装備できる代物《しろもの》？

油絵の肖像画《しょうぞうが》のほうは若い人物。魔力があるが、これは王子？

小隊を率いて鹿狩《しかが》りを行う模様の油絵もある。これも隣の肖像画と似た人物が中心に居た。やはり王子か。まだ若い人物のようだ。部屋の隅《すみ》には眩《まぶ》しく光った柱の光源がある。

部屋は非常に明るい。あの柱も魔道具的な物か。

ダークエルフの地下都市で似たような魔道具があったような気がするが……。

シャルドネの屋敷にはなかった。地上では見たことがない代物だ。

レムロナにとっては珍《めずら》しくない光景だからか、この如何《いか》にも王族が住むに相応しい特別仕様の豪華《ごうか》な部屋には一切《いっさい》目をくれずに奥へ向かう。しっかし……珍しい物だらけだ。

武器防具も魔力が備わる物。

槍は片鎌槍《かたかまやり》、鉤槍《かぎやり》、十文字の穂先もある。

弓は、複合弓、和弓も、大弓は和弓か。一見は戦国風だが、カーボンファイバーっぽい部品もあるから、迷宮産かな。兜類《かぶと》は、銘見《めいみ》の穴が露出《ろしゅつ》した戦国時代風の兜、片籠手に鎧《よろい》と馬用の鐙も何個もあった。部屋の観察を続けながら……。

ゆっくりと歩いて彼女の後を歩いていく。

「……ロロ、肩から動くなよ。大人しくな」

「ンン」

喉声のみの返事。すると、ベッドルームから歩いてくる人物がいた。

「おっ、レムロナではないか。どうしたのだ？」

「はいっ、ファルス殿下」

彼が王子か。レムロナは如何にも王子らしい金髪《きんぱつ》の青年に向け頭を下げていた。

その王子に近寄っていく。王子の背後に馬のような魔法的な動物が居る。

相棒もその馬を注視。魔法の馬は背景の中に消えるように透明になって消えていく。

王族専用の守護獣《しゅごじゅう》とかだったりして。

「実は……」

「ん、後ろの男と女は、何だ？」

レムロナが重々しい話をしようとした時、王子は俺とヴィーネの存在に気付く。

一応、怪訝《けげん》そうに見つめてくる王子に向けて、頭を軽く下げておいた。

ヴィーネも同様な態度を取る。

「殿下、後ろの者たちはわたしの協力者です。ですが、ここはまず、この帳簿《ちょうぼ》をご覧ください」

レムロナは慇懃《いんぎん》めいた態度だ。

真剣な表情を浮かべながら腰《こし》に付いてる袋《ふくろ》から裏帳簿を取り出す。

王子へ裏帳簿を手渡していた。

「ほぅ、レムロナが珍しく難しい顔だな。どれ……ん、なっ!? こ、これは、ぬぅ」

王子はまだ二十歳《はたち》を過ぎたぐらいだろうか。金髪青目の彫《ほ》りが深く鼻が高い、中々のイケメンだ。そんな整った顔を持つ王子が裏帳簿を見ていくと……怒《おこ》ったのか顔を歪《ゆが》ませていく。歯を剥《む》き出《だ》し、歯軋《はぎし》りを繰り返す。裏帳簿の端《はし》を握る手が力んで、裏帳簿の端を歪ませる。羊皮紙を破りそうになっていた。

「……これを上手《うま》く使えば、一応は兄さんと弟の派閥関係にも楔《くさび》を打てる。しかし、わたしの警護を司《つかさど》る、白の大騎士の一人が不正を繰り返していたとはな……嘆《なげ》かわしい」

王子の怒《いか》りが込められた言葉を聞いたレムロナは、その場で片膝《かたひざ》を突《つ》く。

「……殿下、申し訳ありません」

王子に謝っていた。しかし、兄さんや弟の派閥か。

やはり当初の予想通り、第一王子と第三王子がいるようだ。

しがらみは何処《どこ》にでも存在する。

「立て、レムロナが謝ることではない」

「はい」

「お前は悪くない。むしろ真面目《まじめ》過ぎるぐらいだ。これは不正に手を染めた大騎士サリルが悪いのだからな。ひいては、わたしも疑われる。名目上は、わたしの護衛大騎士でもあるのだから……この裏帳簿が違《ちが》う形で、世にでていれば、わたしも責められていたであろう」

レムロナは王子の言葉に頷き、

「そうですね。公爵《こうしやく》の手に渡《わた》っていたら大変なことになっていたでしょう」

サリルは獅子《しし》身中の虫と同じか。

「お前に救われたな。でかしたぞレムロナ」

「ははっ、勿体《もつたい》なきお言葉」

「よし、ガルキエフっ！」

王子は大声で、部屋を守っていた大騎士を呼び寄せる。

呼ばれたガルキエフは、床をノシノシと軋《きし》ませる勢いでこっちに走ってきた。

ガルキエフは大柄《おおがら》なので身に着けている胴体甲冑《どうたいかっちゅう》がやけに重そうに見える。

両腕《りょううで》には防具はないが、そんな全身からは魔力が溢《あふ》れるように漏《も》れていた。

特に足、脚甲《きゃつこう》の辺りに魔力が溜《た》まっている。魔闘術系は使えるようだ。

だが、このガルキエフ、魔力がだだ漏れだ。

魔力操作には才能が無いのか、何かの理由がありそう。見た目通りな戦士系で、魔力操作が苦手とか？　そんなガルキエフは王子の前で頭を下げていた。

「……閣下、お呼びでしょうか？」

「大騎士サリルを、今を以《もっ》て罷免《ひめん》とする」

ガルキエフは突然《とつぜん》の大騎士の罷免という言葉に困惑《こんわく》したのか。眉を顰《ひそ》めて、王子を見た。

「なっ――ハッ、ですが、いきなり大騎士を罷免？　それはどういうことでしょうか」

ガルキエフの言葉に王子は頷いてから答える。

「レムロナが、大騎士サリルを含《ふく》め、多くの貴族が不正な取り引きを行っているという重大なる証拠《しょうこ》を手に入れたのだ。しかし、他の貴族たちを責める前に、わたしの護衛が不正したとなっては、逆にわたしの管理能力が問われかねない。だから、先んじて動く。サリルならばすぐにでも我々だけで捕《つか》まえることが可能だ」

「……分かりました」

ガルキエフは王子の言葉に納得《なっとく》したのか、王子へ向けて、敬うように頭を下げてから返事をしている。

「ガルキエフ、肝心《かんじん》のサリルは、今、何処にいる？」

「空で警邏行動を取っている頃合《ころあ》いかと、思われます」

「そうか。すぐにここに戻ってくるのだな？」

「はい」

ガルキエフは頷く。

「それではサリルがここに到着次第《とうちゃくしだい》、捕《と》らえるとして……正式に命令を処することにする。──ファルス・ロード・オセベリアの王族に連なる名において、ここに命じよう。序列第七位大騎士ガルキエフよ、序列第九位大騎士レムロナと共に、サリル・ダラー子爵《ししゃく》を捕まえるのだ」

「──はっ」

「畏《かしこ》まりました」

王子は気合いを入れた口調だ。金髪を少し揺らしながら手を横へと真《ま》っ直《す》ぐ伸《の》ばす。

命令を聞いたレムロナとガルキエフは、同時に頭を下げて、了承《りようしよう》していた。

「それと、レムロナ。そなたの後ろにいる者たちは協力者と言っていたが？」

王子は俺とヴィーネに興味を持ったのか、レムロナに詳《くわ》しく説明しろと暗に示す。

「はい。背の高い男の名はシュウヤ・カガリ。一見すると、普通《ふつう》の冒険者でありますが、現在、裏社会の実力者たちから噂《うわさ》の対象となっている人物であり、様々な渾名《あだな》が付けられている〝槍使い〟です」

渾名がついているのは知らなかった。

レムロナに紹介されたので、一応名乗っておくか。丁寧に挨拶しよう。

「――王子殿下《でんか》、お見知り置きを、横にいるのがわたしの従者ヴィーネです」

「……」

ヴィーネは喋《しやべ》る必要は無いと思ったのか、黙《だま》って頭を軽く下げていた。

「……冒険者か。レムロナが雇《やと》っていたのか？」

王子は綺麗《きれい》な青い目で、レムロナをジロッと睨《にら》む。

「……はいっ、勝手な真似《まね》をしてすみません」

レムロナは少し間を空けてから謝っていた。王子の文言にも否定を挟《はさ》まないし、あくまでも、俺を雇っていたことにするつもりらしい。

彼女は俺との取り引きをしたことは自分の胸の内だけで、終わらすつもりのようだ。

「なるほど。もしや……お前の優秀《ゆうしゅう》な妹と繋《つな》がりか？」

優秀な妹？　レムロナに妹がいるのか？

「あ、は、はい」

レムロナは少し焦《あせ》った顔を浮かべると、頷いて答えていた。

王子はその微妙な変顔を浮かべるレムロナの顔を見て、何かを悟《さと》ったのか、にんまりと笑顔《えがお》を返すと、俺に視線を合わせて口を開く。

「……この者たちをレムロナが雇っていた。ということは、だ。わたしがこの者たちの雇《こ》用主《ようぬし》ということになる。冒険者のシュウヤとやら、このエリボル・マカバインの裏帳簿を手に入れるのには苦労をしたのではないか？」

王子は嬉々《きき》とした表情だ。

ま、多少の嘘《うそ》を混ぜる形で彼女に合わせて報告する。

「……いえ、殺ることを殺り、レムロナさんの〝協力〟ついでに手に入れたような物です」

「……おぉ。ついでとは優秀なのだな。ところで、――その協力についての件なのだが……雇い主として、報酬《ほうしゅう》を出そうと考えている。何か、わたしに望む物はあるか？」

報酬をくれるのか。だが、それより、王子とレムロナがそれなりに通じているのは本当のようだ。王子は俺との話の途中《とちゅう》で、チラッとレムロナに視線を向けてからの協力と言った言葉に、何か、皮肉が込められている感じがした。

『お前が、どのように裏帳簿を手に入れたのか。大体は把握《はあく》しているのだぞ』

的なことなのかも知れない。ま、妄想《もうそう》したところで、俺にはどうにもならないが。

報酬は王子と会うことで満たされているので、断る。

「……報酬はお断りします」

「望まずに断るのか。お前は欲が無いのか？　殊勝《しゅしょう》な奴《やつ》だ」

王子はそう言うが、少し睨むように俺を見る。

逆に金を要求した方が、王子は安心するのかな？

王子の……プレッシャーに負けたわけじゃないが、少し、本音を言うか。

「もう報酬は既《すで》に受け取りましたので」

俺の言葉に、王子は困惑する顔を見せる。

「ん、それはどういうことだ？」

「わたしは、まだCランクの冒険者。王子殿下とこうして出会い会話すること自体が、大変な報酬なのです」

真面目ぶって、笑顔でそう語ってやった。

「ふっ、ははは、わたしと会うことが報酬か。面白い奴だ。しかし、謙虚《けんきょ》なのは良くないな。たとえ、Cランク冒険者といえど、この〝レムロナ〟がわたしに会わせようとする冒険者なのだ。まず、普通ではありえない。きっと、槍使いという渾名からして〝手練《てだ》れ〟なのだろう？　どこの流派かは知らぬが、最低でも免許皆伝《めんきょかいでん》、王級クラスの実力、或《ある》いは、八槍神王何位かは知らぬが、その愛弟子《まなでし》とか、違うか？　レムロナよ」

王子はレムロナに話を振っていた。

レムロナはヴィーネのように冷然とした口調で語りだす。

「――さすがはファルス殿下。読みが鋭《するど》い。しかし、このシュウヤ・カガリという人物が扱《あつか》う槍武術を実際に、この目で見たわけではないのです」

「何、ではどうして連れてきた？」

王子は俺とヴィーネを見定めるように見つめてくる。

「はい。ですが、シュウヤ・カガリが使役する得体の知れない〝何か〟によって一方的にわたしは組《く》み伏《ふ》せられました」

「――何だとっ、序列最下位といえど、大騎士が負けたというのか……」

王子は小さい声で悔《くや》しそうに呟《つぶや》く。

国の高級武官的な存在が負けたことが、少し、ショックだったようだ。

「はい。不覚ながら、負けました」

「……低ランクにも逸材《いつざい》は存在すると聞いたことがあるが」

王子の青い目が輝く。

「そうですね。彼は冒険者ランクCであり、竜殺しの称号《しょうごう》を持っているのも事実。そして、敵対した闇《やみ》ギルドを壊滅《かいめつ》に追いやり冒険者の仕事を無難にこなすのも事実です。その実力は本物でしょう。更《さら》には従者のヴィーネ、肩に乗っている使い魔と見られる黒猫。この者たちも普通ではないと判断しました。……身内の密偵《みってい》からの情報を整理した私的な意見ではありますが、この、シュウヤ・カガリは尋常《じんじょう》ではない強さを持ち、なおかつ、人を判断する力に長《た》けているのは間違いないかと」

レムロナが俺について語る様子は、考察を何回か繰り返したようなニュアンスだ。

【白の九大騎士《ホワイトナイン》】部屋で彼女《かのじょ》に質問されていた時を思い出す。

「……珍しい。あのレムロナがここまで、褒《ほ》めるとは」

王子は感心感心というように呟く。

側で見ていたガルキエフも自らの太い眉をピクピクと動かし反応を示すと、俺の全身を舐《な》めるように見つめてきた。ゴツイ、ゴリラ顔の真剣な視線は少し怖《こわ》い。更には、肩《かた》で休む黒猫《ロロ》にも血走るような視線を向けていた。黒猫《ロロ》への熱い眼差《まなざ》しを受け止めたガルキエフは、俺を見て、身を乗り出して相好を崩《くず》すように、ゴリラ顔を破顔させる。

「……それほどの槍使いなのか。是非《ぜひ》ともにお手合わせを願いたいものだ」

と、俺にアピールをしてきた。そのままガルキエフは、意味が分からんが、腰をまげてマッスルを意識した。防具がない両腕で力瘤《ちからこぶ》を作るように独特の筋肉ポーズも取っている。

『閣下、あのポーズは新しいですっ』

小型ヘルメちゃんが踊《おど》るように視界に現れる。

興奮しているのか、お尻《しり》をぷりぷりさせながら指を伸ばしていた。

『そ、そうか』

『……お尻は硬《かた》そうですが、参考になります』

……ヘルメさんは何処にいこうとしているのやら。

「はは、早速《さっそく》目をつけたか。前線から退いたとはいえ、〝王国に槍の武人あり〟と呼ばれていた頃《ころ》の血が騒《さわ》いだか。ガルキエフ、お前は八槍神王第二位セイ・アライバルの門派で、主流派と呼ばれる王槍流の槍使いであったな」

王子はガルキエフを武人と評している。確かに見た目は三国志《さんごくし》に出てくる有名武将である張飛《ちょうひ》や馬超《ばちょう》のように戦場で槍働きをしそうなイメージはある。

「はい。王子殿下の手前ではありますが、この、竜殺しであり槍使いであるシュウヤ殿に少し興味を持ちました」

「構わん。どうだ、シュウヤとやら、大騎士と軽く一戦交えてみるか？　ガルキエフは強いぞ？」

王子は機嫌《きげん》よく気軽そうに笑いながら話す。いやだな。槍の武術に興味はある。が、美人なレムロナならいざ知らず、マッチョな野郎《やろう》と絡《から》みたくない。無難に躱《かわ》しとこう。

「すみません。わたしは冒険者ですので、お断りします」

俺の言葉を聞いた王子は、

「そうか。残念だ」

と、あからさまにつまらなそうな興醒め顔を作った。一方、ガルキエフのほうは、沈黙したまま武人らしく身を退いていた。その所作は洗練されている。初見とかなり違う、魔闘術の操作も良くなった、何かの訓練のためにわざと魔力を乱雑に体から出していた。そして、今の態度は、『別に振武を出さずともいい』という意思表示かな？

ま、大騎士ガルキエフは強者の槍使いなことは確かだ。

俺とガルキエフの戦いが見たかったであろう王子は、

「……つまらんな。しかし、本人がそう言うのであれば、仕方あるまい。だが、報酬の件は却下《きゃっか》だ。会話をするだけで満足されたのでは、わたしの面目《めんぼく》が立たないからな」

王族だからな、そりゃそうか。ここは頷いて納得しとく。

「はい」

「よって、報酬は個人的に契約《けいやく》を結ぶ。という形でどうだ？」

俺と契約？

「……礼儀《れいぎ》を知らぬ冒険者ですが、よろしいので？」

「構わん。シュウヤが冒険者だからこその契約の話だ。この迷宮都市で生活をしている冒険者なのだから当然の如く、お前もパーティかクランを組み、迷宮に挑《いど》んでいるのだろう？」

「はい」

「ならば契約をしたい。わたしは迷宮で見つかる珍品《ちんぴん》、高級、伝説、神遺物、等々の特殊《とくしゅ》な物を集めるのが好きなのだ。呪《のろ》いの品も集めているくらいだからな。そこの部屋にあった珍しき物はシュウヤも見ただろう？」

王子は視線で前の部屋を見つめて、視線を誘導《ゆうどう》している。

確かに、色々と珍しい物が陳列《ちんれつ》してあった。

高級貴族の趣味《しゅみ》は似たり寄ったりが多いらしい。友の、ホルカーバムの領主も珍しい物を集めていたし。悪趣味なモノは理解できないがその気持ちは分かる。未知なるお宝は見たいし、強烈《きょうれつ》な魔槍的な物があれば、俺も欲《ほ》しくなるかもしれない。

「……はい。確かに。それで契約とはどのように？」

「シュウヤが迷宮で手に入れた珍しい物をわたしに買い取らせて欲しいのだよ。年末の地下オークションで出品されるような物を手に入れたのなら、そのオークションに出すより儲《もう》けさせてやるぞ」

王子は満面の笑みで語る……地下オークションか、俺が出席予定のイベント。

やはりこの都市を治めている王子。知っているか。

もしかして、王子様も出席するのかな。利用地下と銘《めい》打《う》っているし。実は国の公認《こうにん》とか？

いや、その可能性は低いか。侯爵《こうしゃく》のシャルドネもそれらしき言葉を言っていた。

表だって大々的に利用するなら、もっと違う名前のはずだ。

だとしたら、地下オークションには、王族、公人としての立場ではなく、隠《かく》れてお忍《しの》びとして参加かな。だが、迷宮で、そのようなお宝が手に入るかは未知数。

しかし、ここは彼の話に乗った方がよさそうだ。

王族のスポンサーが付く。大金持ちに間違いないだろう。

「……分かりました。珍しい物を手に入れた際は、王子殿下に見てもらいます」

「契約は成った。シュウヤ・カガリ。お前の可能性に期待しているぞ」

「はい」

頷いて了承。王子は更に話を続けた。

「因《ちな》みに、わたしとの契約を履行《りこう》しているクランは他にもいるからな?」

えっ、他にもいるのか。

「そして、わたしは迷宮都市では大きなパトロンとして有名だ。迷宮に挑むクランからの売り込みも多い。普通のクランでは、まず、わたしと契約を結べない。六大トップクランの中でも断ったことがあるくらいだ。だから、こそ王子であるわたしと、差しでシュウヤが契約を結ぶというのは、今回の報酬として十分であると考えてくれ」

なるほど……そりゃ十分だ。

「はい。ありがとうございます」

「よし、この契約は口頭のみとする。ここにいるわたしの護衛たち大騎士レムロナと大騎士ガルキエフが証人となろう。皆《みな》、良いな?」

「分かりました」

「はい」

「しかと、見届けました」

レムロナとガルキエフもそれぞれ了承していた。

「では、冒険者シュウヤよ。また会おうぞ。――ガルキエフ、レムロナ、そちたちは先ほどの命令をこなせ。わたしは奥に戻《もど》る」

王子は早口に言いくるめると、踵《きびす》を返して奥にあるベッドルームに戻っていた。

「「ははっ」」

ガルキエフとレムロナは連続して王子に頭を下げる。

よし、王子との伝も作れたし、これからも冒険者として活動はできる。

ヴィーネと黒猫《ロロ》を連れて帰るか。

今後の大騎士サリルを捕まえて、裏帳簿に記された貴族とのやり取りを攻《せ》めるのは、彼らの仕事だからな。貴族の粛清《しゅくせい》に、陰《かげ》からの執行《しっこう》人的な仕事をイケメンな王子に頼まれても断るつもりだ。レムロナに直接頼まれたら考えるが。

第百二十八章「先んずれば人を制す」

レムロナに挨拶してから帰るか。

当初の約束通りに、王子と会わせてくれたからな。

「レムロナさん。俺《おれ》たちは帰りますね」

赤髪《あかがみ》のレムロナへ向けて、笑みを浮かべて話す。

「では、玄関口《げんかんぐち》まで送ろう」

レムロナも笑顔で反応してくれた。彼女は律儀《りちぎ》にも、送ってくれる。

「……では、わたしもサリルの出迎《でむか》えがあるので、外までご一緒《いっしょ》させて頂こう」

胸幅《むねはば》の広い、筋骨たくましいガルキエフも付いてくるらしい。

「はい」

と、ガルキエフに頭を軽く下げて了承。

ガルキエフとレムロナは互《たが》いに頷くと、廊下に向かって歩いていく。

サリルは、空の見回りを終えたら直でここに来るのかな？

あいつは俺が牢屋《ろうや》に囚《とら》われていると思っているだろうし、サリルが用心深い性格なら牢屋にいる俺を確認して、居ないことに気付くかもしれない……。

サリルの行動予測をしながら二人の大騎士《だいきし》と共に豪華な部屋から外に出た。

その時。幅広《はばひろ》の通路先から背の高い男が歩いてくるのが見えた。

おっ、サリルじゃん。大騎士サリルがこっちのほうに歩いてくる。

タイミングがいい。あいつは用心深くは無かったようだ。

彼は裏帳簿を握《にぎ》っていると思われる俺を牢屋にぶちこんで安心したのかもしれない。

すると、サリルの姿に気付いた大騎士ガルキエフが、すぐに行動に出る。

ガルキエフは太い筋肉質が目立つ腕《うで》を、大扉《おおとびら》の近くに立て掛《か》けてあった青龍戟に勢いよく伸ばし、その槍を掴《つか》み取ると素早《すばや》く反転。もう前進している。

大柄のくせに動きが速い。レムロナも先に動いたガルキエフをフォローするように横後ろから前へ駆《か》けていく。彼らの動きを確認しながら〈隠身《ハイド》〉を発動。

スキルを維持《いじ》した状態で、廊下の壁の陰に隠れた。

ヴィーネも俺の後ろにぴったりと付いた状態だ。

「にゃ？」

肩の黒猫《ロロ》が隠れるのかニャ？　的な反応——今は静かに。

その黒猫《ロロ》へ向けて、自分の唇《くちびる》の上に人差し指を縦に置く。

シーっと黙れと、ジャスチャーポーズ。黒猫《ロロ》は俺の意思が伝わったのか、肩から床に降りて、自らも隠れるように体勢を低くして耳を少し凹《へこ》ませる。

その可愛《かわい》い仕草に思わず抱《だ》き締《し》めたくなるが、今は我慢《がまん》して大騎士たちの様子を探《さぐ》る。

壁の溝《みぞ》からちょこっと頭を表に出して、先を覗《のぞ》いた。

ついでに、右目の横、カレイドスコープのアタッチメントを触《さわ》り起動。

右の視界にフレーム表示が加わっていく。

大騎士たちの姿をチェック。まずは、ガルキエフのカーソルを拡大。

足元からレーザー照射していくようにスキャン。魔法《まほう》の甲冑だろうが透《す》けていった。

このスコープで視《み》る生命体は魔法の品を身に付けていようが関係無くスキャンは進むようだ。ガチムチの肉体と内臓がまるわかり。結構鍛《きた》えていると分かる。

炭素系ナパーム生命体rc-##2
脳波：安定
身体：正常

性別：男
総筋力値：20
エレニウム総合値：３５７
武器：あり

スキャンは一瞬《いっしゅん》で終わり、表示される。
見た目通り、総筋力値が凄い。次にレムロナもチェック。

炭素系ナパーム生命体qα-d##4
脳波：安定
身体：正常
性別：女
総筋力値：10
エレニウム総合値：４２１

武器：あり

炭素系ナパーム生命体の後の数字はどんな具合で決められているんだろ、遺伝子的な物をこの文明レベルの機械が分析《ぶんせき》して表示をしているのかな？

エレニウム総合値が多く筋肉が少ない。

彼女は背が低く、スマートだ。最後はサリル。

炭素系ナパーム生命体ga##1
脳波：安定
身体：正常
性別：男
総筋力値：13
エレニウム総合値：341

武器：あり

やはり、皆、大騎士か。エレニウム総合値が高い。カレイドスコープで大騎士たちの数値を確認《かくにん》していると、その大騎士たちに動きがあった。

武器を持って近寄るガルキエフの姿を見て、サリルが不審《ふしん》に思ったようだ。怪訝そうな顔を浮かべながら話《はな》し掛けている。

「……これは、ガルキエフ殿。厳しい顔を浮かべてどうされたのです？」

細い肩を竦《すく》めながら語る言葉。今となっては白々しい。

「サリル、後ろに手を回せ——」

ガルキエフは威厳《いげん》を保った口調で、サリルへ向けて言い放つ。

言葉の最後には青龍戟《せいりゆうげき》の穂先《ほさき》をサリルへ向けていた。槍《やり》の構えは正眼。基本に忠実。柄《え》の根元にある纓の紐《ひも》束と猫《ねこ》の絵が描《か》かれた布が揺《ゆ》れていた。

「抵抗《ていこう》すると容赦《ようしゃ》はしない」

レムロナも戦闘《せんとう》態勢を取る。ガルキエフの行動に続いて、少し遅《おく》れてから腰下にある長剣を鞘《さや》から抜《ぬ》いていた。右手に長剣、左手に短剣《たんけん》を持つ。

レムロナは二剣《にけん》流の構えを見せる。

「容赦しないとは、また物騒《ぶっそう》な……ガルキエフ殿《どの》に、レムロナも武器を抜く？　わたしが何かしましたかな？」

サリルは細い息を吐《は》き仏頂面《ぶっちょうづら》で誤魔化《ごまか》す言葉を話しているが、腰を沈《しず》め少し重心を下げていた。そして、右手を腰にある長剣の柄に当てている。

目も笑ってない。いつでも武器を引《ひ》き抜けるという体勢だ。

「王子殿下からの命令だ。大人しくついてこい。その武器を抜いたのなら、命令違反《いはん》とみなし強制的に拘束《こうそく》する」

「……何っ、王子殿下が……」

ガルキエフの厳しい言葉を聞いたサリルは息を呑《の》む。

初めて、動揺《どうよう》した顔を見せていた。

ここで俺が交ざりに行ったら、更に、驚《おどろ》くかも？　咄嗟《とっさ》に隠れたが、サリルには聞いておきたいこともあるし、〈隠身《ハイド》〉を解除して出ようかな。

「ヴィーネ、あいつを驚かせてみるか」

「傍観《ぼうかん》せずに出るのですか？」

「そうだ。どうせ、サリルは捕まるだろうし、あいつは俺を捕まえた奴だ。その意趣《いしゅ》返し……と言うのは冗談《じょうだん》半分として、聞きたいこともあるからな」

「はい、分かりました」

ヴィーネは頷《うなず》く。同時に〈隠身《ハイド》〉を解除。

右目の側面アタッチメントを指でタッチ。カレイドスコープも解除した。

「行こうか」

「にゃ」

「はい」

ヴィーネと黒猫《ロロ》を連れて、隠れていた場所から出た。

大騎士同士が対峙《たいじ》する場に駆けていく。サリルは廊下《ろうか》の奥《おく》から現れた俺の姿を見ると、

「あっ、お、お前は――」

と、目を見開いて、一驚《いっきょう》を喫《きっ》する。

そんなサリルの驚く顔を見ながら、ガルキエフの横に立って挨拶《あいさつ》。

「――やぁ」

「シュウヤ殿……ここは我らに」

ガルキエフは少し困惑気味にそう言うと、俺を止めようとする。

「……クソッ、そういうことか」

サリルは俺とレムロナの顔を交互《こうご》に見ている。

裏帳簿が王子の手に渡ったことを察したらしい。

「先んずれば人を制す。という奴だよ」

「……糞《くそ》が、お前は第二王子を味方につけたようだが、誰《だれ》を敵に回したか分かってないようだな、後悔《こうかい》することになるぞ……」

「何の話だ？」

眉《まゆ》をひそめながら聞いていた。

「……大騎士二人相手は分が悪いが、諦《あきら》めんっ――」

サリルは狼狽《ろうばい》した焦る表情を浮かべていたが、それは見《み》せかけだった。

瞳《ひとみ》に強い力が宿ると、素早く猫背《ねこぜ》の身を縮ませながら魔力《まりよく》を纏《まと》った両腕で胸前で十字を作る。腕をクロスさせつつ、その両腕を左右へと広げる。

両腕に装備した茶色のグローブの色合いから深浅《しんせん》を感じさせた瞬間《しゅんかん》――。

そのグローブから大量の礫《つぶて》が発生していた。

礫は迅速《じんそく》に周囲に散らばった。両腕に嵌《は》めているグローブは魔法の品だったのか。

腰の長剣《ちょうけん》を引き抜こうとしていたのは、フェイク――チッ。

俺は後退しながら右手に魔《ま》槍杖《そうづえ》を召喚《しょうかん》。

迫《せま》る礫を魔槍杖で弾《はじ》いていく。足下《あしもと》の黒猫《ロロ》も六本の触手《しょくしゅ》で礫を迎撃《げいげき》していた。ヴィーネも自分の目の前に迫る礫を黒蛇《くろへび》で斬《き》っている。

まるで、マシンガンだな。廊下は礫により、蜂《はち》の巣の穴だらけになっていく。

一方で、正面の大騎士ガルキエフは礫を大量に喰《く》らっていた。槍で、礫を完全に防ぐことはできていない。太い腕で顔面を防ぎながら、弾丸《だんがん》のような礫を浴びて、攻撃に耐《た》えている。そして、急遽《きゆうきょ》、頭を防いだせいか、太い両腕には礫が大量に突き刺《さ》さっていた。

血塗《ちまみ》れだ。白色甲冑《かっちゆう》にも礫は衝突《しょうとつ》していたが、甲冑には傷はついていない。

さすがは魔法の品。しかし、礫を防ぐその腕から流れ散った大量の血が、その銀に近い白色甲冑を赤く汚《よご》していた。レムロナにも礫は向かっていたが、背が低い彼女は器用に小さい構えを取りながら後退。両手に持った剣で礫を叩《たた》き落《お》として防いでいる。

そんな礫を撒《ま》き散《ち》らす魔法攻撃《まほうこうげき》を繰《く》り出してきたサリルは素早く反転。

背を向けて逃《に》げ出していた。——あの野郎。

「——ロロっ」

「ンン、にゃ——」

相棒は、俺の指示を待っていましたっと言わんばかりに、嬉々《きき》溢《あふ》れる喉声《のどごえ》を発した。

黒豹《くろひょう》の姿となったロロディーヌ。四肢《しし》のストライドを活《い》かすように膂力《りょりょく》ある走りで、サリルの背中を追う。その光景に、サバンナでガゼルを追い殺す黒豹の姿を想起した。

黒豹《ロロ》は首元から六本の触手を伸ばし放つ。

六本の触手たちはあっという間にサリルの足に絡み付《つ》いていた。

「——げっ⁉」

サリルは間抜《まぬ》けな声をあげながら、見事に転倒《てんとう》した。頭部が床《ゆか》に衝突。

床は硬そうな大理石の部分だ。あれは痛い。相棒は、サリルの足に絡み付いた触手を収《しゅう》斂《れん》させながら戻ってくる。サリルは触手に引き摺《ず》られる形で、みっともない格好を晒《さら》しながら俺の足下に転がり込んだ。ロロディーヌは、黒豹から黒猫の姿に戻る。

そして、サリルの顔へと、自らの肉球を押《お》し付けた。ふみふみと、踏《ふ》みつけて、狼《おおかみ》の遠《とお》吠《ぼ》えを行うように頭部を上向かせた。

「にゃお〜ん」

一仕事を終えてのドヤ顔だ。黒豹のほうが、かっこ良かったと思うが。

ま、相棒らしい。捕まえて満足してそう。

「なんと羨《うらや》ましい使い魔か！　素晴《すば》らしい、未知なる黒猫だ。ありがとう——」

ガルキエフは興奮して叫《さけ》ぶ。俺たち、特に黒猫《ロロ》へと、礼を述べながら床に転がっている
サリルの背中上に乗っかり重そうな体重を活かして拘束。

「ぐえぅ」

サリルの両腕を背中に回して拘束していた。

ガルキエフは腕に怪我《けが》を負っているが、大丈夫《だいじょうぶ》なのか？　タフだ……。

腕の傷は穴が見えているし、酷《ひど》い状態だ。

ガルキエフは怪我のことは気にせずに、血塗れの両手を難なく動かしていた。

真っ黒い結束バンドをサリルの両手首に巻き付ける。あんな小道具的なアイテムがあるのか。結束バンドを魔察眼で確認すると、魔力が宿っている。

まぁ、あるよな。俺が覚えている闇の枷《かせ》を作り出す闇魔法《やみまほう》もあるし、あれの簡易的なアイテムバージョンかもしれない。と、そんなことはどうでもいい。

ガルキエフは脳震盪《のうしんとう》気味のサリルを運ぼうとしている。

「少し待ってください。こいつに聞きたいことがある」

ガルキエフはその言葉を発した俺ではなく、黒猫《ロロ》の方へ視線を移す。

黒猫《ロロ》は毛繕《けづくろ》いタイム。どてっと、尻を床につけて座《すわ》る。

バレリーナのように片足を上げて、自分の足を舐めている。黒猫《ロロ》の可愛い菊門《きくもん》が見事に見えているが、相棒ちゃんは、当たり前のごとく気にしない。

黒猫《ロロ》の行動を見たガルキエフは目を輝《かがや》かせながら、

「……む、可愛すぎる……手短にな」

サリルの身柄《みがら》を俺に渡《わた》して、許可をしてくれた。

「サリル。エリボルとは何処《どこ》で知り合ったんだ？」

「……っ」

サリルは憔悴《しょうすい》顔を浮かべていたが、顔を逸《そ》らす。

「婚約者《こんやくしゃ》のことは気にならないのか？」

「……あんな娘《むすめ》の事なぞ知るか、あれは無理やり……」

顔を横に向けながら彼《かれ》は呟いた。

「さっき、後悔すると言っていたが、何を後悔するんだ？」

「公爵《こうしゃく》、侯爵、裏にどれだけの……」

そこからはもうサリルは何も話そうとはしなかった。悔しいのか憎《にく》いのか判《わか》らない顔色。

こいつは俺が第二王子の家臣にでもなったと思っているのかもしれない。

王子と権力闘争《とうそう》をしている色々な貴族同士の柵《しがらみ》という虎《とら》の威《い》を借る事で、強がり、脅《おど》そうとしているようだが、柵がない俺に言ったところでな？

それに、公爵、侯爵、なら裏の情報だって手に入れるだろう。

個人で【梟《ふくろう》の牙《きば》】を潰《つぶ》した情報を得ているなら、俺に対して搦《から》め手《て》を使った喧嘩《けんか》を売るようなアホなことは絶対にしないはずだ。他の組織が俺に接触《せっしょく》はしてくるかもしれないが。

仮に、俺や仲間に手を出してきたら……。

さて、妄想はここまでだ。もう喋る気がないようだし、引き渡すか。

ガルキエフにサリルの身柄を渡した。

「……もういいのか？」

「いいよ。それじゃ」

「うむ」

ガルキエフは頷くと、サリルの背中を乱暴に掴む。

王子が居る部屋へ誘導していくようだ。

「シュウヤ殿、わたしもここまでです。では」

レムロナも俺にそう言って頭を下げてから、ガルキエフの後ろを歩いて戻っていく。

その視線は厳しく項垂《うなだ》れるサリルへ向けられていた。サリルはこれから尋問《じんもん》地獄《じごく》かな。

少し、彼の今後の成り行きを同情した。

「んじゃ、俺たちは行くか」

「はい」

「ンンン、にゃ」

黒猫《ロロ》はピョンっと軽い調子で跳躍《ちょうやく》し肩へ戻ってくる。

ヴィーネと共に王子が住む豪華《ごうか》な屋敷《やしき》を後にした。


もうすっかり深夜。取り返した指輪は嵌めずに光球を出す。

道を照らしながら歩いていた。ふと、さっきのことを思い出したので聞いてみる。

「そういや、ヴィーネとロロはどうやってあの九大騎士の駐屯屋敷《ちゅうとんやしき》に潜《もぐ》り込めたの？」

「はい。ロロ様と別行動でご主人様を追《お》い掛けていましたが、途中からロロ様が背中に乗れと、強引《ごういん》に乗らされまして……気付いたら九大騎士たちが駐屯《ちゅうとん》する屋敷の屋根上でした」

ははは、黒猫《ロロ》ならやりそうだ。

ヴィーネが怖がるぐらいに、また速度を出して一気に翔《か》けたのだろう。

「わたしは気を取り直し〈隠身《ハイド》〉を使い屋敷の天窓から侵入《しんにゅう》。そこから、ご主人様を探そうとしましたが、ロロ様はご主人様の位置を特定できるらしく、ついてこい。と言うように触手でわたしを誘導してくれたのです。後は自然とロロ様について行き、牢番《ろうばん》を倒《たお》し、簡単に見つけることができました」

「にゃ」

黒猫《ロロ》が『そうだにゃ』と言わんばかりに鳴く。尻尾《しっぽ》でポンっと肩を叩いてきた。

「さすがはロロだ。ヴィーネも良く来てくれた」

小さい黒猫《ロロ》の頭を優《やさ》しく撫《な》でてやり、耳を伸《の》ばすマッサージをしてやった。すぐにゴロゴロと喉を鳴らす黒猫《ロロ》。

「はい……」

彼女は黒猫《ロロ》へ熱を帯びた尊敬の眼差しを送っている。

そこから、食事の時のような話をしつつヴィーネと宿に帰った。

部屋に戻ると、彼女の綺麗《きれい》な裸《はだか》を鑑賞《かんしょう》しながら桶《おけ》に入る。

その風呂《ふろ》の最中。ヴィーネは体に魔力を纏う。

顔を斑《まだら》に赤く染めながら、ぶつぶつと小声で呟く。

少し、彼女の目と表情が怖かったから、先に風呂から上がった。

ヴィーネは俺が先に上がると、つまらなそうに俺を見つめてから……。

風呂から出て体を拭《ふ》いて服を着始めていた。

そして、ベッドに腰掛《こしか》けながら濡《ぬ》れた銀髪《ぎんぱつ》を生活魔法の風魔法で乾《かわ》かして整えると横になり寝入《ねい》っていく。さすがに疲《つか》れていたのか、すぐに寝ていた。まぁ、色々とぶっ続けだったからな。

彼女はダークエルフ。俺は光魔ルシヴァル。

同じペースで起きていられるわけがない。

黒猫《ロロ》もヴィーネの足下で丸くなって寝ていた。

暇《ひま》だ。部屋から出て宿の一階に向かう。食堂には誰も居ない。

さすがに今の時間帯はいないか。飲み物、酒でもあったらいいな。

と、軽い気持ちでカウンター席の奥を覗こうとした時。

「ちょっと、シュウヤさん！」

「あれ、連れ去られたと、言っていたけれど、いるじゃない？」

女将《おかみ》のメルとヴェロニカが宿の入り口から現れた。

「あっ、メルにヴェロニカ。さっき戻ったよ」

「戻ったよ、じゃないわよ！　捕《つか》まって……わたしは心配したんだからね。どうにかしようと、急遽、新しい縄張《なわば》りの守りについていたヴェロニカを呼《よ》び戻したんだから」

メルは両手で蟹《かに》のハサミを作るような、ジェスチャーを取って怒《おこ》っている。

「あぁ、済まん……」

心配させるつもりはなかったが……とは、口には出さなかった。

「もうっ、わたしが気を急ぎ過ぎたわね……ヴェロニカ。ご覧の通り、大丈夫だったみたい。わざわざ来てもらったけど……ごめんね」

「いいよー。ベネ姉が代わりに行っているし、それに縄張りの兵士たちの側には角付き骨傀儡《かいらい》兵も配備してあるから。たぶん大丈夫。例の狂騎士か、惨殺《ざんさつ》姉妹とかの強い相手が攻めてきたら、さすがに壊《こわ》されちゃうかも知れないけど」

忙《いそが》しいところを、迷惑《めいわく》かけてしまったらしい。だが、丁度いい。

ヴェロニカには聞きたいことがあった。その前に仕事の邪魔《じゃま》をした件を謝《あやま》っとこう。

「ヴェロニカ、俺のせいで色々と済まん」

「いいのよ。わたし、シュウヤに会いたかったんだもん」

彼女は嬉《うれ》しそうだ。

「おっ、そうか、実は――」

「それで【白の九大騎士】とのやり取りはどうなったの？　なんで無傷で解放されたの？」

俺の言葉上から重ねてメルは話してくる。質問攻《しつもんぜ》めだ。

話せないことも多いし、ここは躱しとこう。

「……俺にもコネがあるのさ」

「もう、また皮肉ぅ？」

メルは呆《あき》れた。という表情を浮かべて、胸の上で、腕を組む。

おっぱいの膨《ふく》らみが、腕の圧力で窪《くぼ》む。エロい。

「……知らないほうがいいこともあるだろう。と、いうことだよ。それより、ヴェロニカに聞きたいことがあるんだが……」

「なになに?」

ヴェロニカは小顔を勢い好《よ》く寄せてくる。キスでもせがむかのように。

「ヴェロニカには、直《す》ぐに【食味街】へ戻ってほしいのだけど……」

「ええ、ひさしぶりにシュウヤの匂《にお》いを嗅《か》げたのに、べつにいいじゃない~」

闇《やみ》ギルド【月の残骸】の総長としてのメルの言葉だが、ヴェロニカは俺の腕を掴んで離《はな》さないという風に駄々《だだ》をこねる。

「……もう、少しだけよ?」

「わーい。メル大好き。──ってことでぇ、シュウヤん」

また顔を寄せてくる……可愛い顔なので嬉しいが、小鼻をふがふがと動かしているし。

「分かったから、少し離れろ」

腕に抱きつくヴェロニカを強引に退《ど》かす。

「──うぐぅ、痛い。何よっ、もっと匂いを嗅ぎたいのにっ!」

シツコイから、冷たくしよ。

「それじゃ、もういいや。メル、連れていっていいぞ」

「うっ、分かったわよ。もう抱きつかないから、ね？　お話があるんでしょ？」

ヴェロニカはシマッタなぁ、的な、ひきつった表情を浮かべると、急に大人しくなって顔を斜《なな》めにしながら、俺に取り入るように聞いてくる。

そうやっていると、普通《ふつう》の甘《あま》えている少女にしか見えないんだがな。

「……そうだよ。〈従者〉について聞いておこうと思って」

「〈従者〉ね、だれかお気に入りの子がいるの？」

ヴェロニカはムッとした表情を浮かべていた。嫉妬《しっと》か？　まぁ多少ふざけて言っておこう。

「あぁ、沢山《たくさん》いるな」

その刹那《せつな》、ヴェロニカは双眸《そうぼう》を血に染めて目尻《めじり》の横から皮膚《ひふ》の血管が浮き出《で》ていた。

爪《つめ》が刃物《はもの》のように伸びているし。怖《こわ》い。

「……ま、それは冗談として〈従者〉にできるのは本当に一人だけなのか？」

ヴェロニカが舌でペロッと上唇《うわくちびる》を舐《な》めながら話していく。

「なんだ、冗談か。沢山、殺さないでヨカッタァ――」

怖いこと然《さ》り気無《げな》く言っているんだが……。

「……質問に答えてくれ」

「……ウフッ、ゾクッとしちゃう目ね？」

「答えてくれないなら――」

メルへ話を振《ふ》ろうとしたら、

「分かったから……話すわよ。高祖十二氏族《ヴァンパイアロード》の一つヴァルマスク家の吸血鬼も普通は一人。でも、そのヴァルマスク家の頂点は、あの吸血神ルグナドの始祖の〈筆頭従者長〉だからね。女帝《じょてい》とも呼ばれているし。他の吸血鬼とは、何もかもが違《ちが》う。その女帝の〈筆頭従者長〉は、三人の特別な眷属を作ることができる。それら三人の特別な眷属の名は〈筆頭従者〉。またの名を始祖の直系《オリジナルズ》とも呼ばれているの。そのオリジナルズの〈筆頭従者〉も、また三人の〈従者長〉を作れるしメチャクチャ強い。その〈従者長〉も眷属を作れるけど、数はたったの〈従者〉一人だけ。それで、その〈筆頭従者《オリジナルズ》〉の三人も〈従者長〉たちも、自分の眷属を作るには、多大な血と魔力と精神力を必要とする。眷属を作ったら失うものも多いし痛みもある。だから滅多《めった》に作らない。あと、血の補給も満足でないと世代が落ちる度にオリジナルの力も落ちちゃうとも聞いた。吸血鬼は時が経《た》てば能力も増すから、あまり関係がないとも。あとね、彼らにはルールがあるから……」

ヴェロニカは視線を落とし、寂しい顔を作る。悄然的な雰囲気だ。

「そっか。ポルセンは一人だけと言っていた」

「うん、わたしと違いポルセンはヴァルマスク家から枝分かれしたと言っても普通のヴァンパイアからの分家だからね」

「ん、前にヴェロニカも分家と言っていたよな？」

「そ、そうよ。あんな本家と敵対しているのは、分家、分派とも言われているのよ……」

少し焦《あせ》った顔を浮《う》かべて、機嫌《きげん》を悪くするヴェロニカ。

前にポルセンより古い分家の出と語っていたが、あれは嘘《うそ》か？

高祖と同じとも語っていた……他人には言うなと、俺のことを父と同じ匂いとも……。

そのことから推察するに、彼女《かのじょ》は始祖系オリジナルズのメンバーなのかもしれない。

過去の父を殺したヴァルマスク家の連中とは一緒にされたくないのかもしれない。

縁《えん》を切りたいとか？　だから機嫌が悪くなったのかも。

ま、彼女が話す気になったら話すだろう。とにかく、始祖の直系は三人。

普通はポルセンが言っていたように一人だけか。

俺は真祖だから始祖と同じように三人が可能なのか。

「……そっか。それと、血を受《う》け継《つ》ぐとして、俺の場合、光属性も受け継ぐと思うか？」

「どうだろう。普通の吸血鬼じゃないからどんなことになるのかも予想がつかないわ。でも、シュウヤの従者に成れる子が羨ましい……」

ヴェロニカは悲しげに語る。

「すまんな」

「ううん。しょうがないわ。悲しいけど、わたし……生粋《きっすい》のヴァンパイアなのよね。でも、先輩《せんぱい》の立場だし平気よっ」

彼女は強がってはいる。

「おう、可愛い先輩さん、知りたかったことは聞けたよ。ありがと」

「どういたしまして、それで、他には？　一緒に寝台《しんだい》へ行く？」

「なんでそうなるんだ……もう話は無い。メルが待っているし、仕事を頑張《がんば》ってこいよ」

「そうよ。ヴェロニカ、今は重要な時期だから、ね？」

メルは語尾《ごび》に、顔を斜めに動かしながら笑《え》みを浮かべる。

「――冗談よ。メル。分かっているわ」

ヴェロニカは微笑《びしょう》を浮かべると、ゆらぁっと揺れるように俺から離れた。

「シュウヤ、それじゃまったねー」

ヴェロニカの周りに血が舞《ま》う。続けざまに足下に血の剣のようなモノが発生した。その血の剣はヴェロニカの周囲に集結しつつ各自に意識があるように回転を始めると、ヴェロニカはその血の剣を引き連れながら素早く走り去っていく。

「はやっ」

「今ここに誰もいないからね。スキルを使った移動でしょう」

メルが補足してくれた。血魔法を用いた独自スキルか？

「それじゃ、わたしも用があるので失礼しますよ。お休みなさいね」

「あ、はい」

メルも地下に続く扉を開けて、食堂から離れていく。暇だ。どうするか。

屋上にでも上がって、ヴィーネが起きるまで一通りの訓練をしちゃうか。

『ヘルメ、訓練をやる』

『はい。お付き合いします』

『分かった、上でやるよ』

『はい』

二階の部屋へ戻り寝ているヴィーネを起こさないように〈隠身《ハイド》〉を使う。慎重《しんちょう》に歩きながら出窓から外へ出た。真夜中過ぎて屋根上を歩いていく。

前と同じに、天辺《てっぺん》近くの斜め三角形になっている足場が悪いところで訓練を開始した。

『ヘルメ、目から出ていいぞ』

『はっ』

左目からにゅるりと放射されて出てくるヘルメ。

放出直後から女性の人型として現れていた。

蒼《あお》色と黝《あおぐろ》色の葉の皮膚がざわめくように動いている。

彼女は片足一本で、微動《びどう》だにせず。バランス良く立っていた。

「まずは、俺《おれ》の分身体を使った訓練をやるから」

「はい」

足場が悪いと【修練道】で訓練していた頃《ころ》を思い出す。仙魔術《せんまじゅつ》から――発動。辺り一面、霧《きり》となる。

「……フフ、気持ちイイ、素晴らしい霧です」

新体操の競技のように霧の中を踊《おど》り出すヘルメ。その顔はうっとりとしていた。次に霧の蜃気楼《フォグミラージュ》の指輪を使い、分身体を作る。

「これが、分身体。姿はそっくりですが、さすがに閣下本来の魔力の再現は不可能なんですね」

あ、そうか。あまりにそっくりで、そこまで気が回らなかった。

敵対相手に魔察眼か観察力の高いスキルの持ち主がいたら、バレるか。

この分身を使う場合は、予《あらかじ》め魔力操作で内包した魔力を抑《おさ》えておかないとダメだな。

本体の魔力を分身体と同質量の魔力に抑えれば、完璧《かんぺき》な分身となる。

「……ヘルメ、ありがとな。単純なことに気が付いてなかった」

「はいっ。閣下の役に立てて嬉しいです」

「それじゃ、分身を交えての軽い模擬戦《もぎせん》をやろうか。あまり派手なのは無し。下に響《ひび》かせないようにな。この狭《せま》い足場限定の訓練だ――来いっ」

「はい――」

言った側から、ヘルメは左手の形を氷剣に、右手の形を黒剣に変えると、斬りかかってきた。今までと少し違う。腕先を剣の形に変えていた。

ヘルメの氷剣が俺の右肩口《みぎかたぐち》を斬ろうと迫る。身を捻《ひね》って氷剣を躱《かわ》す。

今度は闇剣《やみけん》が右胸を突《つ》き刺そうと伸びてきた。その伸びた闇の突剣を逆手に取る。

魔槍杖の穂先で宙に小さい円を作る。紅矛《べにほこ》の表面で、その闇剣を絡《から》め巻き取りつつヘルメに近付きながら足を引っ掛《か》けるように払《はら》う。

「きゃっ」

その体勢を崩《くず》したヘルメの胸元《むなもと》をえぐるように紅斧刃《べにおのば》でざっくりと薙《な》ぐ。

ヘルメはじゅあっと蒸発音を立てると液体化。その液体化からすぐに女体《にょたい》化して姿を戻《もど》す。

「――さすがは閣下です、間合いが近いのに、あっさり往《い》なされてしまいました」

「そりゃ槍組手があるからな、さぁ掛かってこい」

「はいっ」

そこからはフェイクに分身体を混ぜるように魔槍杖を使う。

結局、足場が悪いのは俺だけに作用している。

ヘルメは音を立てないように浮いて戦い出した。ずるいとは言わない。

しかし、ヘルメのマジックソード状の両手の剣腕がカッコイイ。

途中《とちゅう》で彼女の真似《まね》をするように、初級：水属性魔法《氷刃《フリーズソード》》を念じて、ライトセイバーをイメージさせながら放ち、近距離《きんきより》で使う。

――こうして、俺はヘルメと朝日が昇《のぼ》るまで訓練を続けていた。そろそろ止めるか。

「ヘルメ、そろそろ終了《しゅうりょう》だ」

「……ハ、ハイッ」

「目に戻っていいぞ」

「すぐに戻ります――」

常闇《とこやみ》の水精霊《みずせいれい》ヘルメは疲れきった顔を見せていたが、すぐに豹変《ひょうへん》。

俺の目へ飛び込んでくる。目の中に納まったヘルメは視界にも現れず。

休んでいるようだ。

『ヘルメ、どうした？』

『閣下っ』

視界に現れたヘルメは床にお尻《しり》をつけるように、ぐったり休んでいる。

『魔力を使いすぎました……閣下を相手にするのは非常に魔力を消費します』

『済まんな、すぐに身体を再生するから、大丈夫なのかと』

『数回なら平気ですが、何百と毎回、抉《えぐ》られてましたのデ……』

ヘルメはそう言って、乙女座《おとめずわ》りをしながら泣くように顔を沈ませていく。

うぐ、可哀想《かわいそう》なことをしたな。直ぐにご褒美《ほうび》の魔力を注入してやった。

ヘルメは姿を消すが、

「アウッ――アンッ！」

「これで回復したか？」

「アァン……、はぃ。充分《じゅうぶん》です。ありがとうございます……」

悩《なや》ましい声が響くが、まぁ、たまには許すか。よし――風がぶぅんっと音が鳴るぐらいの勢いで魔槍杖を一回転させてから消失させた。

今日はいい天気になりそうだ。

空には雲が無く、澄《す》んだ青が広がっていた。

よいねぇ。手を翳し～フンフンフーン。エルフの歌声を思い出しながら鼻歌を行う。さあて、鼻歌は止めて訓練の汗《あせ》でも流すか。軽く湯でも浴びよう。

出窓から部屋に戻ると、革服《かわふく》を脱《ぬ》ぎながら皮布を用意。

寝台に脱いだ服を投げてから、皮布を近くに置き、素《す》っ裸《ぱだか》の状態で桶の中に入った。

生活魔法《まほう》の湯を頭上に発生させて、頭から湯を掛けていく。

シャワー的に湯を浴びていると、ヴィーネと黒猫《ロロ》が起きてきた。

「ご主人様、おはようございます」

「おう。おはよ」

「にゃにゃぁ――」

起きたばっかりの黒猫《ロロ》が空中から出ている湯水にじゃれようと飛び上がっている。

「そんなことしてると、お湯を掛けちゃうぞ」

「にゃおん」

いいよ~的に黒猫《ロロ》は気軽そうに鳴くと、湯が少し溜《た》まっている桶の中へと跳躍してきた。

自ら入るとは。

「よーし。洗ってやろうではないか――」

そう笑いながら、お湯をバチャバチャ叩く黒猫《ロロ》の首の上を掴《つか》む。

相棒を持ち上げた。首を軸《じく》にぶらぶら~っと四肢を左右に揺らしている黒猫《ロロ》さんだ。

そこから耳にお湯が入らないように丁寧《ていねい》に洗ってあげた。

「ンンン」

洗われている黒猫《ロロ》は、なんとも言えない喉声を発している。

気持ちがいいのか目を瞑《つぶ》って、脱力《だつりょく》していた。

「ロロ、最近は本当に水や湯に慣れたなぁ。マッサージがそんなに気持ちいいのか?」

「ンン、にゃぁぁ」

『気持ちいいにゃぁぁ』的な鳴き声だ。

「ふふ」

側で見ていたヴィーネが微笑している。

「ヴィーネ、可笑《おか》しかったか？」

「はい。いつ見ても微笑《ほほえ》ましいので」

「ははは、まぁそうだろうな。ヴィーネも入るか？」

「いえ、大丈夫です――」

その時、キュルキュゥゥっと、腹の音が響いた。

「あ……ハハ」

ヴィーネは青白い顔を真っ赤に染めてお腹《なか》を押さえている。

腹音か。お腹が減ったらしい。そろそろ朝飯にするか。

「俺も腹減った。食堂に行こうか」

「はい。すみません」

まったりとしたシャワータイムを終えると、皆《みな》で食堂に向かう。

ヴィーネと席に座り、宿のお手伝いさんに食事を頼《たの》む。メルは居ないようだ。

出された朝食は典型的な物だった。卵焼きとソーセージパンとミルクだけ。

ヴィーネと一緒《いっしょ》に朝食。黒猫《ロロ》にも、たっぷりとソーセージを出してもらった。

豚肉《ぶたにく》の腸を使った技術があるのなら、ハンバーグとかもありそうだな。

味は香辛料《こうしんりょう》とハーブ系が利《き》いて、まぁまぁ旨《うま》い。肉質もいい。

香《かお》りが強い気もするがこんなもんだろう。

朝食を終えると、二階の部屋に戻った。冒険者《ぼうけんしゃ》の身支度《みじたく》を整えていく。

ヴィーネも銀仮面をかぶり直して最後に少し銀髪を梳《と》かし整えていた。

そんな美人のヴィーネに今日の予定を、

「……ヴィーネ。今日は昔の知り合いを探しに、初心の酒場へ向かおうと思う」

と、説明。

「ではレベッカ様とエヴァ様以外にパーティメンバーをお集めになるのですか？」

そうなるかもしれないが、ザガ&ボンのドワーフ兄弟に会いたいからな。

あとがき

こんにちは、10巻を買ってくれてありがとう。読者様がいるから、今のわたしがいます。今回の10巻は、ヴィーネの巻といっても過言ではないぐらい濃密なダークエルフのお話でした。ダウメザランの町並みもWeb版にない部分で気に入っています。

あの闇城に住む魔導貴族とヴィーネの過去の新しい話はいつか書けたらなと……。

他に希望があればメッセージください。考えます。そして、ヴィーネの口絵も素晴らしい。表紙の魔毒の女神ミセアも、インパクトがあって凄く気に入っています。ロロディーヌの後ろ姿もいいですね。ミセアに対して、皆のことを守ろうと『ガルルゥ』と威嚇している声が聞こえてくるようです。

続いて、Web版の話を。オセベリアとサーマリアの戦争を書いている途中なのですが、3巻に登場したカリィとの絡みを考え中です。こちらもお楽しみに！

次は、最近見た映画の話を。「ターミネーター：ニュー・フェイト」を観ました。シュワルツェネッガーとリンダ・ハミルトンは懐かしかった。ロケットランチャーが似合う婆ちゃんはいいですね。とくに印象に残ったのはグレース役のマッケンジー・デイビス。美人・女優のマッケンジーの美貌と鍛え上げた肉体には魅了されました。アクションもよかったです。一気にファンになりました。もし、次を作るとしたら、毎回のごとく追われる展開ではなく、ジェームズ・キャメロンらしく拘りのある武器を出しつつ未来世界のターミネーター社会のサスペンス。または「ゼイラム」風の展開とか、新しいターミネーターを観たいです。他にも「ゾンビランド：ダブルタップ」のエマストーン好きです……マーレる（笑）。スターウォーズ最新作も面白かった。と心の叫びを入れたところで！

毎回ですが、編集様、市丸先生、関係者様各位、今回もお世話になりました。いつも感謝しております。そして、「小説家になろう」「カクヨム」と「ノベルアップ＋」で、メッセージをくれた読者に感謝を！　誤字報告のファンレターをくれたトラ吉さんにも感謝です。重版がかかれば誤字を直せるそうですので重版に期待。とはいえ最初から誤字を無くしたいとは常に思っています。重ねてお礼申し上げます。これからも檜猫世界の本とＷｅｂの更新に全力を注ぐ思いです。

では、皆様、良いお年を！

そして、相棒のロロディーヌからも、炎の挨拶が！『ンン、にゃおお～』

２０１９年12月　健康

HJ NOVELS
HJN21-10

槍使いと、黒猫。 10

2020年1月25日　初版発行

著者——健康

発行者—松下大介
発行所—株式会社ホビージャパン
〒151-0053
東京都渋谷区代々木2-15-8
電話　03(5304)7604（編集）
　　　03(5304)9112（営業）

印刷所——大日本印刷株式会社

装丁——木村デザイン・ラボ／株式会社エストール

Printed in Japan

ISBN978-4-7986-2106-7　C0076

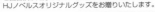